江苏青年批评家文丛

理性与抒情

沈杏培 著

图书在版编目（CIP）数据

理性与抒情 / 沈杏培著. —南京：江苏凤凰文艺出版社，2023.12

（江苏青年批评家文丛）

ISBN 978 - 7 - 5594 - 7765 - 1

Ⅰ. ①理… Ⅱ. ①沈… Ⅲ. ①中国文学—当代文学—文学评论—文集 Ⅳ. ①I206.7 - 53

中国国家版本馆 CIP 数据核字(2023)第 090765 号

理性与抒情

沈杏培 著

出版人 张在健
总顾问 丁 帆
主 编 郑 焱
执行主编 丁 捷
责任编辑 孙建兵
特约编辑 王晓彤
责任印制 杨 丹
出版发行 江苏凤凰文艺出版社
南京市中央路 165 号，邮编：210009
网 址 http://www.jswenyi.com
印 刷 江苏凤凰通达印刷有限公司
开 本 880 毫米×1230 毫米 1/32
印 张 9.375
字 数 208 千字
版 次 2023 年 12 月第 1 版
印 次 2023 年 12 月第 1 次印刷
书 号 ISBN 978 - 7 - 5594 - 7765 - 1
定 价 58.00 元

前　言

江苏是创作大省，也是评论强省，有着一批勇立潮头的当代文学批评领军人物。前辈学者不仅有陈瘦竹、吴奔星、叶子铭、许志英、曾华鹏、陈辽、范伯群、董健、叶橹、黄毓璜等批评界先驱，其后继、师承者，如丁帆、朱晓进、王尧、王彬彬、汪政、丁晓原、季进、何平等，如今也都是学术界的翘楚和骨干。继往开来，承前启后，学术实践的推进、引领，向来需要更为年轻的队伍为其不断补充新鲜的营养、血液。这意味着，青年批评家的成长必须作为一个要紧的方向性问题得到把握、关注。

客观地讲，与青年作家的培养、成长相比，青年批评家的培养和成长要更为复杂和艰难。有鉴于此，为进一步培育江苏青年批评新力量，打造江苏青年批评新方阵，系统加强江苏青年批评人才的推介力度，展示新一代批评家的成绩和风采，2022 年，在省委宣传部的大力支持下，江苏省作协经专家评选论证、党组书记处审议通过“江苏首批青年批评拔尖人才名单”，沈杏培、何同彬、李玮、李章斌、叶子、韩松刚、臧晴、刘阳扬等 8 位“80 后”青年批评家入选。

作为江苏青年批评的代表，他们的“集体亮相”，不仅标志着江苏青年批评家群体的初露峥嵘，更意味着新一代批评家已经有了相当的学术积累，具备了相对稳定、成熟的批评风格。他们虽在当代文学现场同场竞技，但却各有专擅，各具锋芒。很大程度上，他们的成长不仅参与、见证了当代文学研究、批评格局的建构，也促进了当代文学研究、批评领域的对话、交流，集中体现了江苏青年批评家在介入当代文学的“当下问题”“文学现场”时，所保持的学术锋芒与责任担当。

本套《江苏青年批评家文丛》共推出8名入选“江苏首批青年批评拔尖人才”队伍的青年批评家，每人收录一部彰显其风格与水平的作品，共计8本，他们有思想、有态度、有锐气、有实力，不仅是江苏青年批评的中坚力量，也是中国当代文学批评的青年代表。我们真诚地希望这套书能够成为他们各自成长的一次回顾和见证，同时，也能够成为中国当代文学批评的重要成果和收获。

2017年，江苏省作协与江苏当代作家研究中心联合推出《江苏当代文学批评家文丛》(20卷)，现今，《江苏青年批评家文丛》(8本)也将付梓出版。这其中，既能够看到江苏文学批评历史代际之间的血脉联系和学术传承，也能够见出青年批评家们在文学理念、学术路径、批评方法等方面，不断精进、沉潜转化的内在轨迹。我们相信，在前辈学人的指引和带领下，在新一代批评家的努力和奋斗下，江苏的文学批评也必将焕发更新的活力，产生更大的影响。

江苏青年批评家文丛编委会

2023年11月

目录

第一辑　史识·理论·方法

正义与及物：文学批评的两重属性与当下困局

近些年，有两本书被界内研究者引用或提及的次数颇多，一本是希利斯·米勒的《文学死了吗?》，一本是玛莎·努斯鲍姆的《诗性正义：文学想象与公共生活》。《文学死了吗?》写于21世纪之初，有感于技术的巨大变革与新媒体的迅猛发展，米勒不无悲观地指出，印刷和纸媒书籍的时代已被新媒体取代，文学也会在这股浪潮中“行将消亡”。准确地说，米勒想说的是传统文学和以印刷作为载体的文学时代即将死去。如果说米勒是在给传统文学敲响丧钟吹奏挽歌，努斯鲍姆则试图让我们从这悲鸣声中重拾对文学的信心。努斯鲍姆在《诗性正义》中批判的一个核心问题是，经济学提供的正义标准日益成为一种重要价值，而经济学功利主义和法律经济学是以物化视角来对待人和人性的。如何纠正和补充经济学的这种偏向?努斯鲍姆认为文学，尤其是小说能够提供一种诗性正义和诗性裁判，而这种判断比经济学功利主义标准具有更多的人性关怀。尽管努斯鲍姆的理论和批评路径中有些许乌托邦色彩，但文学的诗性价值确实得到了极大的伸张。

如今，米勒的“文学终结”预言似乎没有成为现实，文学依然健在，蓬勃芜杂，野蛮生长。努斯鲍姆试图让文学（尤其是小说）在经济学的标准之外提供一种充满人文关怀和诗性正义的学术呼吁和批评实践，更让我们看到文学和批评的价值所在。我想说的是，文学不死，批评就不会亡。笔者在以前的论文中曾讨论过中国当代文学批评应该具有批判性和趣味性[1]，本文试图进一步指出，好的文学批评应该具有“正义”与“及物”的内在属性：好的文学批评不仅是在“寻美”，更是一种敢于冒犯、体现知识分子批判理性的“求疵”过程，是散发着知识分子正义的“及物”活动，是批评者“不低于”批评对象的对话与“问诊”——这是我所理解的高明、有效的文学批评应该具有的品质和向度。

一、文学批评是一项“寻美”和“求疵”并行，散发出正义光辉的事业

一般而言，文学批评是指对具体作家、作品进行阅读、鉴赏，继而进行分析、阐释和评价的综合活动。文学批评需要批评家具有健全的人格、敏锐的艺术感知、明确的评判标准、清晰的评价立场——这些几乎是从事学术批评的基本认知和常识性要求。然而，当下文学批评看似数量可观成果斐然，实则症结多多，对批评的批评之声不绝于耳。有学者指出当前学术批评有三大症候：一是立场上有场而无立，文坛的“场”够大，批评家主体不“立”；二是标杆上有杆而无标。批评者们人人都有话要说，时刻在抢占话语高地，而最为致命的高地之“标”少有人能及；三是学养上有学而无养。

[1] 沈杏培：《重建中国当代文学批评的价值维度和趣味维度》，《当代作家评论》2015年第3期。

饱“学”而不养“学”，学虽有攻，但少涵养之气，造成批评者治学、为学态度的轻佻和散漫。[1]当下文学批评的症结当然远非这几点，我们还可以找到一大批负面词汇来描述这些问题：空洞无物、理论堆砌、文风呆板、隔靴搔痒，等等。

我理想中的文学批评首先应该具有正义之气。面对作家，不论名声，不论亲疏，敢于真诚发声，敢于冒犯作家作品，敢于进行冒险的批评，既赋予文学批评寻美的功能，又具备求疵的品质。美国学者波斯纳将一些学院派学者称为“学院道德家”，认为他们是一群脱离实际的知识分子，“从来不曾出过校园，没有教职前，不敢冒任何职业风险。有了教职，也很少冒职业风险，而从来不会冒个人风险。他们过着一种舒适的资产阶级生活，也许稍带点放荡不羁。他们思想左翼，生活右翼，或者思想右翼，生活左翼。”[2]波斯纳的话语非常适合描述我国以学院知识分子作为主体的文学批评家，这些“学院道德家”的典型症候是从事着一种不冒险的写作。作为一个法官，波斯纳对这种“不冒险”的写作深恶痛绝，他非常看重文学评论的公共性作用。在《知识分子的衰落》一书中，他单辟一章，题为“作为公共知识分子的文学评论家”，文学评论家的文学评论是他界定的公共知识分子作品的 11 种类型之一，但在他看来，“纯美学意义上的文学评论，即便是面向普通读者写作，也不符合本人有关公共知识分子作品的界定，因为它对于涉及政治或意识形态问题的

[1] 王彬，王春林等：《当前文学批评标准与方法》，《文学报》2012 年 10 月 11 日第 4 版。

[2] ［美］波斯纳：《公共知识分子：衰落之研究》，徐昕译，北京：中国政法大学出版社，2002 年版，译序 11—12 页。

公共话语并无贡献。”[1]在波斯纳这里，他所反对的是无法与圈外的人沟通交流的充斥着太多专业术语的文学研究，他看好的文学评论家是那些有公共知识分子品质与功能的评论家类型。正因为此，他对艾略特、威尔逊、特里林评价不高，称他们为“骑墙派”，而对韦恩·布斯和玛莎·努斯鲍姆赞赏有加，其中原因在于，他们的文学批评体现了公共知识分子的道义与功能。当然，我们知道，努斯鲍姆的文学评价标准在某些地方有些偏颇与狭隘，比如过于看重现代小说中的政治因素与批判性品性，而忽略美学意义的体认，因而，波斯纳在充分肯定努斯鲍姆的文学批评作为公共知识分子典范的同时，也指出了这种文学批评有可能陷入贬低和危及文学价值的陷阱。

可见，作为一个美国法官和思想犀利的学者，波斯纳在这本书中所要确认的是文学批评的公共知识分子品性，要在文学批评和现代价值观念、政治思想和公共话语之间建立起深刻关联，避免文学批评仅作美学意义上的研究。客观地说，这本书是波斯纳为理想的公共知识分子唱的一曲挽歌，由于社会结构和现代大学专业化转型，苏格拉底那样的知识博通、融思想家与实践家于一体的公共知识分子已不复存在，现代公共知识分子常常沦为了一些在波斯纳看来只会“舞文弄墨的空谈家”。因而，波斯纳一方面充分肯定了文学批评家的公共知识分子身份和功能，另一方面也意识到他们绝不是一种模范、完美的人格类型，他毫不客气地指出公共知识分子批评可能会有的武断、极端与草率鲁莽。可以说，波斯纳在这本书中的学术思想有两点对我们极有启示，一是确认文学批评的公共知识分子品

[1]［美］波斯纳：《公共知识分子：衰落之研究》，徐昕译，北京：中国政法大学出版社，2002年版，第286页。

质和功能；二是学术知识分子在发挥学术和社会功能时，要警惕他们身上的缺陷和问题。

公共知识分子在当下中国文化语境里几乎是一个被污名化的词汇，一部分公共知识分子似乎既不体现公正立场，也缺少为公共利益和正义事业奔走呼号的勇气和行动。他们表现出的那种玩世不恭、看穿但不说穿、没有立场、机会主义的嘴脸，使他们背负上了“犬儒主义的马屁精知识分子”[1]的骂名。但我并不悲观，我仍然相信在这个价值多元的时代，有犬儒的知识分子，就有正义的知识分子，有为利益和人情而写作的“寻美”批评或“抬轿”之文，也有体现批评正义的“冒犯”和“求疵”之作。我认同努斯鲍姆指出的文学是一种散发诗性正义的实践，同样，我理想中的文学批评也是一项散发着正义光辉的事业。一般而言，从功能意义上，批评可分为两种：寻美的批评和求疵的批评。寻美的批评是一种美学意义和文学价值的肯定性活动，是一种“审美的创造”，而不是“批评的分析”。蒂博代高度肯定的这种寻美批评本质上是一种“同情式”和“认同式”批评，体现的是读者和作者“两个意识的遇合”。他引用的法盖认为，寻美的批评是批评家面向读者说话，与读者分享古书或新书好在什么地方，为什么好，求疵的批评是在面向作者讲话，他所进行的不是教育公众，而是试图教育读者[2]。在法盖看来，求疵的批评家更有用，因为他是真诚的“合作者”。当然这种真诚的合作者有时会是一个粗暴的、激愤的、略显偏激的批评者。对于这种批评者，

---

[1] 徐贲：《颓废与沉默：透视犬儒文化》，北京：东方出版社，2015 年版，第 232 页。

[2] ［法］蒂博代：《六说文学批评》，赵坚译，北京：生活·读书·新知三联书店，2009 年版，第 125 页。

蒂博代的评价是审慎而有保留意见的。蒂博代非常认可伏尔泰将职业批评家（教授批评）比作“猪舌检查者”，因为在职业批评家眼里，他们没有发现哪一个作家是健康的。这种对求疵批评家的比喻是颇为戏谑而带有讥讽意味的。综观蒂博代的观点，他对求疵批评本身并不反对，他反对的是那种没有诚意、自以为是、缺少真正建设性的求疵批评，“他通过作者告诉他的东西来判断他，骑在他的脖子上教训他，并让他在这种条件下心甘情愿地承认，批评家比他伟大，知道的比他多，写的会比他好。”[1]蒂博代反对那种以审判官自居的批评家，甚至以司法审判作为比喻空间，设定了批评家和诸多角色的身份：作者处于律师席，审判官的位置让给公众（而不是批评家），好的批评家应该像代理检察长。检察长的作用是进入诉讼双方及他们的律师内心，在辩论中分清真伪、摆平天平。

可见，蒂博代主张的是那种充满善意和真诚，具有建设性意义的求疵批评，有时这种求疵的批评甚至会不可避免地带有某种“偏见”。求疵者确实是一些唱反调的人，是一些拒绝合唱的人，他们不以颂美为主，而以诘问为责，他们不追求批评体系的大而全和观点的四平八稳，而以鲜明的问题意识和某种批评的“偏见”示人，求疵的批评常常有一种“片面”的深刻性和私人化的“偏见”。正是在这个意义上，蒂博代看到了布伦蒂埃是一个有“偏见”的批评家，雨果的《论莎士比亚》也带有“偏见”，而且他对这种偏见给予了高度的评价，“可是如果没有偏见，也就不会有批评和艺术了，一位批

---

[1] ［法］蒂博代：《六说文学批评》，赵坚译，北京：生活·读书·新知三联书店，2009年版，第150页。

评家的偏见可以纠正另一位批评家的偏见。”[1]其实，要是从现象学的角度看，偏见未必都是错误或不合理的。伽达默尔将偏见分为“合理的偏见”和“盲目的偏见”，前者的认识偏差导因于历史背景、文化传统等因素，后者的认识偏差来源于主观的盲目崇拜、知识结构的褊狭等方面，需要克服。别林斯基对那种怀有盲目偏见的批评家是尖锐贬抑的，他甚至将其称作“文坛上的蝗虫”[2]，认为他们的偏见是一种厚颜无耻、缺少理性支撑的做法，对他们打击对手、混淆黑白、充斥谎言的行径极为痛恨。在当下中国，充斥着太多貌似客观公允、四平八稳，实则取消判断和价值立场的文学批评，真正有效的文学批评不是这种形式规范、立场中规中矩的文学批评。我欣赏那种爱憎分明、充满正义、诚恳真挚的文学批评，这种文学批评往往彰显了某种“深刻的片面性”，是批评家的“真诚的偏见”，它以某种粗暴的形态出现，但它们是建设性的，是文学的真正有意合作者，是切中文学流弊并勇敢言说出来的诤友而非媚者。

总之，文学批评家在批评实践中应该尽可能发挥公共知识分子的社会职能，以不虚美不隐恶的姿态探求文学真相和内部秘密，揭示文学规律，评价文学现象，尤其敢于以求疵立场介入各种文学现象，这种介入看似冒犯显得粗暴甚至略显激愤，但它是善意而真诚的，是充满建设性的。它是对熟人社会出于熟人伦理大家都顾虑的作家病症、作品痼疾的介入，是对权力意志（比如文学体制、主流规范）、资本意志（比如商业利益、经费资助）对作家或文学形成的

---

[1] [法] 蒂博代：《六说文学批评》，赵坚译，北京：生活·读书·新知三联书店，2009 年版，第 109 页。

[2] [俄] 别林斯基：《别林斯基论文学》，梁真译，上海：新文艺出版社，1958 年版，第 261 页。

遮蔽或伤害的介入。只有这样，文学批评才能真正体现其“寻美”和“求疵”的双重功效，才能彰显文学批评作为社会公器的正义品质。

二、文学批评是一种体现着批判理性的“及物”活动

文学批评与文学理论、文学史并不相同，勒内·韦勒克在他和奥斯汀·沃伦合著的《文学理论》的第四章对这几个概念进行了详细的区分。在我看来，与文学理论和文学史相比，文学批评在形态上较为自由，在体例上更为灵活。与文学史研究讲究结构谨严、注重将研究对象历史化、辨源头和考辨变迁式的严密论证不同，文学批评往往呈现出结构的随意化、阐释的选择性和主观性等特征。阐释的选择性、结构的随意性和话题的自由性是文学批评较之于文学史研究和文学理论在体例与叙述上的优势，但同时也可能带来人们对文学批评认识和实践中的误区，以为文学批评是批评的“意识流”：可以想到什么研究什么，随意布局学术结构，没有确定的学术指向，不需要明确的学术立场。

其实，文学批评是以文学现象作为批评对象，以问题作为导向，在鉴赏、分析和评价中体现着学术理性的心智过程。如果把这种复杂过程简化为一种随兴所至的活动，进而诉之于文，可以想见，这种批评一定感性有余而理性不足，这种写作也会成为空洞无物的“不及物”批评。别林斯基曾这样说过，“很多人把批评理解为或是诽谤所见到的现象，或是把现象中喜好和不喜好的东西区分开来，——这是关于批评的最鄙陋的见解！在个人的喜好、信念和直

觉上面，不可能肯定或否定任何东西：判断需要理性，不需要个人，个人应该代表人类的理性。”丧失了这种理性而固守自我，就会沦为别林斯基所讥笑的那类“不幸的病人”，“任何所谓我，只基于自己的感觉和意见、武断而毫无根据地判断着的我，会令人想起精神病院里不幸的病人，他头戴着纸做的王冠，庄严而成绩卓著地治理着假想的人民，判处死刑或宽赦，宣战或媾和。”[1]

这里，别林斯基所讲的“批判理性”，实际上是指批评主体进行批评实践时所具有的价值立场和精神姿态：拒绝非文学或非学术因素的影响，排除权力、利益、人情对学术评价的干扰，以“不虚美不隐恶”的精神解释文学活动，彰显文学真相，尤其是以求疵和对话的姿态针砭文学与批评中的乱象与病象，维护文学的美好和批评的正义。由于写作是一种权力的体现，因而，我认同这样的观点：倘若我们不想让写作沦为一种任性而野蛮的权力，不让它沦为审美名义下的道德放纵，或商业动机驱动下的文化犯罪，那么，读者尤其是批评家，在对作家的信任中就必须“掺和一些批判精神”，“存在一点的不信任”，或者，换句话说，必须首先执持一种“反对”的态度，一种“高明的怀疑态度”[2]。说到底，当前文学批评呈现出行帮化、圈子化、中庸化、去立场化，根本的原因在于批评主体批判理性的缺失。对于这种批判立场缺失、犬儒的知识分子类型，萨义德曾如此给予尖锐质疑——“在我看来最该指责的就是知识分子的逃避；所谓逃避就是转离明知是正确的、困难的、有原则的立场，

[1] ［俄］别林斯基：《别林斯基论文学》，梁真译，上海：新文艺出版社，1958年版，第257—258页。

[2] 方宁主编：《批评的力量》，北京：人民出版社，2009年版，第26页。

而决定不予采取。不愿意显得太过政治化；害怕看来具有争议性；需要老板或权威人物的允许；想要保有平衡、客观、温和的美誉；希望能被请教、咨询，成为有声望的委员会的一员，以留在负责可靠的主流之内。”[1]

批判理性的缺失，会使批评实践回避批评家对作家应该有的善意而尖锐的质疑，拒绝对写作真相的追问以及对写作症结和各种病象的诘责，转而闭眼大唱不着边际的赞歌，或是抓住一些细枝末节与伪问题大做无用功。可见，缺失了批判理性，批评家没有能成为作家对面的那个必要的“敌人”，而成为作家的“护短者”“合唱者”。我理想中的文学批评是一种体现着批判理性的“及物”活动。文学批评应为彰显价值理性和解决学术问题的活动，那种既无立场又“不及物”的学术批评读来令人生厌，面目可憎。当前文学批评中有不少类型看似充满了各种“理性”和学术“问题”，实则“不及物”或是非理性的胡搅蛮缠，这些症候典型的有这样几种：

第一，“化简为繁”式义理叠加。

文学批评应该有一种大道至简式的表达方法，文学批评天然具有文体和表达方式上的优势。这种优势可用“短平快”“多活新”概括。“短平快”是指，不需要长篇大论，容易写作，短时可以写好。“多活新”中的“多”是指形式允许多样，可以是对话体，可以是散论，可以是答客问，可以是书信体；“活”是指选择的角度能够灵活变化，选择性阐释（一个或多个）；“新”是指鼓励追踪学术前沿问题和最新现象。但在实际中，20 世纪以来的中国文学批评，尤其是

[1] [美] 爱德华·W·萨义德：《知识分子论》，单德兴译，北京：生活·读书·新知三联书店，2002 年版，第 84 页。

当下文学批评和研究，由于学术评价体制的量化要求和学术研究的崇奉西学心态，文学批评与研究体现为形式上的“化简为繁”和内容上的“义理充斥”。在目前学术评价体制之下，思想犀利篇制短小的文章并不具有优势，相反，那种洋洋大观的批评与研究文章倒是给人“厚重”之感和“学术”之气。当下，学院派的学者、教授以及学院毕业的博硕士研究生，他们的研究与批评路数在形态上都具有这种繁复的特征。在内容上，文学批评与研究更是被各种理论、思想、主义充斥。温儒敏先生曾经指出，中国现代文学研究被各种义理（主义与理论）所充斥，比如革命、阶级、启蒙、救亡、现代性、后现代性等等，而现代文学研究与批评要么成为某种义理的例证，要么从具体的文本分析中升华出义理。当代文学研究与批评由于诞生在一个更为开放和自由的语境里，这种义理充斥的现象更为普遍。“义理”的叠加伤害的是文学批评和研究的功能，义理充斥的批评大多会远离文本，成为理论的跑马场。

第二，“邻猫生子”式的伪问题。

梁启超曾用“邻猫生子”来指涉那些虽真犹假的问题：邻居的猫生了小猫，确实是一个真实的问题，然而，这个问题却与其他事情没有关系，是一个不能成为解释与其他事物发生关联的问题。因而，“邻猫生子”是指那些似真实假的学术问题，属于伪问题。由于批评文体上的繁复、诸多理论和概念的缠绕，假的学术问题常常会被绕成一个“真问题”，颇能唬人。这也是钱理群先生所讲的“吓人而迷人”的知识谱系带来的阅读效果。学者王彬彬曾这样描述此类文学批评的基本方法，“三绕四绕，把一个伪问题绕成真问题；五绕六绕，把一个小问题绕成大问题；七绕八绕，把一个常识性的问题绕成一个全新的问题，仿佛是自己第一次提出似的。在绕来绕去中，显得高深莫测。”[1]近两年，在对唐小兵、戴锦华、刘禾、黄子平等人的“再解读”进行批判的系列论文中，王彬彬对类似的批评路径和巨大危害作了非常精辟的概括和较为严厉的批评。

第三，“砍头割脚”式的阉割批评模式。

以某种先验思想体系或理论框架来谈文学现象，对于与思想与理论对应的内容，大书特书，对于不能纳入的内容则视为末节和异端加以屏蔽（异质性内容）。因而，最终对作家或作品的解读，实际上是一种“剪刀加筛子”式的批评，用理论裁剪文本，用筛子筛选现象，留下的是适应思想体系和理论框架的内容。别林斯基对此有一个很贴切的比方，他说，批评家面对诗人时，目的在于“要他（诗人）去证实批评家先生们所规划的理论，——假如诗人的作品不是正好符合批评家的理论格局的话，批评家就要拖住作品的脚往外拉长，或者就把脚锯短（甚至把头砍去，看情况而定），不然就终于宣称诗人是渺不足道的，没有严肃的见解，落在时代后面了”[2]。这种“砍头割脚”式的文学批评也即张江在“强制阐释论”中所总结的“理论预设”“观点前置”的批评痼疾。这种批评同样是极不善意、缺乏理性的文学批评，同样也必定是远离真正学术问题的“不及物”批评。

第四，“求全责备”式的错位标尺判断。

这种批评模式是指批评者在评判研究对象时总是在不断变化价值标准，用多重标准去苛责对象。“一部作品呈现了 A，他们会要

[1] 王彬彬：《应知天命集》，北京：人民文学出版社，2014 年版，第 259 页。

[2] ［俄］别林斯基：《别林斯基论文学》，梁真译，上海：新文艺出版社，1958 年版，第 269 页。

求 B，呈现了 B，他们又要求 A，如果同时呈现了 A 或 B，他们会要求其他。”[1]在具体的批评实践中，表现为：某个作家在艺术上有创新，批评家则怪他思想上不深刻；写了形而上学的哲理思考，苛求他没有通俗易懂的故事；体现了古典传统，会叹息不够现代；写了城市，说他不善于写农村。在这种研究中，批评家看似在理性献言，实则是非理性的刁难之词，看似语重心长，其实极不厚道。因为，批评家根本没有一个客观的标准，没有能够根据批评对象的特点和局限进行针对性的评价，我们只看到一个手执多套评价标准的批评者，不断在苛责着作家或被研究对象少这缺那，在这种批评标准下，被批评对象永远是匮乏的、缺陷的、落后的、不值得肯定的。这种“求疵”是求全责备和非理性的无端指责，极不真诚，价值寥寥。

客观地说，上面这四种批评范式表现形式不同，批评的功效未必都是负面和无效的，比如“化简为繁”式批评，在研究和阐释学科重大问题，或是属于另立新说、考辨源流式的批评与研究时，这种批评范式有其必要性和合理性；比如“求全责备”式批评，如果批评者目光犀利，切中症结，那么这种“求疵”式批评是必要的，也彰显了批判理性的魅力。但另一方面，要是这些批评范式远离了批判理性和真正的学术问题，仅仅满足于在批评活动中展示各种“主义和理论”，而不指向创作的真相、文学的症结和文坛的乱象，那么，这种批评即使具有思辨色彩和批判意味，也会沦为没有意义的“不及物”活动。对于别林斯基来说，理性是相对于武断、个人化、主观化而言的另一种精神品质和价值标准，我想强调的是文学

[1] 吴义勤：《原罪与救赎——读莫言长篇小说〈蛙〉》，《南方文坛》2010 年第 3 期。

批评中的批判理性。文学批评固然是寻美和求疵两种功能相交织的实践活动，但在一个浮躁凌厉、病象百出的时代，文学显示出诗意和美好一面的同时，更暴露出它的诸多病症，因此，“求疵”以及与“求疵”同时的“批判理性”显得极为必要和重要。然而，当前的文学批评由于意识形态、人情伦理、利益羁绊等因素呈现出种种令人不满的地方。有学者针对当前文坛现象，从文学创作和文学批评两个方面总结了文坛的22条沉疴病象[1]，比如对事件和事物的判断力下降、创作中的反智化倾向越来越突出，比如批评家为体制与市场需求做吹鼓手和抬轿者、对消费伦理的靠拢与弃置正义或人性价值批评的流行、既拜体制的菩萨又拜市场的财神的“双料的批评家”的出现。如果说新中国成立至20世纪80年代中期，文学和批评较多的受制因素是政治文化和意识形态的话，90年代以来，影响创作和批评的因素则是权力和市场。作为批评者，要警惕这些因素对文学活动和批评实践的影响，抵制主体立场上的犬儒，抵制文学和批评沦为权力与利益的工具，让文学批评在这个撕裂的社会成为一种散发理性的公器和及物实践。

三、高明的文学批评是一种“不低于”作家的对话，更是洞明般的“问诊”

文学批评既是一种基于作品的个人化鉴赏和对文学现象的主观阐释，更是基于某种视角或理论，着眼于某个问题或某种症结的科学论证。在我看来，理想的、高明的文学批评是一种“不低于”作

[1] 丁帆：《新世纪文学中价值立场的退却与乱象的形成》，《当代作家评论》2010年第5期。

家的对话，也是一种俯视般的“诊断”。

若将研究者的修养、眼界与作家相比，可分为这样两种情况，第一种情况是研究者不低于作家，即“研究者≥作家或研究对象”，如果研究者的知识结构、阅读视野和理性认知超过研究对象，那么，这种批评很可能构成一种对话与问诊，即批评家能够准确、敏锐地指出作家及其创作中的得与失、美与丑，从而客观、科学地做出历史评价和学术定位。第二种是研究者低于研究对象，也即“研究者＜作家或研究对象”。在这种情况下，批评者对于作家作品一知半解、认知模棱两可，此番批评与研究很可能成为庸论、臆解，甚至胡扯。说是庸论，是因为批评者并不能参透作家创作的秘密，不了解作家的犹豫与疼痛，不知道作品的迷人与短板，从而作出了平庸和可有可无的文学阐释；既然不是全部了解作家及其情感，这种文学批评就常会沦为盲人摸象式的主观臆测，似是而非的结论、片面之词，极容易成为与作家和作品相去甚远的痴人说梦。当前，不少研究者在知识和视野、审美与认知方面确实是低于作家的，但这种“低于”并不天然意味着批评家和研究者阐释或研究活动的无效性，每个读者都有权利展开自己的阅读和批评活动。这一活动是基于个体的审美旨趣、知识结构、评价体系而完成的，因而，面对同一个对象，不同批评者由于采用的视角、立场、标准、方法不同，得出的结论也会不同。这里，我所反对的是那种“一只眼批评”，什么叫“一只眼批评”？它表现为这样几种形态，第一种是选择性阐释，这种批评模式从方法论上看不是遵从“论从史出”，即从大量材料和文本中自然分析出问题，得出结论，而是强行将一个作品、对象从作家的作品谱系里或从复杂的历史语境里切割出来，作纯粹的“内部研究”，全然不管批评对象的历史承传与生成语境。第二种是简化性阐释。这种批评是批评主体对批评过程的简化，比如研究某部作品时，只知此部，不知其余；研究一个作家时，只知部分，不知全体；分析作家作品时，只知其文，不知其人；梳理研究成果时，对研究对象的历史只知其一二，不知其全貌——这些批评模式都是在人为简化研究对象或研究过程，从而影响了批评的准确性和公正性。

21世纪以来的十余年，中国社会经历了复杂而深刻的社会变革，大时代的变动对作家和批评家同样提出了挑战，在大变革的社会背景下，回归现实和扎根中国大地成为这些年中国作家的一个主要写作向度。那么，在这种写作潮流面前，批评何为？我的总体看法是批评家是滞后于这样一个文学现象的，无论是理论资源、批评方法，还是学术见解，都远远没有说透当下中国这样一个现象级的问题。21世纪以来，中国作家面对芜杂、丰富的现实的召唤，都纷纷将笔触伸向了广阔的现实天地，文学的现实维度和作家的现实关怀在近些年与日俱增，在这个问题上，很多作家几乎形成了一种共识性创作观——"当中国改革进入深水区，社会问题将更加复杂，它将为文学又一次提供着更大的想象空间和丰富的素材……对于中国作家，那就得了解和熟悉当下的社会现实。社会现实在观察着我们，我们以文学观察社会现实。"[1]正是由于丰富而芜杂的现实对作家的强大召唤力，现实成为最近这些年文学中的巨大存在。21世纪以来，余华的《兄弟》《第七天》、莫言的《蛙》、刘震云的《我不是潘金莲》、贾平凹的《带灯》《极花》、苏童的《黄雀记》、阎连科的《炸裂志》、范小青的《我的名字叫王村》、韩少功的《报告政府》，等等，这个不完全的清单中的作品以不同的艺术形态呈现了改革时

[1] 贾平凹：《命运决定了我们是这样的文学品种》，《当代》2014年第1期。

代和当下中国的现实情态。

问题是，如何看待21世纪以来的这种群体性的现实主义写作潮流和现实美学？此处我想探讨的主要是，批评家能否对这种具有鲜明时代特征的文学现象给予相应回应，这种回应不是盲目充当作家作品的吹鼓手，不是简单贴上“里程碑”“伟大”“最高水平”等太过宏大的标签或是呈上非理性的诋毁与谩骂之词，而是需要批评家基于文学史的发展视野、丰沛的中外文学阅读和敏锐深刻的理论自觉，从而对这种写作潮流的学术意义、发展瓶颈与内在困境做出客观公允的评价。如何处理现实——如何让小说既立足现实又能超越庸常，既不乏现实的根基又能避免新闻化的呈现和简单的现实碎片堆砌，还可以让现实具有某种诗性和魔性——这似乎是一个较为复杂的命题，但恰恰是作家创作实践中需要直面的命题，也是批评家和理论家需要思考的命题。批评家在回应和评价当下作家的这种写作潮流时，应该让自己的理论库存和阅读行囊尽可能丰富和广博些，否则难以做出令人信服、较为准确的结论。具体而言，这要求批评家对中外现实主义文学的基本发展脉络有所了解，把握不同时期、不同流派的现实主义的理论内涵，因为，批评家的理论视野和文本阅读面决定了批评实践的有效性和穿透力。“一个批评家倘若满足于无视所有文学史上的关系，便会常常发生判断的错误。他将会搞不清哪些作品是创新的，哪些是师承前后的，由于不了解历史上的情况，他将常常误解许多具体的文学艺术作品。”[1]试想，如果批评家没有足量的中外文学的阅读，没有基本的对现实主义思潮和理论的

[1] [美] 韦勒克，沃伦：《文学理论》，刘象愚等译，北京：文化艺术出版社，2010年版，第38—39页。

认知，他对中国当前的这种现实主义创作潮流的批评定会陷入一种盲人摸象式的判断或想当然的理解。

客观来看，21 世纪以来的这股现实主义小说潮流尚没有得到学理和深刻的研究，“现实”是令作家异常兴奋也很头疼的问题，“兴奋”是由于丰富而杂乱的现实为作家提供了源源不断的素材和写作灵感，令作家“头疼”是因为如何将现实写得不落入俗套并不是一件简单的事。余华说，“现实永远比小说更荒诞。”面对加速发展的社会，小说呈现的现实似乎远远不及现实存在那样有趣和五彩。因而，对于当下作家来说，如何在小说中“整饬现实”是一个颇有难度而又极其重要的问题。作家阎连科 2014 年在南京师范大学的演讲中，对当下作家的现实主义书写潮流评价颇低，他认为，当代作家的现实观和现实主义表现方法基本上没有超越西方 19 世纪以巴尔扎克、狄更斯为代表的批判现实主义作家，也就是说，尽管当下社会为作家提供了前所未有的复杂和丰富的现实，可大多数作家表现现实的手法并不比 200 多年的那些作家高明。这一观点是否准确有待商榷，但阎连科基于中外文学的比较视野，对当下不少作家过于陈旧的现实观和较为拙劣的现实摹写的批评还是有其道理的。我想说的是，这一令作家头疼的“现实”主义写作问题，同样需要批评家给予理性批评和学理研究，然而，当前批评界对以下这类问题的批评和研究还较少：21 世纪以来的小说中为什么“现实”呈骤增之势？作家集体介入现实的动因是什么？与既往现实主义小说相比，这一时期作家的现实观和表现现实的手法有何不同？这些问题亟待批评家进行细致的梳理和理性的分析。而要使这种批评和研究能够有效且充满穿透力，需要我们的视野和认知，理论与素养能够接近甚至超过研究对象，只有“不低于”研究对象，我们与批评对象才能真正形成一种对话或“问诊”关系。

有研究者曾指出当前文学批评的症结所在，“文学理论与批评界的根本症结，其实就是今天的文艺理论已经远远地落后于今天的现实，根本就无法解释今天的文艺现象；而文艺批评由于在理论方面的严重滞后，甚至都没有能力去真正地鉴别出作品的高下。”[1]文学批评阐释力的下降不仅是由于文艺理论“落后于今天的现实”所致，也与批评主体理论水准偏低，缺少必要的专业素养以及狭窄的文学阅读有关，从而导致审美标尺单一、教条和评判结果失准。

在当前多元化的文化生活中，文学批评尽管参与着文学作品意义的阐释、生产以及传播，但文学批评的公信力和引领社会公共话语的能力无疑在弱化和丧失，文学批评在当下急剧变革的大时代中甚至已经远离社会文化的中心而沦为学院派的一种私人性的知识技能。文学批评失去轰动效应与失去文化引领能力的这种“去势”和“失位”，除了与时代主题的更替导致的文学和批评走向边缘外有关，也与文学批评自身肌体的“病变”脱不了干系。也即，“文艺批评所能激发的公共性的思想和情感的能力在减弱，激发大众的共同激情和兴趣的力量在弱化，提供大众探索真理的路径和精神能量日渐匮乏，对于历史主体的创造性想象和未来信念在丧失。”[2]今天，当我们试图重提让文学批评回归文学现场，并积极介入公共话语空间，参与且引领社会公共话题、重大文化和社会事件时，我们首先应该从文学批评的反思与重建做起。所谓“重建”，我认为得从批评主体

[1] 王彬，王春林等：《当前文学批评标准与方法》，《文学报》2012 年 10 月 11 日第 4 版。

[2] 张永禄，王杰：《文艺批评是公共话语的引领者》，《中国文学批评》2015 年第 1 期。

的人格重建开始，这种人格建构不仅是专业素养的提升和学术眼光的锻造，更是批评主体人格气质的重建，需要学院派知识分子唤醒公共知识分子的自我身份，让正义成为文学批评家的精神气质，让“及物”成为文学批评的常识，让“宁实勿虚，宁拙勿巧”成为批评家的共识。只有这样，文学批评才会“有力”和“有信”，继而才会“有位”和“有戏”。

四、“我们”这一代：幸运的“80后”与不幸的“80后”批评

如同一代人有一代人的文学，一代人也有一代人的批评范式和批评气质。作为“80后”，我关注着“80后”在批评界的代际声音和代际形象。从总体来看，作为整体的“80后”在批评界尚未形成自己的批评肖像，自然也就没有确立起自己的代际气质。当前“80后”的批评还处于沉潜阶段，尽管少数几个“80后”批评者风生水起，但更多的年轻后生们尚在成长的路上。马克思主义批评大师詹姆逊指出，文学批评有三个主要研究对象，即研究对象、研究方法和研究者立场[1]。也即，对文学批评的反思，除了对批评对象和批评方法、范畴的反思，还应包含对批评者自我的反思，即对批评者的自我立场、价值理性和批评局限的反思。正是在这个意义上，我对自我在内的“80后”批评进行一种清理和审视——这种自我审视更多是对自我文学批评的一种总结和提醒。

“80后”是幸运的一代，成长于改革开放的伊始，这代人没有

[1] 杨建刚：《马克思主义对形式主义的吸收和借鉴——弗雷德里克·詹姆逊文学批评的理论、方法与实践》，《文艺理论研究》2015年第1期。

经历过 20 世纪七八十年代以及此前的诸多历史动荡，他们的成长伴随着国家经济的飞速发展和政治民主进程的逐步深化，物质贫瘠与饥饿之虞基本和他们绝缘，政治动荡带来的生存焦虑也极为鲜见。从基础教育到大学教育，“80 后”所受的学校教育是完整的，他们的大学学习基本上是 20 世纪的最后两三年至 21 世纪初完成。这一代人读大学时，象征着计划经济时代的“组织”观念已经日益松散，他们可以自由恋爱，内心没有政治恐惧，不用参加各种政治学习或是上街游行，能够读古今中外的各种图书，“禁书”在“80 后”这儿是个遥远的历史词汇。可以说，“80 后”是幸运的一代，他们从出生、成长到走向社会，顺风顺水、一马平川，没有遭逢父辈们的政治惊惧和物质之苦。“60 后”作家曾自况说是“喝 20 世纪现代主义小说的奶长大的”[1]一代，我不知道“80 后”是“喝”什么长大的，“80 后”可以“喝”的东西太多了，不同的人“喝”的东西都不一样，长成的样子也有别——如同“80 后”所处的时代一样：在一个急剧转型的时代，社会景观芜杂失序，伦理价值新旧转换，被时代风暴裹挟在漩涡中央的“80 后”，即便他们如今已过而立，但要勾勒出这代人的清晰轮廓和精神肖像似乎不易。肖像的模糊缘于精神气质的孱弱。我同意这样一种观点，从大的趋势来看，在“50 后”（包括“30 后”“40 后”）“60 后”“70 后”“80 后”这一代际年轮上，个人的责任感、使命感经历了从强到衰的过程，而个体与国家的关系呈现出从紧密到疏离的递减态势，我无意于分析这一趋势所包含的复杂历史背景与得失优劣。我感觉到，极左年代的政治

[1] 艾伟：《无限之路》，林建法主编：《中国当代作家面面观》，沈阳：春风文艺出版社，2003 年版，第 349 页。

乌托邦和市场经济时代的竞争与发展意识，逐渐涤荡了人们的政治热情、宏大理想、集体情怀和社会使命感，人们的价值观与精神诉求转而和物化、世故、精明、实用联系在一起，人们对社会和国家的热情度降低，对个体的关注升温。给一代人扣上各种负面性的帽子，一定是吃力不讨好的事情。我无法代言“80后”，刚刚过去的这段时间发生的诸多社会事件至今仍让我心绪难平，从“魏则西事件”到“雷洋事件”，再到“减招事件”——我惊异于这个撕裂的社会出现的种种非正义和基本秩序的失范，我更失望于青年一代在这些事件中的过于审慎的言论和“得体”的姿态。2016年悲情五月发生的一切总让我想起97年前“五四”青年的那些激越豪迈和铿锵无畏。我只想说，“80后”是“精神缺钙”的一代，他们聪明，机警，看似天真，实则极有城府，茅盾所说的“卑谦的利己主义”和钱理群先生概括的“精致的利己主义”与他们的某些气质不谋而合。

“不冒险”是“80后”文学批评的总体特色。为什么“不冒险”成为一种群体性的气质？我想，在生存利益和严苛的学术体制面前，“80后”批评家们早已熟悉并能自如驾驭学术江湖的种种游戏规则：他们有些人把文章写得不温不火，不偏不倚，不是他们没有棱角和爱憎，而是不愿意做出头鸟或谔谔之士；他们依附于体制，游刃于各种学术会议与学术奖项，善于获取各种资助项目和学术头衔，书读得不多，文章写得不少，新颖观点和深刻洞见不多，繁复理论和“绕脖子”的叙述倒是令人望而生畏；在利益纷争的学术江湖，年长的早已人情练达，年轻的也已未老先衰，精明世故：面对选题和学术文章，深谙短平快小文和学究气雄文的制作之道，面对学术争鸣，未下笔前早已掂量了学派、师承、门户，该不该讲，如何讲，分寸感十足；面对各路期刊主编和学术大咖，竭尽恭维，奉如神明；精于积累经济资本（各种立项和获奖）和社会资本（各种客座教授或头衔）。在学术体制、市场利益和熟人伦理面前，显得少年老成，左右逢源。“80后”的学人是被学院体制养大，被学术体制圈养的一代，虽没长大，浮躁、褊狭，“精致利己主义”和“卑谦利己主义”的气质已然若现。不要指望“80后”能出大师，这代人知识结构残缺、学术功利心强烈，这代人专业水准精深，但缺少博通，这代人的学术也许会呈现“片面的深刻性”，但这代人的学术声音大概行之不会久远。

“80后”的文学批评存在这样一些显见的“硬伤”。第一，残缺的知识结构和褊狭的学术视野。“80后”批评家的知识结构和学术视野是不健全的。他们的高中时代便开始文理分科，到了大学，尤其是博硕士阶段的教育，更是在学科和专业分工极度精细化的教育体制下完成的，学科分工和专业领地意识造成了学科壁垒，影响了教育者的知识结构、思维方式和研究范式。晚清和民国时代的既有国学功底，又通西学的学术大师群体在当代几成绝响。如今的批评者中，研究人文社会科学的不懂自然科学，研究文学的不懂经济，不看历史，无视政治，不屑于宗教；研究中国文学的不懂外国文学，不看外国文学；研究当代文学的不看现代文学；甚至研究小说的不看诗歌、散文。“80后”批评家这种残缺的知识结构和褊狭的学术视野更为明显，由于大学和研究生阶段学制的短暂，在本应广博涉猎各个学科和专业书籍的阶段，匆忙应付多种应试考试或是学术考核，等到独立开展研究或是教书科研时，学院化的种种严苛的考核指标开始转化为新一轮学术焦虑，在这种焦虑心态之下，由于知识面偏狭，阅读量很小，只能以有限的阅读支撑“多快好省”的学术生产。也就是说，科层教育造成了学科壁垒和专业隔膜，从而造成了研究者的“圈地”意识和“领地”意识，过于精细的专业意识必然带来研究视野的狭窄和学术空间的逼仄。可以说，“80后”是在还没有做好知识储备和学术积累的情况下被赶往学术场域的，他们知识结构的完善和学术视野的拓展需要在后天的学术实践中完成，但当下“80后”的写作肯定不是最好的时期。

第二，花哨的知识外衣和贫瘠的思想内底。“80后”的学术生产点缀着各种“知识”和“理论”，他们的学术生产可以看作是西方各种社会思潮和理论家的一次次“理论旅行”。由于很多“80后”并非英语科班出身，对这些理论大多是“二道贩子”式的借鉴和引用，他们论文里出现的不少理论均属生吞活剥、摘章引句型。理论是颇具魅惑力的一种话语力量，在当下学术批评和学术研究充斥着各式理论的背景下，“80后”批评难以摆脱这种负面影响，正如有的学者所指出的，“运用这些西方新理论去评论中国作品的‘新批评家’就雨后春笋般出现了，这些‘遗传基因’甚至明显地体现在某些‘80后’批评家身上。”[1]在“80后”批评中，我们可以看到各种“主义”“理论”和花哨的名词，这些繁复的名词和晦涩的专业术语是“80后”学术批评的一种外在特征，拨开云山雾绕的词语堆砌，我们看到的却是贫瘠而苍白的思想。

第三，被规训的学术套话和功利化的学术伦理。“80后”批评家们置身的是一种严苛的学术体制，量化的考核标准、残酷的淘汰机制和巨大的竞争压力让初出茅庐的“80后”不敢懈怠，老一辈学者那种“板凳愿坐十年冷”的学术心态杳无影踪，学术评奖、职称

---

[1] 丁帆：《中国当代文艺批评生态及批评观念与方法考释》，《文艺研究》2015年第10期。

晋升、项目化生存萦绕着他们。这种学术体制也塑造着“80后”的学术心态和学术生产方式。在学术江湖还没有立足的学术“青椒”们，整日思量的不是如何弥补自我的知识结构、进行学术方法的更新和学术传统的传承，而是揣摩哪个课题容易攻克下来，填报和制作各种优秀成果奖或是荣誉称号所需要的烦冗表格和材料，打听某次学术会议有哪些专家出席自己是否要去参加，哪个A类刊物容易发论文，职称评定要求的海外留学我该去往哪所学校……大学“青椒”们并不轻松，他们疲于填报各种表格和承担来自单位（或教研室）加诸年轻人的一项项日常琐务，他们在高房贷的压力和嗷嗷待哺孩子的召唤下，无心坐冷板凳，他们只想早点评上副教授和教授，早点成为他们导师那样衣食无忧、体面威风的学者。这代人的压力太大，诱惑太多，不要指望他们的学术能够传世，他们的学术只是生存的筹码，他们的学术只想照亮当下而不奢望传世。我不看好这代人的文学批评和学术实践，不是因为这代人不勤奋和不学无术，而是因为这代人的“阿克琉斯之踵”是那样致命而脆弱：大时代里巨大的生存压力面前，学术仅仅是他们为稻粱谋的职业和工具而已，急功近利的学术体制和数字化的评价体制密不透风地塑造着这代人的学术面貌和学术气质，功利主义和机会主义是“80后”无师自通的两种意识，无根的学术是这代人的宿命——也许我过于悲观，我希望这种悲观的顾影自怜是多余的。

中国现当代文学研究中的“强行关联法”指谬

关联也即是关系之意。从理论上讲，文学现象之间的“关联”是密切而普遍的，因而，探讨、追溯文学现象在具体历史语境中的内在关联、因果关系、影响效果，从而揭橥文学的内在本质与历史真相，彰显文学的“存在之由”与“变迁之故”，成为文学研究的应有之意和常见路径。但正是这样一种几乎普及性的研究方法，在当下的文学研究实践中，由于研究者对方法论的误用、简化而制造出不少质量低下的学术成果。关联研究的本意是要在现象与现象、类型与类型、作家与作家、原因与结果、表层与内蕴、文本与理论等范畴间建立一种关系，寻找它们之间的内在逻辑，探寻文学发展规律，但由于研究者资料的不足、对历史语境的隔膜或对关联研究方法的非专业化实践，从而形成了一种有局限的研究图式。这些症状典型表现为这样几种形态：一是简单并举式关联，缺少对两种对象内在关联的发现。二是逻辑缺失，或是两种关联对象之间的逻辑关系薄弱，不能坐实。三是“强盗逻辑”式关联，通过庸俗实证和主观弥合强行建立关联。这些研究方法都体现了研究主体僭越事物内在属性和发展规律，主观虚设文学现象间内在逻辑的特征，体现了方法论上的主观主义和学术实践上的霸权形态，我姑且命名这种学术方法为“强行关联”。由于强行关联研究内在逻辑的缺失或弱化，必然会导致学术研究的空洞化和无效性，甚至带来一批批学术谬见。因而，有必要对这种症候式的学术方法进行严肃反思和认真清理。

一、文化与文学关系研究中的“松散关联”和“简单并举”

在众多关联研究的课题与成果中，文化视角一直是文学研究中用之甚广的一种方法。也即从文化的角度切入作家作品、思潮流派和各种文学现象成为20世纪90年代以来学界较为普遍的方法。需要说明的是，此处所说的文化视角不同于作为学术热点的文化研究。文化研究（Cultural Studies），是特指20世纪50年代由英国威廉斯、汤姆森、霍加特开创的知识领域和学术方法，文化研究在20世纪80年代后期、90年代初被引入中国，经过近二十年的学术定义和实践，已然成为一种显学领域。不可否认的是，作为一个独立的知识领域与学科方法，文化研究对中国文学的研究产生了较为深远的影响，这种影响典型表现为文化研究作为方法论自20世纪90年代被引入文学领域的研究，形成“文学文化学”，至今盛行不衰。在文化研究热的冲击下，文化与各个领域或学科发生关联，形成了纷纭多姿的“文化视野”，仅从文学研究的角度来看，中国学界为文学寻找到了如下的文化视角：地域文化、家族文化、草原文化、消费文化、女性文化、民俗文化、宗教文化、节庆文化、迁居文化、政治文化、城市文化、租界文化，等等。

如此之多的文化视角，确实为中国文学的研究带来了崭新的视野和开拓性的空间。但文化视角并不是一把万能钥匙，随意使用都可以打开各个文学现象内部空间的所有秘密。关键问题在于，把诸多文化与文学文本/文学现象并置在一起进行学术研究时，研究重心是什么，落脚点是什么，文学与文化的主从位次如何。如果这些问题定位不准，文化与文学之间的关联研究将是失效的。从方法论的角度，在文化与文学的关联研究上，重点并不是在于“泛谈文化”，而是在于“找出文化在哪些方面、以何种方式造就了文学的重要的和主要的特征”[1]。也就是说，以文化视角来研究文学现象时，文化是一个观察角度，关注的重点是文化如何影响和塑造文学的品性，落脚点应落在文学上。

近些年来大量的关于文化与文学的关联研究，由于方法上的偏颇，这些成果看似丰硕或厚重，实则并未给文学研究带来突破性影响，也未能提供关于具体文学现象的新的解释。这里举例说明。《中国地缘文化诗学——以新时期小说为例》（作者崔志远，人民出版社，2015 年版。以下简称崔著）是近年采用文化视角研究文学的代表性专著。客观地说，这部 67 万字的专著，特色还是很鲜明的，比如由古贯今的通观视野，由文化、地理、历史、文学构成的跨学科研究方法，对不同地缘文化结构和内涵的细致辨析和准确定义。这些优点暂且按下不表。这里主要谈谈该书的问题。

首先，我比较困惑的是，这本专著是关于文化研究，还是属于文学研究。分属哪种研究，并非仅仅是图书学科归类和书店“上架建议”的小问题，而是涉及该项课题的研究方法和研究重心的选择

---

[1] 朱晓进：《中国现代文学史研究的视阈》，北京：人民文学出版社，2008 年版，第 86 页。

上。如果是文化研究，新时期小说则很可能是作为文化研究的一种文本材料，用以印证文化的观点，如果该书是文学研究，那么，文化则作为一种方法或角度，最后的落脚点应该回到文学现象的解释和文学规律的揭示上。从该书的中图法分类和作序者反复提及的“文学研究”这一关键词可以看出，该书属于文学研究类的书籍。既然属于文学研究，那么，地缘文化应该作为一种研究方法或视角，建构关于地缘文化的诗学体系固然是内容之一，但应该把研究重心放在对文学现象的解释上，比如地缘文化资源如何塑造地域文学的属性，地域文化传统如何影响作家的创作心理和审美倾向。但实际上，除了运河文化与刘绍棠、原型意识与王安忆、水象与汪曾祺等作家个案分析中体现了这种学术追求，崔著的学术重心和热情显然在于描述地缘文化的内涵，建构地缘文化的理论体系。这一点可以从该书的体例和行文看出。全书共九章，前两章分别论述中国地缘诗学和中国区域文化格局这两大理论问题，第三章概述性地呈现新时期小说的地缘分布，第四到九章是对第三章的细化，选取六个区域文化进行个案分析。从章节设置可以看出，该书的重心在于地缘文化及其诗学的理论建构，地缘文化是这部书的最大兴趣和倾力所在，而文学成为建构文化体系的一种材料。在论述文学部分，为了与各自地域文化发生关联，作者采用的是“在文学中找文化”的方法，“这里选的均为新时期作家，在分析中主要运用原型批评方法，也运用能够发现文学地缘性的其他方法。”[1]可见，地缘文化作为崔著的主体内容，是该书最大的学术重心和创新所在，而“新时期小

[1] 崔志远：《中国地缘文化诗学：以新时期小说为例》，北京：人民出版社，2015年版，第6页。

说”在这种热闹、夺目的地缘文化诗学建构中，实际上沦为了辅助性“材料”，对于一部小说研究专著来讲，不能不说这是一种本末倒置的学术实践。

其次，从文化与文学的关联方式来看，该书提供的实际上是一种“文化＋文学”式的简单关联研究方式。该书包括两大部分，一部分是地缘文化内涵，一部分是文学特性。在第四到九章的首节都对不同邦邑区域文化进行了相当细致的描述，接着分析每个地域文化之下的作家与流派。该书在地缘文化体系建构上面，用力颇多，无论是总体性的地缘文化诗学，还是中国区域文化格局的历史演变，以及不同邦邑文化区的文化性格界定，都显得绵密而丰富。而在谈及每种邦邑文化圈影响之下的小说风貌时，该书又追求一种大而全的“宏大叙事”：试图一网打尽近百年文学中每个邦邑文化圈中的作家作品与文学流派。由于这种“宏大叙事”涉及的作家与流派多若星辰，注定了该书对小说的地缘风貌只能以描述性、泛论式的方式进行。而这部分被作者自认为是该书“重头戏”[1]的内容，由于其浓缩性和泛论性，看起来更像是各种不同版本的文学史为了所谓通史视野和学科完整而设定的概述呈现和简史演绎。因而，在这本专著中，我们很难看到不同地域文化如何塑造一个文学群体的属性，地域文化从哪些方面影响作家，不同作家在同一地域文化之下何以形成不同的写作样貌。对于这些问题，该书的个案章节部分，比如刘绍棠、王朔、汪曾祺、高晓声、王安忆、贾平凹等专节反而“落实”得较好一些，即在这些作家个案中可以看到地域文化与作家风格、

[1] 崔志远：《中国地缘文化诗学：以新时期小说为例》，北京：人民出版社，2015年版，第6页。

母题、题材、语言之间的内在关联。但每种文化圈及其文化性格，肯定不止体现在一个作家身上，一种文化的丰富性和复杂性肯定是由多个作家所体现。那么，地缘文化作用于文学流派与文学个体的机制是否相同，不同个体吸收与转换的机制是什么，地缘文化对于流派风格的形成起着怎样的作用，这些问题在崔著中都未得到深入的探析。

最后，判断一种方法和视角是否有效、优劣与否，要看这种方法和视角能否对于阐释文学现象带来新的结论，能否发现其他方法和角度不能揭示出的规律和真相。“一个新的文学解释体系，有没有生命力，就看它有没有独到的解释能力，有没有根深叶茂的创新能力，能不能在大家都比较熟悉的一些文学现象中解释出深层的意义。”[1]从这个角度看，崔著也较为平庸。由于一味追求大而全的地缘文化体系，该著并没有完成文化与文学之间的深度关联和多重关联方式的考察。也就是说，从方法论上讲，该书没有建构起文化与文学关联研究的有效向度。以朱晓进先生的三晋文化与“山药蛋派”研究为例，他认为文化与文学的关系研究至少应该包括以下问题：一是研究“山药蛋派”作品所包蕴的三晋文化的内涵；二是研究三晋文化在哪些方面、在何种程度上决定了或制约了“山药蛋派”作家的共同的思维方式、观照问题的角度、审美的偏好以及处理题材的方式方法；三是“山药蛋派”作为一个文学流派，它在产生、发展和消亡中，三晋文化所发生的影响作用[2]。由是观之，包括崔著

[1] 杨义：《读书的启示：杨义学术演讲录》，北京：生活·读书·新知三联书店，2007年版，第153页。

[2] 朱晓进：《文化自觉与文学研究》，北京：中国文史出版社，2016年版，第77页。

在内的当前大量文学文化学的研究成果，其学术方法是值得商榷的。在他们看来，文学与文化的关联研究，似乎就是先罗列出文化的内涵，然后在文学中“找出”文化内容便算结束。因而，很多论文的重心几乎都是放在寻求文化与文学的这种“对应关系”上。这种“在文学中找文化”的学术方法通常具有这样一些关键词汇和表达句式，比如“凸现了××地域风貌、民情风俗”“表现了××文化的魅力”“描绘了××地区的风俗民情”[1]。实际上，在文学叙事中找到文化仅仅是文学的文化学研究的基础性研究，还有更为关键的问题需要进一步追问，比如一种地缘文化作用于作家，是在文化的哪些方面发生影响；这种文化如何影响作家的题材选择、语言表达、美学风貌；这种地缘文化和其他因素如何共同作用于某个流派或作家，继而影响作家风格的生成、变异。缺少了这种学术视野，往往会使文学的文化学研究流于文化与文学的简单对接，而不能使文化/地域文化成为观照文学的重要视角，并得出新颖、有价值的结论。

举例来说，崔著对每种地域文化的特征属性、历史变迁梳理得非常完整，但一旦进入到小说流派或具体作家的文化剖析上，地域文化往往成了游离之物。比如，第六章标题是吴越文化与新时期吴越小说，这一章是把现代以来的鲁迅、郁达夫、叶圣陶、茅盾等吴越作家放在吴越文化视角下进行阐释。那么，从吴越文化的角度解释这些作家，能否看到其他视角所不能看到的问题、得到其他阐释角度所不能得出的结论直接决定了这一地域视角的有效性与否。崔著在吴越文化视角下是如何解读这些作家的？比如解读鲁迅时，用

[1] 段崇轩：《地域文化与文学走向》，太原：北岳文艺出版社，2012年版，第32—36页。

“理智与情感”的多寡将鲁迅的小说分为三类；认为郁达夫的自传性，“透露着吴越人的文化心态”；而茅盾的精辟表现在“为人生”的文学思想和“深刻的现实主义精神”。再如“将吴越小说提高到一个新阶段”的茹志鹃，其《百合花》的成就在于将“女性视域”推上了新的高度[1]。这些分析共同的特征是用地域文化视角阐释作家作品时，并没有得出任何创见，要么借了地域文化的壳套用的是文学史已有的结论，比如对茅盾、茹志鹃的分析；要么是把作家的某个特点生拉硬拽与地域文化画等号，比如郁达夫——自传作为一种太过于普遍的文学体裁，何以见得透露着吴越人的文化心态？总之，崔著在这些分析中既没有说清从吴越文化的视角阐释这些吴越作家得出了哪些合理而重要的结论，更没有由此彰显出这种地域视角相比于其他视角的优越性，甚至，有时连这些吴越小说文本中的吴越文化都没有找到。类似的分析不同程度地见之于该书的其他章节中。这样的关联研究，既丧失了文化视角的穿透力，也没有达到对文学的新的阐释。

二、影响研究中的“假式关联”和“逻辑缺失”

在文学研究中，影响研究是一种被广泛使用的重要方法论和研究类型。影响研究通常在两种文化语境、两个文学现象之间，考察文学受到的影响，追溯文学之间的渊源与关联，这种追源溯流、考辨因果的研究类型，有利于揭示出文学发展中的生成轨迹和普遍性规律，因而受到文学研究的广泛青睐。但影响研究在影响源和被影

[1] 崔志远：《中国地缘文化诗学：以新时期小说为例》，北京：人民出版社，2015年版，第268—271页。

响者、放送者和接受者之间的关联如果过于随意和主观，不能通过实证的方式或逻辑演绎落到实处，那么，这种影响研究即使能够找到表面的同源性或类同性，由于不能阐明国别与国别之间、文化与文化之间、作家与作家之间，以及文学与其他学科门类之间的真正交互、融合、影响、变异的规律，这种影响研究将会是丧失合法性的假式关联研究。

洪子诚先生在近年一篇题为《相关性：当代文学与俄苏文学》的文章中，高度评价荷兰学者佛克马1965年出版2011年才有中译本的《中国文学与苏联影响（1956—1960）》一书，同时指出，佛克马这部有关“影响研究”著作中，确立了“有迹可循”的学术方法[1]。正如佛克马在书中所说，“我们将只探讨那些有迹可循的来自苏联方面的文学影响，即仅涉及那些明显由苏联文学和文学理论派生出来或有苏联渊源的文学现象。”[2]“有迹可循”在佛克马这儿实际上是指一种确凿无疑的联系，他认为“可循的联系”是所谓影响研究是否具有合法性的关键因素，也即，“谈到文学的影响的问题，首先需要弄清何为‘影响’。文学间的影响涉及影响源、受影响的地区，影响者与被影响者之间有可循的联系。历史上不同因素间的不断混合，创造出了前所未有的新现象，如果影响源不确定或者与被影响者之间无可循的联系，那就不是文学的影响问题。”[3]当下的很

---

[1] 洪子诚：《相关性：当代文学与俄苏文学》，载《中国现代文学研究丛刊》2016年第2期。

[2] [荷] 佛克马：《中国文学与苏联影响（1956—1960）》，季进等译，北京：北京大学出版社，2011年版，第69页。

[3] [荷] 佛克马：《中国文学与苏联影响（1956—1960）》，季进等译，北京：北京大学出版社，2011年版，第248—249页。

多文学研究，试图通过“影响”的研究路径探寻文学的“存在之由”和“变迁之故”，但由于主客观原因，两个对象之间“可循的联系”模糊不清、似是而非，最终使这种影响研究成为一种主观臆测。

考察中外作家或本土作家之间的相互影响是一种较为常见的研究视角，这方面的研究常以比较的视野，寻找两个现象之间的影响、渊源等关系，从而确认这种文学关联。而这种关联研究常常借助于“枚举法”来完成。即为了说明两个文本之间的模仿和影响，而列举出两个文本在人物书写、主题表达、母题同构等若干“相似”或“雷同”之处，通过这种所谓影响的“痕迹”来确认两个文本的某种关联。由于不同国家、民族之间在历史进程中会在某些阶段形成某些共通的伦理道德规则、审美倾向。因而，在不同国家、民族之间的文学表述中找到一些共同点并非难事，但找到了这些共同点是否意味着这二者之间一定存在着某种必然的联系与事实上的关联？答案是未必。从研究方法上来说，“简单枚举法依靠的是观察，它的结论依赖于观察例证的数量、分布范围和有没有反例，只要有一个反例，全称结论就被推翻。”[1]有学者指出，国内很多学人的研究方法停留在“简单枚举法”的层次，通过中国式的“经验方法”得出多如牛毛的“高论”。但是，“无论堆积了多少‘经验’证据，实际上都不足以得出一个具有普遍意义的逻辑结论。”[2]也就是说，有限的“经验”既不能“证实”也不能“证伪”结论，这既是一个逻辑问题，也是一个方法论问题。

除了这种跨国文学的比较研究，当前影响研究还被较多地运用

[1] 陈波：《逻辑学导论》，北京：中国人民大学出版社，2014 年版，第 183 页。
[2] 刘士林：《先验批判》，上海：生活·读书·新知三联书店，2001 年版，第 75 页。

于文学与其他学科的互文性、渗透性研究中。也就是说，考察文学内部体裁之间（比如韩东的小说与诗歌、张承志的小说与散文），尤其是其他学科与文学之间的相互影响和渗透。确实，不少中外作家的创作受到了其他学科门类的影响，比如宗教之于托尔斯泰、音乐之于余华、绘画之于汪曾祺或伍尔夫。这一方面的研究取得了不少可喜的成绩[1]。诚然，文学在生成和流变过程中，难免要与政治、经济、宗教、哲学、习俗，以及绘画、音乐、歌舞、影视、雕塑、建筑、园林等发生关系，对于文学研究来说，如何去开展这种跨学科的研究？杨义先生认为，应该要去“梳理它与其他艺术形式的文化精神和审美形式的相互通借”，探求“它们在新的审美可能性上互相逗引”和“缔缘共谋的历程”[2]。但在研究实践中，由于这种关联研究涉及不同学科的知识和方法，还要在文学的肌理中厘析出“影响的痕迹”和“缔缘的历程”，确实充满了难度。要将这类关联研究写好绝非易事。比如陈彦教授的《“物恋”与“写作”——再论沈从文的物质文化研究》[3]一文，从文学与物质文化关系的角度，试图找出沈从文结缘物质文化（研究）对于其文学写作的影响与意义，从而探寻作家的文学手法和美学精神的另类来源。

应该说，这篇文章建构了一个重要而新颖的角度。沈从文对“物”的智性乐趣很可能影响到他对新文学的思考与写作实践，因而

[1] 比如，翟业军：《“淡淡”文章，“萧萧”书画——汪曾祺文学与书画创作的相互阐释》，《文艺研究》2015 年第 9 期；张慧：《诗歌、绘画、音乐与情感——李金发诗歌创作的艺术追求》，《文艺争鸣》2010 年第 8 期。

[2] 杨义：《读书的启示：杨义学术演讲录》，北京：生活·读书·新知三联书店，2007 年版，第 207、212 页。

[3] 陈彦：《“物恋”与“写作”——再论沈从文的物质文化研究》，载《文学评论》2015 年第 4 期。

正如作者所说，“有必要检视物质文化之于沈从文新文学写作的意义。”物质文化与沈从文新文学写作的关联点在哪儿？作者找到了“留心细物”这一美学视点。认为“留心细物”体现了沈从文的审美方式，也有效寄托了作家“爱欲”的迁移，这些观点都没有问题。但对于关键问题，“留心细物”的艺术视点如何影响沈从文的写作，影响了沈从文的哪些方面，这种美学视点与沈从文的文艺观是怎样的交互关系，文章除了第三部分以《长河》《芸庐纪事》《看虹录》寥寥两三百字简单铺衍这种关联，再无细致分析，从而造成论文核心命题的悬而未答。另外，“留心细物”作为连接沈从文的物质文化研究和文学写作的核心概念，这一视点是如何发生的：是物质文化（研究）催生了留心细物的观照方式，还是说，留心细物作为美学自觉在沈从文投身物质文化之初就已存在，结缘物质文化只是强化了这一艺术视点？这一问题实际上涉及物质文化与沈从文写作关联的紧密或松散：如果留心细物的美学视点是沈从文在结缘物质文化之前早就有的美学视点，那么，就又不应夸大物质文化之于沈从文写作的意义与内在关联，如果留心细物确实是沈从文从事美术、工艺品收藏与研究之后形成的艺术视野，进而渗透、影响文学创作，那么，这种关联意义又是另外一种价值。但这篇论文显然缺少对这一问题的自觉追问，在我看来，不可夸大物质文化对沈从文新文学写作的决定性意义，“留心细物”并非结缘物质文化之后的产物。沈从文在 1949 年回顾自己的文学历程时，曾追溯到早年记忆和观察其他生命时“留心微小”的特点，他说：“认识其他生命，实由美术而起。就记忆所及，最先启发我教育我的，是黄蜂和蟢子在门户墙壁间的结窠。工作辛勤结构完整处，使我体会到微小生命的忠诚和巧智。其次看到鸟雀的做窠伏雏，花草在风雨阳光中的长成和新陈代谢，也美丽也严肃的生和死。举凡动植潜跃，生命虽极端渺小，都有它的完整自足性。再其次看到小银匠捶制银锁银鱼，一面因事流泪，一面用小钢模敲击花纹。看到小木匠和小媳妇作手艺，我发现了工作成果以外工作者的情绪或紧贴，或游离。”[1]由此可见，“留心细物”的美学视点在沈从文早年的日常经验和生命体验中早已成为一种美学自觉。断言“沈从文关于‘物’的认知确实重构了艺术史谱系”，问题不大，但是，从“留心细物”这一点来说，物质文化对于沈从文的写作可能没有太大关系，可能这也正是论文总是在强调“细物”认知重构了艺术品谱系，而疏于回答物质文化究竟对文学创作在哪些方面、产生了多大影响的原因。

三、海外汉学研究中的“强行关联”与“庸俗实证”

一直以来，海外汉学界是中国文学研究的一个“重镇”，无论是海外华裔学者，还是非华裔海外汉学研究者，他们的中国文学研究，在学术观点和研究方法上，都为本土文学研究提供了值得借鉴的资源。但另一方面，由于大陆学界普遍存在的“汉学心态”[2]，形成了过分倚重和不恰当抬高海外汉学学术的气候。同时，在海外学者的中国现当代文学研究的学术实践中，“强行关联”是一个频频出现的顽症和“幽灵”。这种强行关联法大量存在于日、韩、欧美学者的学术成果中，同中有异，要么体现在理论与文本的强行对接上，要么表现为作家与作家影响关系的庸俗实证上，要么落实在作品与作品关系

[1] 沈从文：《关于西南漆器及其他》，《沈从文全集.27》，太原：北岳文艺出版社，2002年版，第22页。

[2] 温儒敏：《谈谈困扰现代文学研究的几个问题》，载《文学评论》2007年第2期。

的主观杜撰上。由于篇幅所限，此处拟以日本学者藤井省三、旅日学者李冬木教授，谈谈海外汉学研究中“强行关联”的诸多形态。

藤井省三教授是一位在鲁迅研究和中国新文学研究领域颇有建树的日本学者，他大概是少数几个可以称为“鲁迅通”的非华裔外国学者，藤井教授的学术贡献和儒雅友善的人格此处暂且不表。还是先从他的具体文章说起。《鲁迅与芥川龙之介：〈呐喊〉小说的叙述模式以及故事结构的成立》是由一次演讲形成的论文[1]，这篇文章从大的方面说谈的是日本大正时代（1912—1926）的文学和中国“五四”新文学的影响关系，论文又主要以鲁迅和芥川龙之介为例，试图说明“他们俩的影响关系非常大”。藤井教授主要分析了《狂人日记》和《孔乙己》两部小说。一般认为，《狂人日记》是写于1918年4月，发表于1918年5月《新青年》第四卷第五号。《狂人日记》因“表现的深切和格式的特别”，颇激动了一部分青年读者的心[2]，也被认为是中国新文学的开端之作。藤井教授则提出了自己独特的见解：《狂人日记》是一部“不太成熟”的作品，而《孔乙己》才是一部“水平相当高”的短篇小说。在藤井教授看来，从《狂人日记》到《孔乙己》之间的“十个月”，是鲁迅小说水平发生质的变化的重要阶段，而促成因素便是芥川龙之介的作品《毛利先生》的影响[3]。提出这样的设想本身无可厚非，历史的真相就应该

---

[1] ［日］藤井省三：《鲁迅与芥川龙之介：〈呐喊〉小说的叙述模式以及故事结构的成立》，载《扬子江评论》2010年第2期。

[2] 鲁迅：《且介亭杂文二集·〈中国新文学大系〉小说二集序》，《鲁迅全集.6》，北京：人民文学出版社，2005年版，第246页。

[3] ［日］藤井省三：《鲁迅与芥川龙之介：〈呐喊〉小说的叙述模式以及故事结构的成立》，载《扬子江评论》2010年第2期。

在假设和辨析中得到彰明。但藤井教授证明自己观点的过程以及重要论据却是错误百出，经不起推敲。

藤井教授抛出的第一个重要见解是《狂人日记》的写作和发表时间“延后说”。他认为，《狂人日记》并不是写于 1918 年 4 月，而是 1918 年 5 月；《新青年》杂志也不是出版于 1918 年 5 月，而是 6 月份。他的理由是，1918 年 6 月 11 日《申报》发表了《新青年》关于“鲁迅《狂人日记》”的广告，而《新青年》杂志不可能在出版（5 月份）一个月后才在 6 月份上的《申报》做广告。由这样一个“常识”和《申报》刊登的广告时间，继而得出“《新青年》的出版就在 6 月份，而《狂人日记》的时间也要比 4 月份晚”。其实，确认《狂人日记》写作和《新青年》的出版具体时间并不太难。查阅曹聚仁版和鲁迅博物馆的《鲁迅年谱》，以及《鲁迅全集》[1]，均显示《狂人日记》最初发表于 1918 年 5 月《新青年》第四卷第五号，笔者翻阅了《新青年》1918 年第四卷第五号，清晰可见发行、出版时间为“民国七年五月十五日”，也即 1918 年 5 月 15 日。至于说，因为《申报》上关于《狂人日记》的广告在 6 月 11 日发表了，得出“《新青年》在 6 月 11 号左右出版”的“常识”，则显然是一种经验式推导，不足为信。

那么，关于《狂人日记》的写作，纠缠于时间上的这一两个月，有何意义？藤井教授为何大费周章把《狂人日记》和《新青年》的时间推延？其实，这里面大有深意。北京的一份报纸《晨钟报》（后改为《晨报》）在 1918 年刊登了好多关于“吃人”的报道，而报道

---

[1] 参见曹聚仁：《鲁迅年谱》，北京：生活·读书·新知三联书店，2011 年版，第 35 页；《鲁迅全集. 1》，北京：人民文学出版社，2005 年版，第 455 页。

的时间分别是 5 月 19 日的“孝子割股疗亲”、5 月 26 的“贤妇割肉奉姑”“贤妇割臂疗夫”。于是藤井教授指出“鲁迅可能看到 5 月《晨报》里这些吃肉的报道，非常担心中国的吃人历史还在，应该批评这样的情况而写《狂人日记》，这样的可能性比较大”。由此可知，藤井教授煞费苦心把《狂人日记》的写作和发表时间向后推迟一两个月，是为了让鲁迅在写《狂人日记》之前一定要“看到”《晨报》，也即给鲁迅“吃人”主题找到某种源头和现实起因。而所谓“吃人”源头和起因，在藤井教授看来便是《晨报》1918 年 5 月 19 日、26 日的关于吃人的报道，由于《鲁迅全集》以及《鲁迅年谱》一直标注的《狂人日记》写作时间是 1918 年 4 月，这一时间显然没法与 5 月中下旬《晨报》上“吃人”消息发生逻辑关联，所以，藤井教授便“大胆假设”《狂人日记》实际创作时间为 5 月的某天，而我们现在所见到的 4 月是鲁迅的“虚拟”或“障眼法”。由于《狂人日记》的写作时间推后了，当然也要让《新青年》推迟一个月。

我发现，日本学者对鲁迅作品中“吃人”主题的来源很有兴趣，但对于“吃人”的来源，他们不承认这种“吃人”是鲁迅对中国历史和文化的一种深刻而痛苦的体悟，也不认为鲁迅在写作《狂人日记》之前已经阅览了大量野史、正史中关于吃人的记载，或是受到了现实真相给鲁迅带来的巨大刺激。他们要么认为鲁迅的“吃人”来自明治时代的某本书，比如李冬木教授；要么将鲁迅“吃人”这一文化母题归结为报纸上的某几篇报道对鲁迅的某种偶然性触动，比如藤井教授。其实，单是从当时社会现实来看，鲁迅身边不乏这种“吃人”事件，而且早在鲁迅写作《狂人日记》之前的十多年前已有发生。最典型的就是清末革命团体光复会成员徐锡麟在 1907 年与秋瑾准备发动起义，徐锡麟因弹尽被捕，被残忍杀害后，心肝被安徽巡抚恩铭的卫队挖出炒食，秋瑾随后也被杀害。这些事件带给鲁迅的悲怆体验是巨大的，徐锡麟和秋瑾作为人物原型分别成了《狂人日记》中的“徐锡林”和《药》中的“夏瑜”。已有学者通过大量确凿可信的材料论证了鲁迅吃人主题与其自身早年阅读、历史文化体验之间的内在关联[1]。也就是说，鲁迅吃人主题的表述，不需要一定要等他看到 1918 年 5 月份的“吃人”报道，才产生了藤井所说“应该批评这样的情况而写《狂人日记》”，也并非来源于李冬木所说的芳贺矢一的《国民性十论》中的吃人记载。而这两种学术观点共同的用意是抹杀鲁迅《狂人日记》中关于吃人命题具有的先锋性和深刻性。

为了“矮化”《狂人日记》，藤井教授抛出了他的第二个观点，由于《狂人日记》有很多无法解释的“谜”，“这可能意味着它是不太成熟的作品。”藤井教授的这个判断与逻辑令人费解。一般来说，经典的作品由于其内在厚度和丰富内蕴，而具有了多种阐释视角和如同谜一样不能说尽的魅力，无论是《红楼梦》，还是莎士比亚的剧作皆如此。而在藤井教授这儿，无法释然的“谜”，竟成了作品“不太成熟”的依据。难道直白、浅显是成熟作品的必备条件？有“谜”的特质的作品都是不成熟的作品？这种见解和逻辑过于虚妄而霸道。藤井教授之所以认为《狂人日记》不成熟，依据的是两点：一是鲁迅自己说过“这部作品很幼稚”，二是 1933 年，鲁迅在上海编辑《鲁迅自选集》的时候，没有把《狂人日记》收录进去。所以他说，这部作品不成熟，“对鲁迅来说，也不一定很重要。”其实，鲁迅说这部作品“很幼稚”，完全是自谦的话，如果鲁迅真觉得“幼稚”，也不会在后来的《中国新文学大系》小说二集序中作出“比果戈理

[1] 王彬彬：《鲁迅内外》，南京：南京大学出版社，2013 年版，第 49 页。

的忧愤深广，也不如尼采的超人的渺茫”的断语和自我表扬，也不至于在这种“自夸”之后，声称《新青年》除了他的《狂人日记》等小说之外，“此外也没有养成什么小说的作家。”[1]把鲁迅的一句自谦的话当作了实情进而当作否定鲁迅的例证，这何尝不是对鲁迅的一种误读？

至于鲁迅不把《狂人日记》收进自己的集子，并不是因为“不成熟”而羞于见人，真正的原因在于，鲁迅怕这样的小说“教错了青年”[2]。鲁迅 1918 年受新文化的感召“遵将令”写作第一篇小说《狂人日记》，开启了一种启蒙之路。但鲁迅一直心有犹疑，正如他在《呐喊》自序里所说，不愿将自己的思想“传染”给“正做着好梦的青年”。一直到晚年，鲁迅对自己的启蒙始终抱有疑虑，尤其是，鲁迅目睹到很多青年受其感召而加入社会运动中来，结果遭到了政治性屠杀，加上收到“一个被你毒害的青年 Y”来信（1928 年）指责鲁迅是毒害青年的“元凶”，在这种情况下，鲁迅更为怀疑自己的启蒙。这种“诱杀青年”的愧疚和痛苦的自我怀疑，造成了晚年鲁迅这样一种心境：“当时他说话，已经是顾虑重重，很有分寸了，已经是苦心孤诣地删除些黑暗，装点些光明了。”[3]因而，在 1932 年出版自选集时，“将给读者一种‘重压之感’的作品，却特地竭力抽掉了。”[4]可见，鲁迅不把《狂人日记》收进自选集里，并

---

[1] 鲁迅：《且介亭杂文二集·〈中国新文学大系〉小说二集序》，《鲁迅全集. 6》，北京：人民文学出版社，2005 年版，第 247 页。

[2] 鲁迅：《华盖集续编·不是信》，《鲁迅全集. 3》，北京：人民文学出版社，2005 年版，第 243 页。

[3] 王彬彬：《鲁迅晚年情怀》，上海：上海人民出版社，2015 年版，第 161 页。

[4] 鲁迅：《南腔北调集·〈自选集〉自序》，《鲁迅全集. 3》，北京：人民文学出版社，2005 年版，第 253 页。

且在反对将《狂人日记》收进中小学教材，并不是如藤井教授所言由于作品“不成熟”，而是出于鲁迅思想上的这种痛苦和对“启蒙”的反省。

否定了《狂人日记》的功绩和特色之后，藤井教授抛出他的第三个重要命题，鲁迅的“第一篇成熟的作品”不是其他作品，而是《孔乙己》，尤其重要的是，芥川龙之介的《毛利先生》影响了《孔乙己》的写作。通过具体的情节、主题比较，藤井教授得出了这样一个重要的结论：《孔乙己》与《毛利先生》是有直接影响关系的作品，前者“模仿了”后者。

从文学史实来看，芥川龙之介与鲁迅虽没有直接见过面，但二人对彼此印象颇好，在芥川龙之介1921年6月来华之时，鲁迅翻译的芥川作品《罗生门》正在报刊上连载，芥川对于鲁迅的译文“惊喜交加”[1]。两位作家有种惺惺相惜的知音之感，在他们的作品中能够看到某种共通甚或影响。但具体到《孔乙己》与《毛利先生》这一个案，说他们具有一种“影响关系”，还需要确凿的史实来证明。擅长实证研究的藤井教授当然要为这一结论找到对应的史实：《毛利先生》发表于日本《新潮》杂志1919年1月号上，同时收录在新潮社1919年1月15日发行的《芥川第三短篇集》的《傀儡戏》中。《孔乙己》写于1919年3月10日，发表于《新青年》第六卷第四号上。由于“存在”这样一个时间差，同时根据周作人日记里周氏兄弟收到这部小说集的记载，藤井先生断言“肯定鲁迅先看过《毛利先生》以后再写《孔乙己》的，我这样猜”[2]。周氏兄弟拥有某本藏

[1] [日] 藤井省三：《日本鲁迅研究精选集》，林敏洁主译，北京：中央编译出版社，2016年版，第193页。

[2] [日] 藤井省三：《鲁迅与芥川龙之介：〈呐喊〉小说的叙述模式以及故事结构的成立》，载《扬子江评论》2010年第2期。

书，是否意味着鲁迅一定读过该书，并且是否一定对他的写作产生影响，这些具有多种可能性的历史细节，在藤井教授这儿，不加辨析、不由分说地被简化成一种言之凿凿的现实，那就是鲁迅“肯定看过”，而且对其创作产生了实质性的影响——这个有待商榷的结论暂且不去追究真伪，姑且认为鲁迅看过。值得一说的是，由于鲁迅翻译过芥川的作品，并对他的作品有过评价，因而，《孔乙己》模仿《毛利先生》，从逻辑上来讲，是有这种可能的。但有一个关键问题藤井教授搞错了，那就是《毛利先生》发表于 1919 年 1 月，《孔乙己》并非写于 1919 年 3 月。按《鲁迅全集》中《孔乙己》篇末的时间，确实标注的是“一九一九年三月”，但这个时间是“发表时间”，而《孔乙己》真正的写作时间正如鲁迅在篇末的《附记》里所记载“本文作于 1918 年冬天”。可见，藤井教授误把《孔乙己》的发表时间或鲁迅在编辑时补加的时间，当成了小说的创作时间。也就是说，鲁迅在北京创作《孔乙己》的时间是 1918 年冬天，而远在日本的芥川龙之介则是在 1919 年 1 月发表了《毛利先生》。鲁迅怎么可能在写作《孔乙己》的 1918 年的冬天读到翌年 1 月才公开发行的芥川的《毛利先生》？由此可以说，藤井教授断言《孔乙己》“模仿”《毛利先生》的大前提就是错误的，其结论的崩溃也就是必然了。

除了此篇认为《孔乙己》是模仿芥川《毛利先生》，这种牵强比附和庸俗实证在藤井教授 20 世纪 80 年代以来的鲁迅研究中即已启动。比如认为《故乡》模仿契诃夫的《省会》，《复仇》源自《真实如此伪装》[1]。这类研究以所谓实证为基本方法，将鲁迅作品与外国某位作家作品的某句话、某段描写，进行对比，继而得出某某作品

[1] 李有智：《日本鲁迅研究的歧路》，《中华读书报》2012 年 6 月 20 日第 3 版。

是“模板”、鲁迅“模仿”某某等结论。诚然，我们并不能否认鲁迅的作品确实会有一个“模仿、提升的过程”[1]，我们也赏识日本学者这种爬梳史料、田野调查和实证研究的研究方法，但这些研究在试图为鲁迅的精神生成和文学创作找寻源头，试图依靠史料和实证还原真实鲁迅的学术诉求中，是不是应该让研究前提更扎实些，让材料和结论之间的逻辑更密实些？考量明治时代对鲁迅的“巨大影响”时，是否也应该兼顾到鲁迅去国前后的时代环境、文化体验？

运用这种“强行关联”研究鲁迅的还有任教于日本佛教大学的李冬木教授。《鲁迅怎样“看”到的“阿金”？——兼谈鲁迅与〈支那人气质〉关系的一项考察》[2]《明治时代“食人”言说与鲁迅的〈狂人日记〉》[3]等文是李冬木教授较有代表性的鲁迅实证研究。这些研究一方面采用田野调查、实地勘查等方法，将鲁迅的某部小说分割出若干元素，实证推演出某部分是虚构的，某部分是写实的，以“现实原型”作为探求文本世界的最大要义。另一方面，李文的这些实证研究无一例外地试图引出他的宏论：鲁迅创作《阿金》是因为借用了美国传教士斯密斯《支那人气质》日译版这一“模板”；《狂人日记》从内容到形式都是对外国人的模仿，尤其是“吃人”主题更是直接因袭和模仿日本芳贺矢一的《国民性十论》。限于篇幅，此处言简意赅地指出这种关联研究的路数和弊病。鲁迅 1902—1909

[1] 李冬木：《歧路与正途——答〈日本鲁迅研究的歧路〉及其他》，《中华读书报》2012 年 9 月 12 日第 3 版。

[2] 李冬木：《鲁迅怎样“看”到的“阿金”：兼谈鲁迅与〈支那人气质〉关系的一项考察》，载《鲁迅研究月刊》2007 年第 7 期。

[3] 李冬木：《明治时代“食人”言说与鲁迅的〈狂人日记〉》，载《文学评论》2012 年第 1 期。

年在日本留学，这期间正是日本的明治时代，日本留学时期的体验、阅读与经历确实对鲁迅的文化观、人格形成与文学表达等有着不可忽视的作用。而日本学者往往喜欢研究明治时代对于鲁迅的影响，肆意确认鲁迅与明治时代的文化、文学关系，任意扩大明治资源对鲁迅的意义。李冬木教授与很多日本学者一样，通常采用实证的方式，追溯鲁迅文学的渊源和跨国影响，他们对日本的文学传统与文献史料比较熟稔，在找到鲁迅与日本作家、文学或现象的某个联结点后，会大量罗列出关于日本文学的相关史料，以某种“论从史出”的逻辑宣布鲁迅与日本因素之间的影响、渊源及其“不可动摇性”。而实际上，由于与中国文化语境的“隔膜”，加上主观预设的“日本影响”的先在性，他们建立起来的论证逻辑看似“实证”和密实，实际上经不起细致推敲。“阿金考”和“狂人考”式的研究简化了鲁迅探求现代社会理想和文化出路的意义系统及其思想渊源，夸大了日本明治时代的文学资源对于鲁迅的影响。而这种把鲁迅文学与日本文化、文学进行简单关联，在二者之间找到某种类似之处，进而武断宣称鲁迅作品的某种叙事形制、思想原点是来源于日本，从而确认日本资源之于鲁迅的渊源意义和决定性影响，体现了学术心态上的某种霸权倾向，在方法上显得庸俗与机械。

四、结语：走出“刀耕火种”和“虚假逻辑”的学术实践

作为一种学术方法，关联研究是一种必要的思路和基础性的方法，但另一方面，由于文学研究本身具有的主观性和阐释性，加上研究者知识结构和资料占有的不同，关联研究方法生产出了大量关联泛化、关联虚化、关联缺失的相关成果。这些研究成果从方法论上来说违背了逻辑学上的“充足理由律”，正是因为理由的不充分，

现象之间的论证逻辑发生中断或弱化，从而使这种关联显得浮泛而游移，甚至漏洞百出。这种被普遍应用于当前学术实践中的强行关联法根本的弊病在于“逻辑硬伤”。强行关联法看似借助于材料、理论与实证的方法，试图在事物与事物、现象与现象、起因与结果之间建立某种内在关联，继而描述文学的这种内在本质和发展规律，但由于论证过程中逻辑中断或是伪逻辑的建构，而使整个研究过程丧失真正的阐释效用，继而走向一种不具合法性的学术实践。

强行关联法之所以成为当下文学研究中一种较为普遍的学术思维与研究图式，原因之一在于，学术生产中过于强烈的“目标取向”和“发现问题”的功利性心态。学术生产强调学术实践的目标指向与问题意识，这是一个常识性的共识，本身并没有问题。但如果带着一种先验的学术动机，主观预设一种学术规律和学术关联，然后再去找材料，所有的论证都似乎是完成这种关联的确认和目标的获得，这种研究是有问题的。还有一种情况，在学术论证过程中，中途发现规律难以实现，关联发生中断，面对这种情况，研究者能否大度而客观地承认这种关联研究的失效？事实上，并非每个研究者都能够心甘情愿地“承认”这种失败。有学者指出，中国现当代的思想活动和学术实践中，存在着一种“农民式的学术开垦”，它以极端的功利主义为特点，这种学术方式常常对客观材料断章取义或为了实现一己言说百般曲解文本，这种学术硬伤必然导致类似于原始人“刀耕火种”式的粗放型精神生产[1]。确实，在当下急功近利的学术生产环境下，学术人都要以真理的发现者和重大问题的提出者时不时地现身或发声，即使对于一些自己明知可能没法做出“新见”和“重大发现”的研究，也要微言大义、煞有介事地找出意义和

[1] 刘士林：《先验批判》，上海：生活·读书·新知三联书店，2001年版，第5页。

价值。

问题是，由于事物自身的复杂性或客观研究条件的限制，现象与现象之间的关联，原因与结果之间有时并不是那么容易获得的，吕思勉先生在《论论史事之法》中曾这样说道，“史事之相关如水流然，前波后波息息相续，谓千万里外之波涛，与现在甫起之微波无涉，不可得也。”[1]具体到文学研究中，各种文学影响、中外文化的差异，很可能在作家的实际创作过程中“溶解了”[2]，如果在论证过程和具体技术层面，不能有效量化这种影响的“痕迹”，研究者能否客观地承认这种影响和关联研究的失效，并明示自己这种研究的限度？这实际上关乎研究者的客观立场和科学态度。学术研究中的主客观之争是20世纪中外学术史上的一大论题。事实性与价值性是主客观关系的基本表现方式。事实性是指研究对象的客观实在性，价值性是指学术研究的目的、立场。“虽然我们不反对怀疑、假设等主观性较强的方法，虽然我们无法去除学术研究中价值、政治倾向等主观因素的影响，但我们仍然强调客观性、事实性、科学性是第一位的。”[3]正是在这个意义上，我们不反对各种学术假设和主观判断，我们反对的是那种“虚假逻辑”和“想象关联”的学术实践，我们赞成实证研究和史料梳理，但不赞同那种“庸俗实证”和随意捏造的学术关联。

---

[1] 吕思勉：《吕思勉讲思想史》，南京：凤凰出版社，2008年版，第151页。

[2] 王富仁：《对一种研究模式的质疑》，载《佛山大学学报》1996年第1期。

[3] 李承贵：《通向学术真际之路——中国现代学术研究方法史论》，南昌：江西人民出版社，2002年版，第423页。

灾难文学的叙事伦理和书写禁忌

鼠疫就曾意味着流放和分离。

——加缪《鼠疫》

我相信人类和病毒必有一战，必将多次交锋，谁胜谁负，尚是未知之数。

——毕淑敏《花冠病毒》

一、灾难文学的伦理和“禁忌”

灾难面前，文学必须是行动者，“空头的”文学知识分子应该积极介入灾难之中和民族精神现场。但面对一场与病毒的战役，如何介入，文学何为？似乎，在通往生命救助的接力赛和与时间赛跑的救治航道上，文学和文学家都不能直接帮上什么大忙。在一个健康有序的社会中，当技术专家和社会管理者联合接手疫灾的治理时，文学知识分子并无太多技术优势，除了积极响应社会动员参与实质性的介入事务外，立足专业岗位，守护真相与社会良序，发挥文学的诗性正义和精神感召，似乎仅能如此而已。事实上，很难说清文学在灾难中的自我形象和功能定位究竟是什么，但是根据既往经验，在灾难面前我们的文学常常过于“饶舌”：要么是漫无边际的悲哀堆砌和种种极致情绪的狂欢，要么是过于高亢的仪式性颂赞和过强的意识形态表述。这种文学常常是集体性的，而非个性的；是景观铺呈性的，而非人性体恤的；是外向型的，而非内省型的。这种不成熟的灾难文学情态，一度使研究者认为我们面对灾难“属未曾准备”[1]好。可以说，任何滥用文学之名廉价应景、肆意狂欢和急切颂赞都是不当的行径，都是对文学的亵渎，保护文学之名，是在守卫文学的尊严，更是对人道主义的捍卫。

伊格尔顿在《文学事件》一书中反对在文学定义和功能上的“怎么都行”主义，他认为文学这个词可以有很多种不同的用法，但这并不等于说它的使用方式完全是随意的。即便是那些持最慷慨的多元论观点的后现代主义者“也不可能把火腿三明治称为文学”。为了让文学的概念更加具体，伊格尔顿进一步提出了文学的五要素，即虚构性、道德性、语言性、非实用性以及规范性。只有具备了这“五种要素”或“它们的组合”，这种作品才叫文学[2]。值得注意的是，伊格尔顿所说的文学的“道德性”，是指能够为人类经验提供富有意义的洞察而非仅仅是报告经验性事实；“非实用性”是指，有别于购物清单的实用性。伊格尔顿对“文学是什么”的定义，对于我们思考文学如何表现灾难，以及在灾难面前文学不是什么的命题很有裨益。比如，真正的文学不是简单呈现“经验性事实”，而需要对事实的“富有意义的洞察”，比如文学不是以提供具体“实用性”见

---

[1] 张清华：《关于诗歌与社会的思考二题》，《诗歌与社会学术研讨会论文集》，2009年。

[2] [英] 特里·伊格尔顿：《文学事件》，阴志科译，郑州：河南大学出版社，2017年版，第28页。

长。诚然，在灾难来袭与苦楚时分，文学有安抚人心，鼓舞士气的重要功能。但是当文学的喧嚣和歇斯底里成为生命重生的一种可能性的障碍，或是无效的陪伴，甚至有可能沦为某种意识与宣传的仪式时，保持安静肃穆，放弃轻浮的吟哦，是文学更为道德的选择。

在重大灾难面前，文学把自己打扮成故作欢乐的光明之灯，加入对逝者或活着英雄的“仪式性念诵”，堕入对客观灾景和哀情的毫无节制的诗性抒发，都是不道德的、廉价的，也是违背情感伦理和叙事伦理的。1949 年阿多诺提出了“奥斯维辛之后，写诗是野蛮”的论断，在阿多诺看来，音乐、诗歌都曾充当着纳粹野蛮行径的帮凶，“如果音乐、诗歌这些文明的精华与大屠杀的野蛮行为之间存在着辩证关系，那么‘奥斯维辛之后’的我们依旧在那里低吟浅唱、写景抒情，仿佛什么也没有发生，就只能是欺骗、虚伪和野蛮。”[1]阿多诺在《否定的辩证法》中这样解释这个命题的意思，“在奥斯威辛集中营之后，任何漂亮的空话，甚至神学的空话都失去了权利，除非它经历一场变化。”[2]当然，奥斯维辛之后，诗人是否有写诗的自由和权利，是个见仁见智的话题。英国作家布衣对阿多诺持理解态度，他这样解释这个命题：“我觉得他的意思是，诗，混杂着‘私人的自鸣得意的思索’，是无法找到语句表达奥斯维辛那机械化了的、没有灵魂的、大工业方式的残忍的。此外，诗歌是欢娱和美好的产物，因此，集体屠杀无法以诗歌表现。”[3]同时，布衣指出了德国文艺界面对这一创伤主题存在的一些现象：几乎没有一部小说、

---

[1] 单世联：《“奥斯维辛之后”的诗》，《文艺研究》2015 年第 10 期。

[2] ［德］阿多诺：《否定的辩证法》，张峰译，重庆：重庆出版社，1993 年版，第 368 页。

[3] ［英］布衣：《罪孽的报应》，北京：社会科学文献出版社，2006 年版，第 84 页。

戏剧或者电影直接表现种族灭绝；在德国，敢于直视奥斯维辛的文学并不走运；保罗·策兰在20世纪60年代要求编辑把《死亡赋格》这首有着“诗意残忍”风格的奥斯维辛题材的诗作从诗集中删除。

可见，面对苦难，面对死亡，面对种族的劫难和人性的失范，任何诗意都是不恰当的。正因为如此，阿多诺认为，在奥斯维辛之后，艺术不能再以从前的方式存在下去，同时，我们的情感反对任何“空谈”、反对从牺牲品的命运中“榨取任何意义”[1]。确实，在重大社会灾难和自然灾难面前，文学的任何诗意都是无意义的，任何故作欢快都是廉价的，更遑论试图从“牺牲者”命运中开始文学的抒情，又是多么的不道德。诗人朵渔在汶川地震发生后迅疾写下的这首《今夜，写诗是轻浮的……》表达了这种艺术的谦卑和内省：今夜，大地轻摇，石头/离开了山坡，莽原敞开了伤口……/半个亚洲眩晕，亚洲/找不到悲愤的理由/想想，太轻浮了，这一切/在一张西部地图前，上海/是轻浮的，在伟大的废墟旁/论功行赏的将军/是轻浮的，还有哽咽的县长……确实，在一场民族的浩劫和废墟面前，在太多的生命瞬间消逝的沉痛现实面前，艺术是苍白的，抒情的艺术更是不道德的。诗人痛诉这种抒情的主体：电视，水泥，主持人，宣传部，官员，甚至“悲伤的好人”、“墓边的哭泣”都难脱轻浮的浅陋和廉价。诗的末尾，诗人对自己在内的写诗行为一同严厉审判——“今夜，天下写诗的人是轻浮的/轻浮如刽子手/轻浮如刀笔吏”。萨特在《什么是文学?》中提醒我们，艺术创作的主要动机在于我们“需要感到自己对于世界而言是主要的”，甚至，在存在和真

[1] [德] 阿多诺：《否定的辩证法》，张峰译，重庆：重庆出版社，1993年版，第362页。

相面前，我们仅仅是“起揭示作用”，而无“生产”能力，对于文学的这种“有限性”和“次要性”，萨特说道，“如果我们知道我们是存在的侦察者，我们也知道我们并非存在的生产者。这个风景，如果弃之不顾，它就失去见证者，停滞在永恒的默默无闻状态之中。至少它将停滞在那里；没有那么疯狂的人会相信它将要消失。将要消失的是我们自己。”[1]由是观之，面对灾难及其带来的悲伤，文学和艺术不应放纵抒情主体的“需要”，这种需要可能是轻浮的，不道德的，甚至残忍的。

二、一次“文学事件”及其公共性

那么，文学是否就此止步于灾难？作为公域的灾难和作为私域的抒情从而不可触碰？当然没有这么绝对。私人性的文学表述如果具备了某种恰当的方式，当然能够成为一种公共关切。疫灾在这个春天的爆发，以可怕的破坏力，短时间便中断了整个社会机器的正常运转。所有公域几乎门可罗雀以致封门歇业，以此达到隔绝状态。所有个体迅疾逃回自己的天地避祸。公共空间的迅速凋敝，是自然灾害、战争状态和不可控情势下的一种常态。在这个互联网时代，物理意义上的公共空间关闭后，经由网络形成的信息化公共空间代替了物理公共空间。人们在这个空间上关注疫情走势、共享各种信息、捐献爱心、接收政府的各种指令、网购生存所需物资。外面的公域已然不可触碰，但在人人好似孤岛的情境里，一个数字化的公共空间正在事实上成为人们赖以存活的处所——这是疫灾下的中国

---

[1] [法] 萨特《萨特文学论文集》，施康强等译，合肥：安徽文艺出版社，1998 年版，第 94—95 页。

人的私域和公域的新面貌。从社会学的角度看，公共空间既是一个开放性的领地，又具有极强的排他性。正如阿伦特所说，我们的现实感依赖于一个公共领域的存在，但是并非每一种私人性都能成为公共领域的内容，“还是有许多东西无法经受在公共场合中他人始终在场而带来的喧闹、刺眼光芒；这样，只有那些被认为与公共领域相关的，值得被看和值得被听的东西，才是公共领域能够容许的东西，从而与它无关的东西就自动变成了一个私人的事情。”[1]那么，无数个体的私人生活和私人情感，与公共领域是什么关系？私人的能否转换为公共的？阿伦特认为，这种转换是可以的，经常要通过“讲故事”和“一般的对个人经验的艺术转换”才可以实现[2]。但同时，她也指出，在所有的个体经验中，剧烈疼痛的体验——这种体验不仅是阿伦特所说的身体的疼痛，也包括情感和心灵的创痛，“是唯一我们无法转化成适合公开显示形式的经验。”这是因为“疼痛确实是一种边缘体验，介于生死之间，它是如此地主观和远离人和物的世界，以至于根本无法获得一种呈现。”[3]可见，文学并不天然具有公共性，私人性的文学如何进入公共空间并迸发出巨大召唤力量，这取决于文学对“个人经验的艺术转换”方式，以及文学拥抱怎样的现实事件。

---

[1] ［美］汉娜·阿伦特：《人的境况》，王寅丽译，上海：上海人民出版社，2009年版，第33页。

[2] ［美］汉娜·阿伦特：《人的境况》，王寅丽译，上海：上海人民出版社，2009年版，第32页。

[3] ［美］汉娜·阿伦特：《人的境况》，王寅丽译，上海：上海人民出版社，2009年版，第33页。

三、“安静的”英雄主义与“失重的”苦难

灾难文学是文学的一种重要类型。世界文学史上不缺乏对灾难书写的经典文本。英国作家丹尼尔·笛福的小说《瘟疫年纪事》书写的是17世纪中叶爆发于伦敦的黑死病，法国存在主义大师阿尔贝·加缪的《鼠疫》则是以20世纪40年代一场席卷奥兰城的鼠疫灾难作为描写对象，葡萄牙若泽·萨拉马戈的《失明症漫记》则叙写了失明症蔓延下的人类的脆弱和世界的失序。这些文本既是对人类历史的总结，也是对未来的警示，既是现实，也是预言，在艺术表现或是思想主题上都形成了不可磨灭的特色，成为灾难文学类型上的经典之作。篇幅所限，不能逐一展开对这些文本的分析，这里主要谈谈加缪的《鼠疫》的“英雄观”及其叙事方式，以此反思我们的灾难文学中的英雄叙事。

加缪的《鼠疫》完成于1947年，既可以在隐喻的意义上解读，也可以当成是对现实疫情的“摹仿”文本来看。《鼠疫》一方面正面叙写鼠疫肆虐之下奥兰城的死亡惨景和“被困囚徒”的痛苦、无助、自救和反抗，加缪几乎用工笔细致描写凋敝的城市、发病的惨状和人的恐怖和绝望。另一方面，小说又专注探究与可怕疫灾进行抗争的人的精神生长，通过抗疫核心人物里厄医生，以及纪事人塔鲁、小职员格朗、神父帕纳卡、羁留记者朗贝尔等人在逆境下的抗争、自省和精神碰撞，完整呈现人的精神变化轨迹。《鼠疫》里人物众多，同时不乏英雄。比如，与妻子相隔两地，全身心投身于救治鼠疫患者的里厄；受里厄的“抽象概念”的感召而放弃逃回巴黎与妻子团聚继而加入志愿医疗团队的外省记者朗贝尔；一心寻找“安宁”在抗疫中染病死去的塔鲁。这些人物都是这场战役中的中流砥柱，具有舍生忘死的英雄气质。但小说却未强化这种英雄叙事，并不强

行赋予人物产生这些正义行为的逻辑和动机。相反，小说以清醒的“去英雄化”叙事方式淡化人的自救和他救的英雄意味，甚至，小说的叙事重心并不放在他们的英雄行为上，而是重在叙写他们内心的“生长”与“转化”。比如朗贝尔，面对封城难以回巴黎与妻子相聚的现实时，起初的他在公共利益和个人幸福的选择面前，毫不犹豫选择后者，继而处心积虑地寻找着出城的种种方法，但在经历过艰辛等待即将出城的前夜，他却放弃了出走，毅然加入了里厄的救援小组。

那么，是什么在“召唤”朗贝尔？不是神父帕纳卡那种滔滔不绝的煽动性演讲，也不是里厄的劝说，而是寡言的里厄默默救人所体现出的平凡的坚持、自然中的“诚挚”打动了朗贝尔。里厄显示出的“英雄正义”不是喧闹的，不是锣鼓式的，不是激情澎湃的，而是一种冷静的、自发的、静水深流式的付出。叙述人不失时机地阐释小说的这种“朴素的英雄主义”：“献身于卫生防疫组织的人，他们那样做，其实也算不上丰功伟绩，只因他们知道那是唯一可做的事情，不下决心去做反倒是不可思议的。……这就是为什么，叙述者不会高歌称颂人的意愿和英雄主义，适当地重视英雄主义也就够了。”[1]加缪所欣赏的英雄主义既是朴素的，更是宁静的，他和里厄都厌倦那种“史诗般的，或者学校颁奖演说词式”的报纸报道和各种“套话”，对疫灾中的人和事，“不以一场演出的那种恶劣手法，既不恶意地大张挞伐，也不极尽夸饰之能事。”[2]加缪在这部小说中，

---

[1] [法] 加缪：《局外人·鼠疫》，李玉民译，长春：时代文艺出版社，2018年版，第318—319页。

[2] [法] 加缪：《局外人·鼠疫》，李玉民译，长春：时代文艺出版社，2018年版，第327页。

是自觉地将所谓英雄置放于一种日常的甚至“次要的”位置，在抵抗鼠疫和抵达个体自由的路途上，里厄、塔鲁、格朗、朗贝尔，甚至神父、大法官和里厄母亲，人性的坚韧和美好令人动容，但却是那样宁静。这些英雄似乎都体现了加缪这样的美学逻辑：“如果人真的非要为自己树立起榜样和楷模，即所谓的英雄，如果在这个故事中非得有个英雄不可，那么叙述者恰恰要推荐这个微不足道、不显山不露水的英雄：他只有那么一点善良之心，还有一种看似可笑的理想。这就将赋予真理其原来的面目，确认二加二就是等于四，并且归还英雄主义其应有的次要地位，紧随幸福的豪放欲求之后，从来就没有超越过。”[1] 总之，《鼠疫》是一部关于爱、痛苦和流放的书，言简义丰，关于英雄与平凡，生与死，善与恶，个体幸福与公共利益，流亡与救赎，值得细细回味。尤其是这种尊人性，突出英雄的日常性，淡化英雄的“神采”，自觉祛除英雄叙事上的套话式修辞和过于澎湃的激情，注重记叙每个个体的独特精神世界及其“生长”轨迹的英雄叙事显示了不同凡响的艺术魅力。

我们的文学从不缺少英雄，灾难文学更是英雄辈出的胜地。写于 2011 年的《花冠病毒》是作家毕淑敏在“非典”之后的第八年完成的一部疫灾题材长篇小说。这部作品熔铸了作家作为亲历者奔赴抗击“非典”一线的经历与感受，又发挥了作家在医学上的知识优势，小说洋洋洒洒，叙事密实而富有激情，亦写实亦虚幻，亦想象亦隐喻。小说把故事时间设置在 20NN 年，一种迅猛的病毒降临燕市，以防疫指挥部作为故事焦点，以此呈现生存危机之下人们的应

---

[1] ［法］加缪：《局外人·鼠疫》，李玉民译，长春：时代文艺出版社，2018 年版，第 327 页。

对、抗争、英勇和多棱众生相。客观来看，这部小说并不缺故事——关于生死，关于抗争，关于情爱，不缺知识——小说中的医学术语和相关知识几乎可以形成一个《病毒与治疗手册》，也不缺人物——英雄人物林立：不畏危情、以身殉职的科研教授于增风，深入险境、九死一生的女作家罗纬芝，还有抗疫一线负责人袁再春……但从读者接受和评价来看，这部小说的口碑并不是太“理想”。读者的批评主要集中在这些方面：比如过于刻意团圆的结尾；比如过于密集的知识影响了叙事的流畅，这些有用的“医学知识”和“科学叙事”成了文学叙事的赘疣；比如人物塑造上的善恶二元论，尤其是英雄人物的高大、正义、自我牺牲，读者似乎对这些英雄属性并不“买账”。《花冠病毒》的写作和叙事是用心而用力的，而其读者反应的寂寥和负面，昭示的可能是作家关于灾难题材写作美学的失效。詹姆斯·伍德批评当代小说过于“雄心勃勃”，“一直在炫耀它们妩媚的拥堵。”[1]他认为，当代小说过于依赖“讲故事”的语法结构，“不同的故事互相纠缠，两倍、三倍地自我繁殖。人物之间永远看得见关系、关联，情节曲径通幽或偏执式的平行对应。”这种拥堵式的、过度的讲故事的方式，变成了当代小说“用来遮蔽辉煌中的匮乏的一种方式”[2]。确实，过强而丰富的“故事”，造成的是人物的匮乏和叙事的可见性。《花冠病毒》中的知识拥堵是一方面，稍显脸谱化的二元对立人物模式，以及对英雄人物官方式的礼赞，是人物塑造上的某种败笔。与《鼠疫》中静水深流式的“安静

[1] [英] 詹姆斯·伍德：《不负责任的自我：论笑与小说》，李小均译，郑州：河南大学出版社，2017年版，第181页。

[2] [英] 詹姆斯·伍德：《不负责任的自我：论笑与小说》，李小均译，郑州：河南大学出版社，2017年版，第184—185页。

的英雄”不同，《花冠病毒》中的英雄是喧嚣的、炫目的，这种过于激情的英雄叙事强度恰恰与伍德所批评的“歇斯底里现实主义”症状一样。其实，在“灾难”这一叙事情境中，作家和叙事，都容易激情而失控，这种“失控”的英雄叙事和强情绪的表达，往往未必能征服读者的心，既往文学史有太多的“高大全”“伟光正”式的英雄人物，这些人物代表的是各自时代的内涵及其美学秩序，而对于大多数读者来说，隔膜的甚至虚假的英雄不如一个日常的、瑕瑜互见的形象来得更加可信。

自然灾事和社会疫情催生出的文学及其写作思潮，由于苦难、毁灭、人与自然、悲剧等范畴，而天然具有了某种文学性，但却不必然产生伟大甚至合格的文学。以 2008 年汶川地震形成的“汶川地震诗歌”写作为例，以这次大地震作为对象，涌现了大量诗歌、散文，其中不乏《妈妈别哭》《千秋之爱》这种感人肺腑之作。但面对这些情绪激昂、各具形态的诗作，很多诗人与诗评家感到了失望。诗人徐敬亚将 2008 年春夏之交的这次诗歌阅读视作“一生中最恶劣的诗歌记忆之一”，这些诗歌“使我厌烦、无聊，甚至感到恶心”，诗人这样总结这些诗歌的硬伤：“为什么我们的悲痛中总是饱含激昂。为什么丧事中总是夹带锣鼓。出于什么内心依据一声声呼唤着一个个职务名词，是什么驱使一支笔伏地叩头般的写出感恩戴德的句子。”[1] 丧事中的过于喧闹的“锣鼓”，过于急切的官吏谀颂和权力崇拜，对拯救力量的无限感激，使这些诗歌成为一种平庸的媚俗之作，甚至丧失了诗歌成为诗歌的内在属性。关于大地震的每一首诗歌，每一次书写，都构成了一般意义上的文学。但这些文学，如果

---

[1] 徐敬亚：《大灾难中的诗歌悲凉》，《星星》2008 年第 8 期。

操着同样的口吻、同样的经验、同样的情感，如果这些分行的文字仅仅是被征用来表达一种集体抒情或具体目的，这些贫乏的书写会让苦难“失重”[1]，这样的文学是值得警惕的，诗人在这样的时刻是需要检讨的。“写作艺术注定要变成纯粹宣传或纯粹娱乐，社会就会再次坠入直接性的泥潭，即膜翅目与腹足纲动物的没有记忆的生活之中。”[2]在技术与媒体高度发达的当下，灾难文学应该持守怎样的“叙事伦理”？灾难文学，不应充当喧闹的鼓手，而应是个体心灵的按摩师，“在个别人的生命破碎中呢喃，与个人生命的悖论深渊厮守在一起。”[3]唯其如此，这样的文学才是入心的，而不是媚俗的，才是审美的，而不是意识形态的，才是真诚的，而不是虚伪的，才是必需的，而不是冗余的。

简单总结本文的意思：在灾难面前，文学何为，作家何往，这既是叙事学的命题，也是伦理学命题。由于我们的灾难文学传统并不发达，稳定的叙事法则和成功的书写范例并不多，而灾难往往被视为一种升级版的苦难方式和故事资源，对灾难的书写常常滑向英雄主义的赞歌，或景观式的呈现——关于抒情者的汹涌激情，关于苦难的堆砌，仪式性的记忆和念诵，这种灾难文学似乎总是自带动员机制、光明方向和代言意识，喧闹而饶舌，却很少能打动人心。面对灾难，写作者需要检讨和自省：“写作的一切潜命题、一切写作者的潜角色必须要得到拷问，得到检验。只有这样，我们从语言中

---

[1] 谢有顺：《苦难的书写如何才能不失重》，《南方文坛》2008年第5期。

[2] [法] 萨特《萨特文学论文集》，施康强等译，合肥：安徽文艺出版社，1998年版，第278页。

[3] 刘小枫：《沉重的肉身：现代性伦理的叙事纬语》，上海：上海人民出版社，1999年版，引子第4—5页。

所获得的，才不仅仅是虚拟的慷慨和廉价的赞美，不是替死者感恩、为孤残者代言‘幸福’的虚假写作，不是将哀歌变为颂歌、借血泪和生命来构造丰功伟绩的偷换式、盗贼式写作。”[1]面对灾难，记住文学不是什么，是为了从这些“禁忌”中重新反省文学的姿态与位置，重新思考文学的叙事伦理，从而避免文学成为令人生厌的陈词滥调。只有这样，文学才不会愧对灾难，文学才会保持其不变的尊严。

---

[1] 张清华：《关于诗歌与社会的思考二题》，《诗歌与社会学术研讨会论文集》，2009年。

普实克和夏志清的鲁迅研究及其方法论反思

在海外鲁迅研究的学人中，普实克和夏志清是两个重要的历史人物。普夏两人的现代文学研究分别开始于20世纪30年代和50年代，在西方汉学界和大陆学术界均产生了重大而持久的影响。两人结缘中国现代文学的方式不同，普实克来华游学，结识郭沫若、冰心、郑振铎等人，并与鲁迅书信往来，回国后著文立说，出版回忆与游历文章，撰写关于中国现代文学的研究文章，翻译鲁迅作品；夏志清40年代后期赴美之后，接受欧美教育，先是在官方机构资助后在个人学术兴趣驱使下撰写中国现代文学研究文章。两人渗透在研究对象上的立场也迥异，普实克同情中国革命，认同中国左翼文学的现实情怀和历史功绩，把鲁迅奉为中国现代文学的方向性人物，而夏志清对鲁迅和左翼文学则怀着某种固执的敌视和偏见，以崭新的史观重新整饬现代文学史的肌理，以新批评的方法和"伟大传统"的坐标解读现代作家作品。两人的这种学术异见以1961—1963年在欧洲著名刊物《通报》上的论争达到顶点，通过这次"普夏之争"，两人的"鲁迅学视野"和"现代文学史观"进一步得到了彰明。可以说，普实克和夏志清的学术争鸣，带有特定的"冷战背景"或意识形态色彩，但由这份学案所衍生而成的论争史、阐释史，在过去的半个多世纪已成为一份重要的学术遗产，值得我们细细梳理。本文试图重新检讨普夏现代文学研究和鲁迅专论的学术理路，追溯他们的鲁迅学各自濡染或启用的理论资源，并对他们各自研究的优劣进行反思。

一、 普夏结缘鲁迅的历史背景与学术研究的理论资源

夏志清的中国现代文学研究，始于 1952 年。在此之前，“我在国内期间，虽也看过一些鲁迅、周作人、沈从文等人的作品，但看得极少，对新文学可以说完全是外行。”[1] 对于夏志清从事研究之初的这种外行状态和空白的新文学功底，他的友人林以亮曾说：“同一般青少年比起来，他的旧小说知识可以说是贫乏的。更奇怪的是那时他对五四运动以来出现的新小说家——一般中学、大学生的偶像如鲁迅、茅盾、巴金、沈从文等——似乎从来没有听见过，连通俗小说家如张恨水等也毫无印象。但话说回来，这对他将来治学未始不是一个有利条件，因为灵台空明，纤尘不染，犹如一面镜子，可以清晰地反映出一个作家或一部作品的客观价值。”[2] 可见，夏志清对中国现代小说较为隔膜，与此呼应的是，夏志清在北大读书和去国求学时则接触了大量西方文学经典。夏志清自中学时代英文较好，又喜读大作家的全集，读遍丁尼生、莎士比亚等人的作品，在北大

[1] ［美］夏志清：《中国现代小说史》，上海：复旦大学出版社，2005 年版，中译本序第 6 页。

[2] ［美］夏志清：《鸡窗集》，上海：生活・读书・新知三联书店，2000 年版，前言第 8—9 页。

时几乎把“伊丽莎白时代诸大家一网打尽”[1]。他还自修德文，读完歌德、海涅、席勒，在理论上涉猎批评家休劳的《论布雷克》和波洛克斯的《精致的骨坛》——波洛克斯的新批评日后成了夏志清文学研究的重要方法。抗战爆发后，夏志清入光华大学英文系，主修西洋文学，从英国诗歌入手，遍读特莱顿、勃朗宁等大诗人的全集。

对于鲁迅，夏志清似乎有种天然的排拒和决绝的疏离。《中国现代小说史》给予鲁迅的篇幅是很少的，对其作品的分析缺少深度也很不系统，对于鲁迅的文学史定位也是语焉不详。夏志清对于小说史“激活”了张爱玲、沈从文、钱锺书和张天翼颇为自得，一直到晚年仍然认为自己的文学史“讲了四个人”，他认为“最大的遗憾”是疏忽了萧红、李劼人这几个重要作家[2]。他并不觉得冷遇作为“新文化的旗手”的鲁迅有何不妥。

从时代背景来看，夏志清无疑与20世纪五六十年代的冷战格局有着千丝万缕的联系，冷战文化影响了夏志清对作家的取舍和渗透在研究对象中的文学史观。第二次世界大战之后的1947年到1991年，以美苏为首的两大阵营形成对峙状态，这种相互遏制，不动武力的状态即为“冷战”。1951年的夏志清，还是耶鲁英文系的学生，此时面临着写论文，尤其是找工作的生计之忧。此时耶鲁大学政治系教授饶大卫（David N. Rowe）刚从政府领到一笔钱，正在招聘人马急欲启动研究。夏志清很快加入了饶大卫的《中国手册》编写团队，年薪4000美元。据夏志清介绍，《中国手册》是供美国军官阅

---

[1] ［美］夏志清：《鸡窗集》，上海：生活·读书·新知三联书店，2000年版，前言第9页。

[2] 季进：《对优美作品的发现与批评，永远是我的首要工作——夏志清先生访谈》，《当代作家评论》2005年第4期。

读的内部资料，立场上反对红色政权。尽管这份资料后来未被美国军方重用，黯然淡出，但夏志清一人撰写了《文学》《思想》《中共大众传播》三大章，尤其是《文学》这部分正式启动了夏志清的现代文学研究之路。1952 年，夏志清为自己的中国现代文学史研究计划向洛克菲勒基金会申请资助，获得认可和充足的补助金，并开始了为期三年的中国现代文学史研究[1]。值得注意的是，为了维护国家利益、确保国家安全，美国政府与公立与私立大学合作在校园监控、举报左派人士。同时，还利用慈善性基金会作为掩护机构隐秘开展中央情报局项目——包括洛克菲勒基金会在内，卡内基基金会、福特基金会等当时最大的三大私人基金会，此时都在政府的意识形态渗透和操控之中。可以说，“就在联邦政府与基金会资助下，学术界开始结成新的区域研究单位，打造起冷战学术体制。”“夏氏兄弟正是透过带有政治任务的学术体制，方得以逐渐开展他们的研究，从而建立起在海外的中国现代文学研究，实践他们关于报国与学术的理念。”[2]这种冷战文化塑造了夏志清的文化心理和中国现代文学史研究策略。由于对红色政权的敌视，夏志清非常抵制鲁迅——认为鲁迅是官方刻意推崇和塑造的“神话”，并在文学史写作中淡化、贬低鲁迅。同时他对左翼文学的重要人物丁玲、茅盾等的评价也极为严苛。

夏志清的小说史写作受英美“新批评”的影响已是一个不争的事实。他曾详细叙说过写作现代文学史时的理论储备，包括他在 20

[1] 这部分史实参见《中国现代小说史》，复旦大学出版社，2005 年版，中译本序第 5—7 页。

[2] 张鸿声、（韩）朴宰雨：《世界鲁迅与鲁迅世界：媒介、翻译与现代性书写》，北京：中国传媒大学出版社，2014 年版，第 210 页。

世纪50年代初期对新批评派小说的阅读，以及让他“受惠不浅”的英国大批评家李维斯（F. R. Leavis）的《大传统》对他的影响[1]。新批评派是英美现代文学批评里最有影响力的一个流派，20世纪20年代发端于英国，四五十年代在美国蔚然成风。“新批评”的鼻祖波洛克斯（Cleanth Brooks）是他在耶鲁时的老师，新批评派的其他几位大将也是他的老师。对于夏志清来说，这种学术环境的濡染和研究方法上的师徒传承是很明显的。新批评派本质上坚持的是作品本体论的论调，所反驳的是此前流行甚广的实证主义和浪漫主义文学批评，这一流派坚持文学批评应由社会历史转向文本，从作家转向作品等共同主张。新批评派把文学批评由先前的外部研究引向了内部研究，让人们关注文本内部的语言、结构、文体等风景，但其缺陷也是非常明显的，“专注文本和语言的内部研究，从而忽视了文学与社会和文化之间的天然关系，暴露它的偏执与片面性。”“孤立地研究个别作品，不仅割断了作品与历史、文化和社会的联系，还破坏了文学研究的整体性。”[2]

无论是对中国古典小说的解读，还是对中国现代文学的研究，夏志清启用的批评方法是新批评派的路数，即在鲜明的世界文学比较视野下，使用文本细读的方法，重视对作品自身价值的鉴别与评价，较少以政治、历史等非文学的标准确定作家作品的高低——之所以说“较少”，是因为尽管夏志清客观上使用了新批评的方法，尽可能忽略文学的历史因素和意识形态色彩，从而追求他所确立的

---

[1] ［美］夏志清：《中国现代小说史》，上海：复旦大学出版社，2005年版，中译本序第7页。

[2] 赵一凡等：《西方文论关键词 第一卷》，北京：外语教学与研究出版社，2017年版，第686页。

“优美作品之发现和评审”[1]的宗旨，但由于夏志清主观上对于鲁迅和部分左翼作家的厌弃，以及苛刻的“伟大作家”的文学标准，而使其中国文学研究实践在“去政治化”的外衣下隐藏着另一种政治偏见与意识形态色彩。在1960年初版《中国现代小说史》所作的序言里，夏志清这样坦承自己的学术思路：“这项研究当然不是作为政治学、社会学或者经济学研究的附庸而筹划的。文学史家的第一项工作永远是对优秀作品的发现和评价：假如他仅仅把文学材料视作反映某个时代政治和文化的一面镜子，他的研究将对学习文学的学生以及其他领域的学者们毫无意义。”[2]在晚年的访谈中，对于这一研究方法他仍然毫不动摇，“作为文学史家，对优美作品的发现与批评，永远是我的首要工作。我到现在仍然坚持这一点。”[3]特定的知识背景和文化传统塑造了特定的学术方式，这点正如刘绍铭所说，“由于他的科班训练有异于汉学传统，因此他读的不论是线装书或是横排的现代文学作品，见解若与时俗大异其趣者，亦不足为怪。”[4]

普实克（1906—1980），捷克斯洛伐克著名汉学家，早年在捷克的布拉格、瑞典的哥德堡、德国的哈勒和莱比锡等地学习汉语和中国历史与文学。在布拉格查理大学读书时，主攻古希腊罗马历史，后来受其导师著名汉学家高本汉的影响，学业兴趣开始转向中国。

---

[1] [美] 夏志清：《中国现代小说史》，上海：复旦大学出版社，2005年版，中译本序第15页。

[2] [美] 夏志清：《中国现代小说史》英文版初版序言，张德强译，载《近代文学研究》（公号）第112期。

[3] 季进：《对优美作品的发现与批评，永远是我的首要工作——夏志清先生访谈》，《当代作家评论》2005年第4期。

[4] 刘绍铭：《夏志清传奇》，夏志清：《谈文艺 忆师友：夏志清自选集》，台北：INK印刻出版有限公司，2007年版，第321页。

关于普实克与鲁迅的结缘和交往史实，通过普实克的《回首当年忆鲁迅》[1]《中国——我的姐妹》[2]、戈宝权的《鲁迅和普实克》和陈漱渝的《普实克和他的东方传奇》[3]等文，可以清晰地看到普实克走进鲁迅、译介鲁迅，以及两人在20世纪30年代短暂的书信交往过程。30年代初期，普实克来华研究中国历史，无意间一个叫王福时的大学生送给普实克一些鲁迅的杂文集，这些像匕首一样的文字令他“惊喜交集”，“鲁迅为我打开了一条通向中国人内心的道路。”[4]普实克与鲁迅的缘分从此缔结。在普实克看来，鲁迅的作品“可与杜甫的诗相媲美”，“我是通过自己研究中国古典小说和短篇故事的论文，才得以和鲁迅先生接近的，他写了第一部中国小说史以及其他一些有关这方面的研究论文。我就这些问题和他在书信里进行探讨，他对我提出了一些很有价值的建议。”[5]1936年6月，普实克在日本给鲁迅写了一封信，他准备将《呐喊》翻译成捷克文，希望鲁迅为译作作序且提供照片，并希望鲁迅谈谈他在中国文坛的地位。鲁迅抱病为这个不相识的捷克青年写了《〈呐喊〉捷克译文序言》，附了照片，授权翻译并表示不要稿费。普实克收到信异常激动，立即鲁迅回信致谢。1937年12月，由普实克、诺沃特娜选译的《呐喊》（收入鲁迅的8篇小说，附有鲁迅的亲笔短序）由布拉格人民文化出版社出版。该书是鲁迅作品的第一个捷文译本，后记亦是第一

[1] [捷克] 普实克：《回首当年忆鲁迅》，《解放日报》1956年11月17日。

[2] [捷克] 普实克：《中国——我的姐妹》，丛林等译，北京：外语教学与研究出版社，2005年版。

[3] 陈漱渝：《普实克和他的东方传奇》，《上海鲁迅研究》2010年第1期。

[4] [捷克] 普实克：《回首当年忆鲁迅》，《解放日报》1956年11月17日。

[5] [捷克] 普实克：《中国——我的姐妹》，丛林等译，北京：外语教学与研究出版社，2005年版，第370页。

篇向捷克读者介绍鲁迅其人其文的文章。自此之后的十年中，普实克发表、出版了很多鲁迅的相关文字[1]。其中，这些关于鲁迅的论述有不少在当时产生了很大学术影响。比如在《〈中国现代文学研究〉引言》一文中，普实克针对波文1946年在北平出版的《中国现代文学史》中的资料谬误，以及对鲁迅的误读进行了纠偏，有利于鲁迅在西方读者中的传播[2]。《中国现代文学史的根本问题——评夏志清的〈中国现代小说史〉》（1962）引起的“普夏之争”几乎成为海外汉学的一桩公案（下文专论）。再如《鲁迅的〈怀旧〉——中国现代文学的先声》（1967）一文，普实克认为这篇小说的特点在于“不以情节为阶石而直达主题的中心”，并将这种削弱情节，甚至完全取消情节，对个人回忆方面的强调的倾向看成是抒情作品对叙事作品的渗透，由此得出“鲁迅作品中明显的怀旧和抒情特征使他不属于十九世纪现实主义传统”，以鲁迅为代表的新文学的出现是一种“突变”。[3]尽管对《怀旧》的解读，普实克与王瑶、王富仁等人观点有别，但不可忽视普实克在这篇解读中的一些新见：比如把鲁迅放在与中国文学传统以及欧洲文学传统中进行考察的“世界视野”；比如第一次用“抒情性”这一概念解读这篇非情节化的小说——正如王德威所说，普实克是西方汉学家中第一个“将抒情与史诗并置起来讨论中国现代文学”[4]。可以说，王德威后来提出中国现代文学的

---

[1] 张杰：《鲁迅：域外的接近与接受》，福州：福建教育出版社，2011年版，第300—303页。

[2] 陈漱渝：《普实克和他的东方传奇》，《上海鲁迅研究》2010年第1期。

[3] ［捷克］普实克：《普实克中国现代文学论文集》，李燕乔等译，长沙：湖南文艺出版社，1987年版，第116页、119页。

[4] 季进：《另一种声音——海外汉学访谈录》，上海：复旦大学出版社，2011年版，第106页。

“抒情传统”，并以此作为重新阐释中国现代文学的理论符码，可能正是受惠于普实克的学术启迪。1952 年 10 月，在普实克的热切主张和推动下，布拉格的鲁迅图书馆得以成立，这既是中捷两国文化互信和交流的见证，也是普实克与鲁迅跨国情谊的历史延续。

从学缘谱系和知识背景的角度追踪普实克的学术渊源很有必要。普实克学术背景丰富，曾求学于布拉格、德国、瑞典，又在日本、中国留过学，师从过瑞典汉学家高本汉、哈龙和黑尼施等学者，其专业从最初的社会历史学转向中国中古和中国近现代文学。1945 年普实克创立了东方语言学和远东历史学教研室，并创办《新东方双月刊》。1953—1968 年普实克担任捷克斯洛伐克科学院东方研究所所长，1955 年当选为科学院院士[1]。不得不说的是，20 世纪 50 年代在捷克布拉格，一批研究中国文化和中国文学的学者（包括普实克的学生或其他同僚），以普实克为中心，形成了学术史上著名的“布拉格汉学派”——此学派区别于 20 世纪 30 年代以结构主义语言学为特色的布拉格学派（又称功能语言学派）。对于普实克和布拉格学派，在学术方法上，“普实克的批评方法一方面受到了马克思主义（历史决定论）美学的熏陶，另一方面受到了形式主义（如什克洛夫斯基、提纳诺夫）、结构主义（穆克洛夫斯基、雅各布逊）的影响，并在这两个方面尽可能达成一种辩证的张力。”[2]在评价中国现代文学时，普实克更注重现代作家作品与新民主主义革命之间的复杂关联，重视文学的历史作用，同时也会兼顾到新文学作品中的传统因

[1] 刘燕：《从普实克到高利克：布拉格汉学派的鲁迅研究》，《鲁迅研究月刊》2017 年第 4 期。

[2] 刘燕：《从普实克到高利克：布拉格汉学派的鲁迅研究》，《鲁迅研究月刊》2017 年第 4 期。

素遗存。夏志清与普实克的学缘差异，总结起来便是："前者是一位中国留洋学生，受训于美国'新批评'大本营的耶鲁大学英文系，以欧西文学为基准回顾中国古代和现代文学；其思想倾向主要是英美的自由主义，对共产主义及其政权非常抗拒。后者的基本训练是欧陆的学理传统，对中国文化始于好奇想象，再转化成同情投合；这当然又与其政治思想由民族解放出发，再求寄托于社会主义的理想有关。"[1]不同的知识背景、文化传统决定或影响了普夏两人的学术视点和研究方法。因而，面对鲁迅这一研究对象，两人也呈现了迥异的学术理路。

二、"普夏之争"中的两种鲁迅研究理路

1960年，夏志清的《中国现代小说史》（*A History of Modern Chinese Fiction*）由耶鲁大学出版社出版，该书被西方学者认为是"拓荒巨著"[2]，同时也得到了尖锐的批评。典型的有，捷克斯洛伐克汉学家普实克在1961年欧洲顶级刊物《通报》（*Toung Pao*）上发表题为《中国现代文学史的根本问题——评夏志清的〈中国小说史〉》，指责夏志清是"有严重政治偏见的主观批评家"。夏志清随后撰写相近篇幅的长文《论对中国现代文学的"科学"研究——答普实克教授》，逐一反驳普实克的观点。普实克长夏志清十五岁，在20世纪三四十年代，他就已翻译出版了捷克文《呐喊》《子夜》《论

[1] 陈国球：《"文学批评"与"文学科学"——夏志清与普实克的"文学史"辩论》，《北京大学学报》2011年第1期。

[2] [美] 夏志清：《中国现代小说史》，上海：复旦大学出版社，2005年版，中译本序第10页。

语》《中国话本小说集》等作品，奠定了学术地位，论争之时，普实克已是声名远扬的国际汉学家，而夏志清则刚刚崭露头角。这场争论中，双方都情绪激昂地指责对方的文学观念和研究方法存在缺陷，双方的文学史观也通过这场硝烟弥漫的论争得到了彰显。这场论战被称为“普夏之争”“普夏笔战”。如今回顾这场文坛学案，普实克及其学生之所以发起对夏志清论著的尖刻批评，在于不满夏过于“主观”的学术方法，而夏志清的奋起回击更多有维护声誉的意味[1]。

在具体论争中，普实克的文章分为“概论”“方法的对比”“作家群像”三部分，其中在第二部分，“普实克将 47 页书评中的整整 20 页奉献给了鲁迅。”[2] 主要以鲁迅为例谈论夏志清的批评方法；夏志清的回击文章也包含三个部分，“基本问题”“鲁迅”“其他作家”。可见，两人的论争针对性很强，覆盖了方法论、鲁迅和其他作家三个方面。

从基本文学史观和批评方法上看，普夏两人的差别是显见的。夏志清坚持艺术自律原则，反对文学承载过多的社会功能，治文学史时多以新批评的方式分析作家作品。夏志清责难中国现代作家过于拘囿于社会问题，而导致文学过重的现实指向色彩。在他看来，好的文学除了艺术技巧层面，更应有超脱社会表层和现实内容的对心理真实、个体生活的表现，甚至体现宗教信仰和欧美“大传统”

[1] 一直到晚年，夏志清都将这场论争视为捍卫自己的荣誉之战。他说，面对普实克在欧洲知名学报《通报》上撰文把这本书批得“体无完肤”，“我迫得奋起作辩，不然我在批评界、学术界的声誉恐怕就要毁于一旦了。”参见《夏志清论中国文学》，香港：香港中文大学出版社，2017 年版，序言第 3 页。

[2] ［美］夏志清：《中国现代小说史》，上海：复旦大学出版社，2005 年版，第 333 页。

的文学。他所执持的批评标准，“全以作品的文学价值为原则。”[1]在对鲁迅的看法上，夏志清秉持着这样的观点——“我对鲁迅亲共，捧苏联文艺一向有意见。”[2]而普实克则非常看重文学的社会、历史层面的功能，如果说夏志清看重的是文学的文本价值，那么普实克更注重在社会、文化、历史视野里考察文学的功能。当夏志清在文学史中高举“伟大传统”和劳伦斯“勿为人类但为圣灵写作”标杆，轻视济慈所说的带有“明显的图式”而偏爱“无个人目的的道德探索”等文学观念，贬低鲁迅责难现代作家的平庸时，普实克则认为批评家不应该简单指责现代作家，而应认真反思现代作家选择这种文学道路的必要性，努力揭示决定现代文学的历史背景。继而，普实克进一步指出，夏志清的根本问题在于，“他未能把他在研究的文学现象正确地同当时的历史客观联系，未能将这些现象同在其之前发生的事件相联系或最终同世界相联系。他没有采用一种真正科学的文学方法，而是满足于运用文学批评的做法，而且是一种极为主观的做法。”[3]

文学史观和批评方法上的这种差异鲜明地体现在他们对鲁迅的研究实践和论争中。首先，在对鲁迅文学成绩的总体评价上，两人争执不下。夏志清在小说史中重点分析了从《狂人日记》到《离婚》的九部作品，认为这些作品是新文学初期的“最佳作品”，这些“主要描写一个过渡时代的农村或小镇的生活”的作品，“有足够的感人

---

[1] [美] 夏志清：《中国现代小说史》，上海：复旦大学出版社，2005 年版，第 327 页。

[2] 刘再复：《夏志清先生纪事》，《新文学史料》2014 年第 3 期。

[3] [捷克] 普实克：《普实克中国现代文学论文集》，李燕乔等译，长沙：湖南文艺出版社，1987 年版，第 220 页。

力量和色彩去吸引后世读者的兴趣”。但除此，夏志清认为《孤独者》《伤逝》《幸福的家庭》充满了伤感的说教，而且取材仅仅局限于“故乡经验”是他的一个“真正的缺点”；同时，《故事新编》的浅薄与凌乱，显示出一个杰出的小说家“可悲的没落”；晚年杂文的创作体现了“创作力的消失”，在此基础上，夏志清得出结论：鲁迅的“自以为是”和“他自己造成的温情主义使他不够资格跻身于世界名讽刺家之列”[1]。普实克在批驳文章中，一方面在具体作品的分析上提出了不同的意见，比如对于夏志清所认为的《故乡》中闰土的格外不幸来源于“家室之累”，普实克则认为沉重的捐税、兵乱、孩子、官府和高利贷者合力造成了闰土的不幸[2]。再如，普实克不同意夏志清用象征主义的方式解读《药》。另一方面，普实克试图指出夏志清在脱离历史语境和资料缺乏情况下对鲁迅做出的诸多论断都是错误的，在方法上是一种主观主义的批评方式。普实克认为鲁迅对旧制度和黑暗现实不屈不挠的抗争这一“统一的思想和目标”影响着鲁迅的整个创作。

在对 1926 年以后鲁迅文学的评价，以及鲁迅创作是否衰竭问题上，普夏两人展开了针锋相对的论争。在此问题的看法上，夏志清与其兄长夏济安如出一辙。夏济安认为 1926 年创作完《彷徨》和散文诗集《野草》之后，标志着鲁迅“创作生命的结束”[3]。夏志清看

---

[1] [美] 夏志清：《中国现代小说史》，上海：复旦大学出版社，2005 年版，第 34—40 页。

[2] [捷克] 普实克：《普实克中国现代文学论文集》，李燕乔等译，长沙：湖南文艺出版社，1987 年版，第 240 页。

[3] 夏济安：《黑暗的闸门：中国左翼文学运动研究》，万芷均等译，香港：香港中文大学出版社，2016 年版，第 128 页。

法与此类似，他认为，1926 年从北京南下后，鲁迅在厦门和广州两地的生活的无定和不愉快，以及他与其他左翼作家激烈的论争，使得鲁迅不能够专心写小说，1929 年在信仰共产主义后，成为众人拥戴的文坛领袖。20 年代后期的这种经历与转变下，“他很难再保持他写最佳小说所必需的那种诚实态度而不暴露自己新政治立场的浅薄。为了政治意识的一贯，鲁迅只好让自己的感情枯竭。”[1] 因而，鲁迅后期的杂文写作成了鲁迅艺术枯竭后的避难所，“在他投共以后，杂文的写作更成了他专心一意的工作，以此来代替他创作力的衰竭。”[2] 对于 20 世纪 20 年代后半期以后的散文，夏志清肯定它们“有生动不俗的意象或例证”“绝妙的语句”“冷酷狠毒的幽默”等艺术特性，“但整个来说，这些文章使人有小题大做的感觉。鲁迅的狂傲使他根本无法承认错误。文中比较重要的对社会和文化的评论，又和他的诡辩分不开。他可以不顾逻辑和事实，而无情地打击他的敌人，证明自己永远是对的。”[3] 普实克并不赞同鲁迅后期创作力衰退的论调，关于鲁迅离开北京后停止小说创作的原因，他认为段祺瑞政府的“三一八惨案”对学生的屠杀迫使鲁迅离开北京，而蒋介石的 1927 年的血腥“捕赤”又迫使他离开广州，“一定是这两个事件使鲁迅认识到了全力投入同反动派斗争的必要性，而且从那以后，

[1] [美] 夏志清：《中国现代小说史》，香港：香港中文大学出版社，2001 年版，第 40 页。这段文字在 1979 年台湾友联出版社和 2001 年版香港大学中文出版社的同名书中都存在，在 2005 年的复旦大学版中删除了。之所以删除类似贬鲁言论，译者和出版方是为了淡化该书初版本中过强的政治偏见。

[2] [美] 夏志清：《中国现代小说史》，香港：香港中文大学出版社，2001 年版，第 44 页。

[3] [美] 夏志清：《中国现代小说史》，香港：香港中文大学出版社，2001 年版，第 42 页。

他便成为一位不妥协的战士。很明显，这种斗争和为赚得微薄稿酬来维持家庭使他没有时间平静地从事创作。然而他这一时期的杂文被证明具有特殊的思想深度。”[1]

如今，距离夏志清立论的年代已过去五十余年，鲁迅研究已逐渐褪去了意识形态绑架，“鲁学”也成了现代中国最具魅力而言说不尽的论题之一。夏志清关于鲁迅的种种论断，其武断、意气，以及由此形成的学术见解上的褊狭甚或错误，无需做太多学理上的辨析便可昭然。鲁迅杂文的价值，鲁迅后期创作力等问题，在学界几乎已形成了一些共识性的看法。比如，关于鲁迅的杂文，鲁迅的“宿敌”梁实秋曾说过，“鲁迅的作品，比较精彩的是他的杂感。”[2]其实，鲁迅的挚交瞿秋白早在1933年在《鲁迅杂感选集》长篇序言里，就已对鲁迅杂文的价值做了令人信服的系统阐述。瞿秋白把鲁迅杂文放在中国现代历史进程，以及鲁迅由进化论到阶级论，由个性主义到集体主义的思想转变历程背景下加以考察，他认为鲁迅的杂感是一种“社会论文”，并将这种文体称为“战斗的阜利通(feuilleton)”[3]——所谓“阜利通”，原指欧洲报刊上的短篇小品文。至于鲁迅为何钟情于这种文体，以及鲁迅赋予了这种文体怎样的特质，瞿秋白这样说道：“谁要是想一想这将近二十年的情形，他就可以懂得这种文体发生的原因。急遽的剧烈的社会斗争，使作家不能够从容的把他的思想和情感熔铸到创作里去，表现在具体的形

[1] ［捷克］普实克：《普实克中国现代文学论文集》，李燕乔等译，长沙：湖南文艺出版社，1987年版，第241页。

[2] 梁实秋：《关于鲁迅》，台北：爱眉文艺出版社，1970年版，第6页。

[3] 何凝：《〈鲁迅杂感选集〉序言》，鲁迅：《鲁迅杂感选集》，上海：青光书局，1933年版，序言第2页。

象和典型里；同时，残酷的强暴的压力，又不容许作家的言论采取通常的形式。作家的幽默才能，就帮助他用艺术的形式来表现他的政治立场，他的深刻的对于社会的观察，他的热烈的对于民众斗争的同情。”[1]瞿秋白这篇长文，是现代文学史上最早系统谈论鲁迅杂文的专论，可以说是带着“了解之同情”的历史眼光，切近历史真实语境，符合鲁迅晚年的文化心理和真实处境，对鲁迅杂文的历史成就所做的断语确切可信。简言之，鲁迅之所以在晚年放弃小说的写作而转向杂文写作，其原因并非夏志清所言创造力的衰退，鲁迅选择了这种“更直接的更迅速的反映社会上的日常事变”文体，在于其急切批判社会积弊、急速坦陈忧愤心情的文化心理所致。

面对普实克的这些批评，夏志清在翌年的《论对中国现代文学的“科学”研究》一文中部分地赞同对方的观点并纠正了自己的一些看法，但更多的是重申自己的批评立场或反驳普实克的观点。比如，对于普实克批评他对个别作品评价错误，夏志清承认自己对《狂人日记》的评价过低，经过进一步的阅读和思考，他得出新的结论：“《狂人日记》是鲁迅最成功的作品之一，其中的讽刺和艺术技巧，是和作者对主题的精心阐明紧密结合的，大半是运用意象派和象征派的手法。而我要求作者‘把狂人的幻想放在一个真实故事的构架中’并‘把他的观点戏剧化’是错误的。”[2]但对普实克指责自己在鲁迅研究上属于“主观的观察”而缺少“更细致的科学分析”，夏志清显然不能苟同，针对普实克的质疑，他对《故乡》中闰土的

[1] 何凝：《〈鲁迅杂感选集〉序言》，鲁迅：《鲁迅杂感选集》，上海：青光书局，1933年版，第2页。

[2] [美] 夏志清：《中国现代小说史》，上海：复旦大学出版社，2005年版，第336页。

悲剧起源、《药》中的象征主义、《祝福》中祥林嫂的悲剧诱因等命题一一详细辨析，试图指出，他的解读基于文本本身，借用象征主义（比如《药》中的华夏两姓的象征意味，《祝福》中狼的象征意义），做出了符合文本原意的阐释。同时指出，普实克由于过分倚重作者意图，对鲁迅小说的“意图与目标”所抱的“事先假定”[1]，使他做出了带有偏见的解读。

夏志清的《中国现代小说史》20 世纪 80 年代甫一在大陆面世，其贬鲁迅和左翼而扬张爱玲、沈从文、钱锺书的文学史格局给大陆学界带来不小的震惊，也引起了很多的非议。与夏志清颇有交情的刘再复，当年初读到小说史时，对于夏志清在张爱玲和鲁迅之间表现出来的“过于偏激的褒此贬彼”和“以嘲讽的基调描述鲁迅”的价值立场，难以接受，持“保留”态度[2]。夏志清对鲁迅的贬抑，对于大陆学术的影响是明显的，一方面他不袭文学史极度推崇鲁迅的传统，把鲁迅从现代文学之父和文学最高峰的神龛里移放到功过同样明显的杰出小说家行列，这成为后世倒鲁、骂鲁、反鲁派常常征引的理论资源；另一方面，夏志清把鲁迅边缘化、打入文学史另册的学术实践，其所包含的政治偏见、去历史化的研究方法和诸多“独排众议”的结论，引发了广泛的争议，成为后世不断反思的学术论题。

三、政治偏见、作者意图、历史化与文学史观的纠缠

普实克和夏志清的现代文学研究和鲁迅研究分别起步于 20 世纪

[1] ［美］夏志清：《中国现代小说史》，上海：复旦大学出版社，2005 年版，第 346 页。

[2] 刘再复：《夏志清先生纪事》，《新文学史料》2014 年第 3 期。

30年代和60年代，作为海外汉学的两个旗帜性的代表人物，他们的文学史观念、学术方法和具体学术见解均对后世产生了重大影响。尤其是夏志清的《中国现代小说史》一书，在80年代的文化和文学解冻时期，更是以势不可当的态度冲击了大陆学者的治史理念，成为引发80年代后期“重写文学史”思潮的重要因素。程光炜曾撰文说道，夏志清推崇文学本身的美学和修辞，“他事实上是在为80年代的中国现代小说史建立一套关于经典作家和作品的行业标准，以及一丝不苟的审美过滤机制。”而夏的研究所依据的新批评的“知识原点”，显然区别于此前以社会学为知识原点的理论传统，这也就意味着它要把80年代的中国现代文学研究“重新纳入世界性的知识视野和理论范畴之中”[1]。这种关注文学本体价值的“过滤机制”和“世界视野”正是夏志清留给后人的重要遗产。可以说，夏志清和普实克的鲁迅研究代表了海外汉学的两种基本路数，包含了诸多值得细致探析的重要话题。除了上文所提到的理论渊源、批评方法、普夏之争等话题，他们的鲁迅研究所涉及的政治偏见、作者意图、历史化问题，都是中国现当代文学史写作中具有方法论意义的重要议题，值得稍作辨析。

第一，政治偏见与文学史写作。

夏志清所置身的冷战背景及其西方知识体系，使他难脱审视鲁迅或现代文学上的西方视角和政治偏见。他对鲁迅和其他左翼作家怀有恶毒的“敌意”[2]招致了普实克的极其不满。对于自己的治史立

---

[1] 程光炜：《〈中国现代小说史〉与80年代的“现代文学”》，《南方文坛》2009年第3期。

[2] ［捷克］普实克：《普实克中国现代文学论文集》，李燕乔等译，长沙：湖南文艺出版社，1987年版，第213页。

场，夏志清有着自觉的体认，他在晚年曾说过，早年他的中国现代文学阅读并不多，拿到英文系博士后，才开始真正阅读和研究中国现代文学，早年阅读记忆的空白使他减少了对这些作家的“感情负担”[1]，同时他也不避讳自己的政治立场。在夏志清看来，鲁迅是官方捏造出来的一个神话，“鲁迅神话”在20世纪三四十年代“可以用来加强国民党贪污和腐败的印象”，“今天这个神话的效用已经有点过时，不过把鲁迅仍视为国家英雄，对于中共政权是有利的。”[2]

客观地看，鲁迅生前和死后一直处于各种势力忌惮与拉拢的状态中，尤其是自1936年去世后，鲁迅成为一种被反复改造和利用的文化资源，30年代的“左翼鲁迅”和40年代的“延安鲁迅”，以及新中国成立后的“十七年时期鲁迅”和“文革鲁迅”，鲁迅确实是逐步被刻意建构起来的“神话”。夏志清清楚地看到建构这一神话的权力话语和意识形态因素，决绝地在自己的文学史中打碎了这一神话，这种“去政治化”的书写对于还原真实鲁迅、剥离鲁迅形象与现代权力因素之间的胶着关系，具有重要的意义。但另一方面，由于夏志清缺少对现代中国的真切了解，他没有看到或是故意忽视鲁迅作为现代中国秩序中的异类和先锋作用——正是这种对旧的社会制度和落后文化性格不屈不挠的抗争，使鲁迅成为现代中国追求现代性的颠踬旅程中的思想先锋和清醒的斗士。显然，夏志清缺少对鲁迅在现代中国文化史、思想史以及文学史上的这种重要作用的认识，在鲁迅与现代中国的关系上，“他可能不承认文学具有社会作用，但这种作用确实存在，作家应该对他的生活和创作向他所从属

[1] 刘再复：《夏志清先生纪事》，《新文学史料》2014年第3期。

[2] [美] 夏志清：《中国现代小说史》，香港：香港中文大学出版社，2001年版。

的社会负责。”[1]可以说，他以淡化或简化鲁迅的理念，对鲁迅进行了“去政治化”的书写，以新批评的方法剔除鲁迅所处的丰富而复杂的历史语境，直面鲁迅的文本，最终把鲁迅从文学史的经典序列中挤出去。夏志清的鲁迅研究是一次带着政治偏见试图矮化鲁迅，最终走向矫枉过正、远离真实历史图景的批评实践。依据冷战思维和西方“伟大传统”进行的疏离、重新编织既定文学史格局的写作，使其进入了用一种政治标准反抗另一种政治标准、以一套权力话语反对另一套权力话语的方法论简单循环之中。

有一个近乎是悖论的问题值得我们追问。我们知道，夏志清在研究中国现代文学时体现了“感时忧国”的灼灼情怀。这种感时忧国与夏本人的历史记忆有关，“夏志清生于1921年，在他1947年赴美之前，整个青年时代可说都是在‘五四文化潮流’和‘抗战爱国激情’的感染下度过的。”[2]对于现代中国社会尤其是对动荡和战乱时局的这种亲身体验，应该有助于夏志清分析现代文学和现代中国之间的关系，鲁迅和左翼作家在社会进程中对底层的关注，对社会弊病的抨击，不正是一种“感时忧国”的最好体现吗？按理说，夏志清应该在这一点上与鲁迅、丁玲、巴金等作家具有某种共鸣。然而，在夏志清的鲁迅研究中，我们几乎看不到他对鲁迅那种忧愤之情和文化反思的认可，看不到他对鲁迅感时忧国情怀的知音之惜。究其因，根本问题还是在于其对大陆官方权力和鲁迅的政治偏见，这种偏见限制了他对鲁迅现实主义精神的深度理解，新批评的路数又使他抽去了鲁迅置身的历史与文化语境，当仅仅在文本层面解读

[1] [捷克] 普实克：《普实克中国现代文学论文集》，李燕乔等译，长沙：湖南文艺出版社，1987年版，第215页。

[2] 张毓纯：《当代中国文学思想的政治脉络：夏志清、李欧梵与王德威之间的传承与变迁》，台北：台湾中山大学政治学研究所，2011年版，第10页。

鲁迅小说时，简化、误读便可不避免了。

对于自己的这种偏见，早在“普夏论争”时，夏志清已经开始自觉反思，并对其进行了部分修正（上文已提及）。在夏志清的晚年，他对左翼文学和鲁迅的评价发生了一些变化，甚至是一种自我纠偏。刘再复在回忆文章中提到，夏志清曾将《文艺报》上评价他的文章寄送给刘的细节，《文艺报》的这篇文章直言夏志清对鲁迅、丁玲怀有的偏颇，同时坦言，夏本人消解了“思想的偏见”。看得出，夏志清并不忌讳这篇文章对他反鲁倾向的批评，同时他非常认可该文作者指出夏志清自我纠偏这一晚年心态上的极大变化，甚至有几份惊喜。刘再复通过夏志清寄送剪报这一“很不寻常”的举动总结到，“晚年的夏先生很了不起，他放下了‘左右两极，非此即彼’的思维方式了，放下曾有的‘偏颇’了。他把‘政治’搁置一边，用更纯粹的文学眼光评价作家，显然认可‘校正和消解了思想偏见’这样的评说。”[1]大胆启用新的视角和新的方法，并不惮以政治偏见进行文学史研究，充分体现了早年夏志清作为治史者的独立果敢和范式上的开风气之先。同时，晚年夏志清对自我政治立场上的有限调适也体现了融通、平和的史家胸襟。

某种意义上，文学史既是一种还原文学史实的历史再现，更是一种充满主观性和历史性的建构性叙事。在一部文学史中，没有谁能打捞所有的文学活动与历史细节，也不能保证每一断语和评价都能客观公正。正是在这一意义上，夏志清凭一己之力，基于个体的知识结构和评价系统，对中国现代文学进行个体意义上的历史评价，尽管他的学术实践难逃大时代意识形态的渗透与个人对鲁迅的根深蒂固的偏见，但这丝毫不能掩盖他的诸多论断具有的拓荒意义。尤

[1] 刘再复：《夏志清先生纪事》，《新文学史料》2014 年第 3 期。

其是，不袭旧说，不畏权威，敢于独立评判文学现象，自立新说，更是当下学人应该记取的学术精神，这也是夏志清留给后人最大的学术遗产。夏志清一直对自己敢于形成“judgement”充满自豪，即使与博学的钱锺书相比，他也自信如此，“他对诗艺的研究、比较诗学的研究，是没话讲的。但是有一点可以说，他没我胆子大，我是综批中国文学。”[1]绝对公正而客观的文学史是不存在的，这种“片面的深刻”的文学史，比起当下那些四平八稳、毫无创新的各式文学史有价值多了，至少前者提供了新的研究范式或是在局部文学阐释上提供了新见。在对待鲁迅评价问题上，夏志清的贬抑鲁迅和左翼作家，在观念上破除了神化鲁迅的路数，为80年代后期开始的贬鲁思潮开了头。把鲁迅从意识形态的捆缚和高高在上的神龛里“解放”出来，让日常鲁迅、真实鲁迅回归大众视野，让鲁迅研究回归学术轨道，这是鲁迅研究在80年代之后的重大学术转向。客观地说，夏志清的鲁迅书写和现代文学史的写作方式，尽管带有“黑鲁”的偏见和意识形态层面的操控，但对于官方、学界过于单一的鲁迅言说不啻是一种巨大冲击，唤醒了治史者的理论自觉，为鲁迅研究的新局面提供了方法论上的支持。

第二，文学研究中的作者意图问题。

值得注意的是，在普夏两人的研究尤其是论战中，频频论及“创作意图”“写作目的”这些关键词。文学批评和文学研究要不要考虑作家的“创作意图”，答案是肯定的。但在如何定位“创作意图”的作用——如何处理治史者的独立评价与作家的创作意图两种评价标准，以及如何认识创作意图与艺术效果之间的差异或悖论方

[1] 季进：《对优美作品的发现与批评，永远是我的首要工作——夏志清先生访谈》，《当代作家评论》2005年第4期。

面，两人具有较大分歧，并展开相互之间的责难。

普实克特别关注“作者意图”，认为忠实于作者原意，这是解读作品主题，对文本进行历史性解读的重要维度，如果不尊重作者意图，显然是一种“主观的观察”，缺少客观性和科学性。然而，夏志清则认为：“衡量一种文学，并不根据它的意图，而是在于它的实际表现，它的思想、智慧、感性和风格。”[1]两人在这一问题上的论争，恰恰反映了传统社会历史批评、实证主义批评与新批评之间的重大分野，即传统社会历史批评对作者意图上的倚重和新批评对作者意图的轻视。传统社会历史分析，基于世界、作者、文本、读者是一个有机、相互作用的整体这一认识，认为文学文本，尤其是现实主义或浪漫主义文学，真实再现了作者的思想与情感，他们相信作家的自述、访谈、日记、传记等写实性文字的真实性，而且与文学文本之间可以构成一种相互印证的关系。因而，作家自己的声音和所谓意图，常常可以用来佐证或反驳文本的意义建构。新批评派也非常注重作者意图这一问题，只不过，新批评派并不认可由作家发声形成的“意图”的合法性。新批评派的“意图谬见（the intentional fallacy）”强调，“一首诗的意义在它的内部，是由其话语层面的语法、词义和句法等决定的，不决定于诗人在谈话、书信或日记里吐露的意向；作品的意义与作家的意图不相干，不能把作家在别的场合表现的意图强加到作品。”[2]上文提到，普实克批评夏志清的“主观描述”完全掩盖了鲁迅创作的意图和目标，而夏志清则指责普实克在解读鲁迅时过分依赖所谓“作者意图”，甚至对这些意图抱有

[1] [美] 夏志清：《中国现代小说史》，上海：复旦大学出版社，2005 年版，第 324 页。

[2] 赵一凡等：《西方文论关键词 第一卷》，北京：外语教学与研究出版社，2017 年版，第 683 页。

"事先假定"，从而形成了带有"偏见的解读"，二人通过"作者意图"这一中间环节相互指责对方是主观阐释，而自己才是科学分析。说到底，两人在"作者意图"上的分歧在于：第一，靠作者意图阐释文本，还是靠文本自身逻辑；第二，作者的真实意图是什么。细细辨析可见，夏志清和普实克两人都不否认"作者意图"的有效性，只是前者在文本阐释中并不看重立论和作者意图之间的相互印证关系，而后者则非常看重作者意图对于文学阐释的参照意义，甚至将之直接视为文本的意义终点。这点正如夏志清所说，"尽管普实克重组了一些'科学的'事实以说明鲁迅的勇敢的乐观主义，但事实证明，我对《故乡》及《呐喊》中其他小说的分析更符合鲁迅本人在《自序》中对自己的'意图'所做的评价。而且我并不是依靠那些'意图'陈述，而是完完全全通过分析小说本身得出这些结论的。"[1]当然，两人通过对"作者意图"的激辩，最终想要维护的是自己观点的合理性以及研究方法上的科学性。

"作者意图"这一问题，还值得我们在方法论意义上进行深思。比如，在"文本阐释—作者意图—科学分析"这一链条上，是否存在一种自然的逻辑关系，即一种文本阐释活动，如果体现了、印证了作者意图，这是否为一种更科学的文学批评？反之，如果一种文本阐释，不符合作者意图，甚至与之大相径庭，由此进行的文学批评是否因为这种主观而丧失了科学性和合理性？作者意图在文学批评和文学史研究中，能否作为批评者立论和判断的基础性坐标？"作者意图说"和"意图谬误说"各自的理论依据和功能短板是什么，文学批评和文学史写作如何甄别、合理利用作者意图？这些问题值

[1] [美] 夏志清：《中国现代小说史》，上海：复旦大学出版社，2005年版，第339页。

得细细辨析，限于篇幅，本文引出话题，不作详述。

第三，鲁迅研究的“历史化”。

夏志清和普实克的现代文学史研究所引出的另一个话题是，文学史是该“崇作品”，还是“尊历史”？从一般意义上来说，文学作品和文学历史是两个并不矛盾的范畴，都不可忽视。但从中国现代文学史的学科发展历程来看，由于晚清以来中国特定的历史动荡和内外交困时局，文学的发展是在与近代以来的政治、历史和文化的复杂啮合中进行的，文学承载着太多非文学的社会现实与历史政治内涵——这也正是20世纪中国文学被一些学者称作“非文学的世纪”的原因。而中国现代文学史，从最初作为古典文学史的“尾巴”继而获得自主性成为一门独立学科以来，一直与政治文化、现实功效、意识形态纠缠在一起，文学史的历史分期和文学理念无不是社会史、政治史的照搬或沿袭。一直到引入夏志清《中国现代小说史》时的80年代，中国新文学史写作中的意识形态倾向、政治话语依然很明显。可以说，80年代以前文学的历史性和社会性得到了充分的重视，而文学本体的价值并未得到足够的重视。在“重写文学史”的浪潮中，一些学者呼吁“把文学还给文学史”[1]。夏志清的文学史带来的是文学史观的变化，他重视作家作品，以作品价值的高低优劣作为最重要的评价标准。在作品与历史这两极，夏志清显然更注重前者。对这一选择，其兄夏济安在1960年7月3日致夏志清的信中曾这样鼓励道：“你这本书主要的是作品的批评，关于史料方面，现在搜集的这点已够。再多搜集，恐怕反而要把书的重点淹没。”[2]

也就是说，从文学研究路数来看，尽管也注重文学史料的挖掘，

---

[1] 语出学者李杨。

[2] 王洞、季进编注：《夏志清夏济安通信选刊》，《新文学史料》2018年第1期。

但夏志清研究现代文学史更多启用的还是新批评和比较文学的方法。问题是，对现代中国文学的研究如果单以作家作品作为对象，固然可以借助于新批评的方法和西方文学经典的坐标，进行文学品鉴和价值估衡，但这种脱离了文本的历史语境的文学研究毫无疑问是充满危险的，上文提到的夏志清低估鲁迅杂文的做法就是明证。新批评、形式主义、结构主义以及其他理论话语，在解读文学文本固然能够看到文本的一些特质，得出一些新颖的结论，但这些西方理论如果脱离了具体区域地理、历史语境和文化传统，无异于一种理论预设与话语强行征用，会造成方法论上的强制阐释，其所得出的结论是不可信，甚至是极其有害的。

近些年，在鲁迅研究和中国现当代文学研究中，研究的“历史化”问题不断被提起。从 20 世纪 80 年代中期的“方法论热”始，新的观念和研究方法潮水般涌入国内，开始洗涤人们的头脑。90 年代以来，各种“主义”和“理论”以更加迅猛之势进入中国现当代文学研究，理论资源的丰富确实带来了文学阐释的丰富性；但另一方面，理论话语与文本内容的脱节、去历史化等倾向，也造成了文学研究上的过度阐释或强制阐释。在这样的情况下，一些学者呼吁中国现当代文学研究的“历史化”问题[1]。在鲁迅研究中，一直存在着“批评化”和“非历史化”的倾向，“不光是当代文学史研究，

[1] 比如程光炜先生，近些年一直在呼吁并实践着当代文学的“历史化”研究。针对当代文学研究中存在的简单套用、过度依赖理论，以及仅仅停留在文学批评层面的倾向，程光炜提出当代文学研究的“历史化”，在具体操作策略上，提出文学“周边研究”的路径。在程光炜看来，对研究对象的历史化，是为了发现“历史遗址”原本具有的复杂性、丰富性和多样性。可参见程光炜：《文学、历史和方法》（《当代作家评论》2010 年第 3 期）、《当代文学学科的“历史化”》（《文艺研究》2008 年第 4 期）等文章。

即使在现代文学史研究中，这种以‘批评’的结果或主导‘文学史’研究结论的现象，也非常明显地存在着。举例来说，就是引人注目的‘鲁迅研究’。那些被‘批评化’了的‘鲁迅形象’，不仅成为许多鲁迅研究者的‘研究结论’，而且也显而易见地成为关于鲁迅研究的文学史成果。”[1] 可以说，无论是对于中国现当代文学整个学科，还是对于鲁迅研究这样的专题，“历史化”的学术理念已成为很多学者的共识，“历史化”地研究鲁迅也一直是颇具生命力的研究方法。普夏两人的鲁迅研究再次提醒我们重视对历史化这一问题的探讨，也使我们想起詹姆逊那句“永远历史化”（always historicize）的谆谆告诫。

结语

总体来看，普实克和夏志清是海外汉学家中的佼佼者，作为海外汉学第一代研究者开创了中国现代文学的研究范式，在欧美传播了中国现代文学。他们治学严谨，对中国文学（古典文学和近现代文学）倾心倾力，形成了诸多卓越而独到的研究观点。尤其是激烈交锋的“普夏论争”，更是集中而鲜明地呈现了两人不同的文学史观，并由此引出了诸多值得探究的话题。他们所代表的社会历史批评和新批评一直到现在都是解读作家作品最基本的方法。当然，当我们对这一学案进行历史回顾时，我们更应该看到这些史观和方法的局限，尤其是生成、影响普夏两人学术理路的历史语境和知识传统。客观地看，普实克的鲁迅研究试图在较为丰富的原初语境下还原、阐释鲁迅，体现了历史唯物主义的态度和社会历史分析的思路，

[1] 程光炜：《当代文学学科的“历史化”》，《文艺研究》2008 年第 4 期。

在研究方法和结论上更为可靠；而夏志清由于强烈的偏见，对鲁迅进行“减法式”研究，切割鲁迅与现代中国的复杂关联，忽略鲁迅文学所包含的巨大历史、文化内涵，把鲁迅的小说当作孤立文本放在新批评棱镜下进行封闭的内部解读，同时否认鲁迅《呐喊》和《彷徨》之外的其他文本的历史价值。可以说，由于政治偏见、西方视角和减法式研究，夏志清的鲁迅研究充满了武断和意气，限制了他在这一领域提出更多“史识”。尽管刘绍铭、王德威等夏志清的弟子或再传弟子在不同场合为夏志清进行种种“辩护”，但一直以来对夏志清的“挞伐”并未停止，有学者甚至认为，由于强烈的意识形态操控，夏志清的《中国现代小说史》的鲁迅专章“几乎很少有立论能够站得住脚”[1]。因而，可以把夏志清的鲁迅研究视为是一种症候，或是一个巨大语义场，在这样的症候和语义场里，汇聚了中西学术传统、不同文学批评标准、意识形态偏见、贬鲁和扬鲁等多重话语体系，而我们所要做的正是要对这些“话语”进行清理与反思，对这种“偏见”进行理解与“纠偏”，这也是我们对海外鲁迅研究和海外汉学遗产应该具有的基本学术立场。

---

[1] 高旭东：《评夏志清贬损鲁迅的意识形态操控》，《中国文学批评》2016 年第 2 期。

“作者意图”在文学研究中的合法性和功能限度

作者意图是中外学界都很重视的一个理论话题，在不同时期的理论界定和文本研究实践中曾引起广泛探讨、争鸣，至今人们对这一近乎元命题的话题仍然莫衷一是。中国传统文论中的“以意逆志”和“知人论世”最早涉及文学批评实践中的作者意图问题。此处的“意”是指批评者之意，“志”是指作者之志。围绕文学批评中读者之意与作者之志的关系，形成了两种观念，一种是以东汉赵岐“以己意逆诗人之志，是为得其实”的尊崇作者意图派，另一种是以清代袁枚为代表的反对作者意图派，他认为：“作诗者以诗传，说诗者以说传。传者传其说之是，而不必尽合于作者也。”[1]而在西方，围绕作者意图的合法性和功能作用，形成了意图谬见、感受谬见等概念。总体上，传统的“作者中心论”普遍认同作品的意义来自作者，而20世纪以来“文本中心论”则坚持文本意义独立于作者的见解，

[1] 王先霈、王又平：《文学理论批评术语汇释》，北京：高等教育出版社，2006年版，第46—47页。

"读者中心论"则声称文学作品的意义来源于读者[1]。尤其是随着结构主义、形式主义、新批评的兴起，作者意图被当成了需要清理掉的历史旧物，他们宣布："就衡量一部文学作品成功与否来说，作者的构思或意图不是一个适用的标准，也不是一个理想的标准。"[2] 2014年"强制阐释"论引发的巨大热潮中，作者意图、批评公正性等话题得到了新一轮的深度研究[3]。在这轮学术大潮中，作者意图成为文艺理论界频繁论及的热议话题：比如一个文本是否一定有明确的意图；作者意图对于读者接受和文学阐释是限制还是导航；读者前见、作者意图和文本意义的关系，等等。

本文结合中国当代文学研究实践的具体个案，探讨文学批评和文学史写作如何甄别、合理利用作者意图。具体来看，探讨以下问题：作者意图，即包括作家的自述、访谈、创作谈、演讲等在内的有关著述动机、文本意义、写作意图的内容，对于文学批评和文学研究的价值是什么？作者意图视野与批评家视野究竟是怎样一种关系？作家的原初意图能否作为文本意义的阐释依据？作者意图的功能阈限是什么？如果无视作家意图，是否会影响文学批评的公正性和学术见解的客观性，对于一些刻意违背作家意图甚至篡改作家本意的编辑修改、意识形态介入，是否是一种违背作家意愿的非道德化实践？

---

[1] 朱立元：《略论文学作品的意义生成——一个诠释学视角的考察》，《中国社会科学》2017年第5期。

[2] 王先霈、王又平：《文学理论批评术语汇释》，北京：高等教育出版社，2006年版，第326页。

[3] 这个阶段的部分讨论成果目前已结集成书，收录了张江、朱立元、周宪和王宁的四十余篇重要成果。参见张江主编《阐释的张力：强制阐释论的"对话"》，北京：中国社会科学出版社，2017年版。

一、被委以重任的“作家意图”和不可靠的“作者声音”

在中国现当代文学批评和研究中，作家声音往往被寄予厚望、委以重任：作家的声音是文学阐释活动中的重要甚至“方向性”的因素。征引作家的自述、访谈、演讲、日记、散文中的所谓真实性内容，以此建构文本的意义，评价文本的得失，成为研究者习焉不察的一种学术习惯。实际上，过多依赖作家自我发出的著述动机或文本意义，甚至把作者意图当作文本的意义，极易造成对文本解释丰富性、开放性的囚禁，以及对批评主体自我的阉割，这种弊端是显见的。有学者在分析文学批评中的“创作谈崇拜”情结的危害时指出，“创作谈”作为作者意图的一种表达方式，对于文本阐释有其重要性，但是过分倚重创作谈的“证词”作用，过分相信创作谈的“自传”性质，会使批评家难以抵达历史的真实，会对研究者批评思路、研究方法和理论思路形成“暗示性导引和禁锢”[1]。

一直以来，虚构与真实成为我们区分不同文体的一种重要范畴，甚至形成了较为固定的认知，比如小说是虚构的，诗歌是想象的，散文是真实的，传记是写实的，虚构是不可信的，写实是可信的。因而，我们常常毫不怀疑小说和诗歌的假定性，而又不假思索地相信散文、传记、日记、访谈的真实性。殊不知，随着现代叙事中各种文体的融合和文体边界的模糊，以真实与虚构来区分各种文体显得越发可疑。某种程度上，一切文本都是叙事，都是虚构和真实的杂糅，绝对的真实根本就是一种虚妄。正是由于我们对文体性质的

[1] 张光芒：《文学批评中作家“创作谈”的合法性问题》，《首都师范大学学报》2017年第2期。

这种认知，使我们在阐释和研究过程中有可能掉进某种陷阱。比如，莫言的散文、访谈就具有某种虚构性——这种虚构性，是指莫言的散文常常有前后矛盾、说法不一、文学性虚构的情况，从而带来散文和访谈言说内容的“假言性”。这种假言可能是作家的一种叙事，或者是记忆偏差导致。比如在叙述同一件事或同一个场景时，会出现不同的“版本”。在谈到写作的最初动因时，“莫言一会儿说是因为家里穷，听一位被打成右派的老师说，只要能写出一本书，不仅一天三顿都能吃上饺子；一会儿又说是因为爱上了那位石匠家清纯漂亮的女孩。因为石匠的女儿曾经对莫言许诺说，只要莫言能写出一本像《封神演义》那样的书，她就答应嫁给他。”[1]莫言确实太善于讲故事，太善于叙事了，即使是散文，即使是关于个体的自传性内容，莫言也常常前后不一，制造出同一件事的多个版本，甚至在这些散文中，“莫言的许多虚构，并非一次完成，而是在写作中不断添加素材，逐步编织完善成迷人的故事。”[2]知己莫如兄。莫言的大哥管谟贤似乎对莫言散文的这种虚构性和假定性看得最透，他在《大哥说莫言》一书中提醒读者：莫言的散文也是小说，不能当真的；他姑妄言之，我们姑妄听之可也。

不仅是在散文中注入虚构，莫言的有些访谈也缺少客观性和真实性，甚至出现自我掩饰、故意遮蔽和假言误导读者的现象。比如关于莫言与外国文学之间的影响关系，由于记忆偏差或是作者固有的防卫心理，“当事者的‘交代’在告知的同时，也会带来遮掩和干

---

[1] 唐小林：《孤独的“呐喊”》，北京：作家出版社，2017年版，第280页。

[2] 唐小林：《孤独的“呐喊”》，北京：作家出版社，2017年版，第278页。

扰，形成阅读注意的转移。”[1]众所周知，莫言写于 20 世纪 80 年代中期的《红高粱》有着明显的“魔幻现实主义”的色彩，尽管马尔克斯的《百年孤独》早在 1982 年获得诺贝尔文学奖，并且早在 1982 年莫言就有机会通过《外国文艺》读到部分马尔克斯小说的译文。但莫言声称“写完了《红高粱》之后我才读到了《百年孤独》”[2]。在这里，关于《红高粱》的写作时间及其影响渊源，莫言一方面多次强调《红高粱》的写作时间为 1984 年，而其实际写作时间为 1985 年底，将创作时间提前，无非是因为 1984 年国内尚无《百年孤独》的中译，这样就可以从时间上割断先有《百年孤独》再有《红高粱》的事实先后逻辑；另一方面，莫言直接“现身说法”，多次强调自己的《红高粱》写作并未受马尔克斯影响。如果我们相信作家创作谈和各种写实性文字的真实性，那么，我们可能会由此得出莫言未受马尔克斯影响，或是《红高粱》的魔幻现实主义与马尔克斯无关的结论。事实上，有学者通过对莫言阅读史和写作史的细致考辨，令人信服地还原出莫言其实早在写作《红高粱》之前就已接触到马尔克斯作品的事实[3]。

当然，我们也可以将莫言叙述的不一致看成是记忆误差，或者暂且认为莫言没有读过马尔克斯就开始了《红高粱》的写作，但莫言关于这部重要作品影响源和写作时间上的遮遮掩掩、前后不一，以及作家和批评家之间这种捉迷藏和拆谜般的“较劲”恰恰向我们

[1] 郭洪雷：《个人阅读史、文本考辨与小说技艺的创化生成——以莫言为例证》，《文学评论》2018 年第 1 期。

[2] 莫言：《用耳朵阅读》，北京：作家出版社，2012 年版，第 250 页。

[3] 郭洪雷：《个人阅读史、文本考辨与小说技艺的创化生成——以莫言为例证》，《文学评论》2018 年第 1 期。

传递出这样一种信息：作家的那些打上所谓具有客观属性的叙述有时并不可靠，指望作家把写作的全部秘密、真实动机和盘托出根本就是一种妄想。至于莫言何以要不断强调《红高粱》写作的独立性，主要还在于“影响的焦虑”心理所致。布鲁姆认为影响问题是诗歌写作中的核心问题，面对诗人与诗人之间影响的“痕迹”以及“影响的焦虑”，“即使作者本人开朗达观，面对这样的痕迹还是会有所忌讳，还是会有意无意采取一些写作策略来凸显自己的原创性。”[1]莫言曾把马尔克斯和福克纳比作“两座灼热的高炉”，“高炉”之喻显示了莫言面对文学经典盘踞内心的某种焦虑，为了摆脱这种影响的焦虑，避免做文学大师的影子，莫言故意切断与这种影响源之间的关联，遮掩、不谈自己与这种文学经典的阅读和接受实情，以此维护自己文学品质的原创性——这大概是莫言这些假言性的辩护和遮掩背后的真实动机。因而，理性甄别作家声音，合理征用作家那些所谓纪实性、真实性的作者意图，是莫言个案带给我们的重要启迪。

当然，作者声音和创作意图并不总是可疑的。那么，对于可信的、确切的作者意图我们如何征用，如何看待他们在文学史写作中的作用？我们是像传统实证学派、历史主义那样笃信创作意图的实存、稳定和静止，还是如新批评派、读者接受论那样干脆放逐创作的意图？在 19 世纪以及更早的历史中，由于人们对科学、客观、历史理性的信奉，通过实证、逻辑的方式复呈历史的原貌和本质被认为是可行的。但随着 20 世纪相对论、新历史主义和各种后学的兴

[1] [美] 布鲁姆：《影响的剖析：文学作为生活方式》，金雯译，南京：译林出版社，2016 年版，译者序第 3 页。

起，准确描述、客观呈现历史的确定性遭到了无情的抨击。在这种趋势下，历史主义和传统历史学派“重建历史的企图”遭到了极大嘲讽。在历史学派这儿，“设身处地地体察古人的内心世界并接受他们的标准，竭力排除我们自己的先入之见”成为他们的某种认知理性，这也导致他们的文学史和文学研究的目的在于“重新探索出作者的创作意图”或是“对作家创作意图的极大强调”[1]。属于新批评一脉的勒内·韦勒克和奥斯汀·沃伦毫不客气地驱逐了创作意图对文学研究的作用，认为将作家的创作意图当作“文学史主要课题”的观念，是“十分错误的”，他们认为：“一件艺术品的全部意义，是不能仅仅以作者和作者的同时代人的看法来界定的。它是一个累积的结果，亦即历代的无数读者对此作品批评过程的结果。历史重建论者宣称这个累积过程与批评无关，我们只需要探索原作开始的那个时代的意义即可。这似乎是不必要而且实际上也不可能成立的说法。”[2]在韦勒克和沃伦看来，由于当下“20世纪人的姿态”的在场，我们没法做到只按原作所处时代的逻辑去理解作品，而排斥“其他的丰富意义”和“新的解释的可能性”。于是，他们主张打破传统文学史写作或文学研究中对创作意图和作品意义的静止性的界定，主张建构“从第三时代”切入文本的阐释路径，即“既不是他（研究者）的时代的，也不是原作者的时代的观点——去看待一件艺术品，或去纵观历来对作品的解释和批评，以此作为探求它的全部

[1] [美] 韦勒克、沃伦：《文学理论》，刘象愚译，北京：文化艺术出版社，2010年版，第34—35页。

[2] [美] 韦勒克、沃伦：《文学理论》，刘象愚译，北京：文化艺术出版社，2010年版，第36页。

意义的途径，将是十分有益的”[1]。可以看出，韦勒克和沃伦并不赞成“死守”文本原初意图的做法，认为所谓的历史化地复现历史原景从而尽可能逼近文本意义的路径极大忽略了批评主体的当下性和时代性，他主张以一种更为宏观和超越的视野，突破原作者和研究者所置身的时代可能会对研究主体形成的认知桎梏，动态性地考察作者意图，建构文本意义。可以说，这种对作者意图在研究系统中的功能定位、索解文本意义的方法是相当理性而高明的，极富启示意义。

二、秦兆阳对王蒙本意的“篡改”与余华转型的内在动因

作者意图之所以被人们一直争论不休，在于这样一个命题本身在文学研究系统中的多元化的意义和复杂性功能。任何一种脱离具体时代语境、离开具体文学阐释案例而贸然宣布作者意图重要或失效的做法，都是偏激、失当甚至错误的。当我们说，文学阐释活动中，不能过多征用作者意图，并不是完全要剥离作者意图在文学研究实践中的合理性作用。相反，在不少具体阐释个案中，离开了对作家本意的知晓，会造成对文本的误解。文学阐释既不应像传统“作者中心论”中过于自信地认同作品的意义主要来自作者，从而把找寻和印证作者意图视作文学批评的主要内容，也不应像阐释学和接受美学那样过于贬低作者意愿，视作者意图和文本原初意义为偶然性因素，从而过于看重阐释者、接受者的意义发现。

---

[1] [美] 韦勒克、沃伦：《文学理论》，刘象愚译，北京：文化艺术出版社，2010年版，第36—37页。

我认为，作者意图不应该是文学意义的唯一来源，但作者意图具有重要的学术功能，知晓并合理运用作者意图阐释作品意义是文学批评的基本伦理。尤其是意识形态过强的历史时期，文学的自主性和作家的主体性得不到保证时，清晰辨析哪些是作家本人的声音和印迹，哪些是外界强加给作家的声音和艺术形态，是文学研究重要的任务。这里，我通过《组织部新来的年轻人》这一文坛公案，来谈编辑的修改由于歪曲和忽视了作家的原意，而导致一桩文坛公案的产生，甚至给作家和编辑本人带来了巨大的麻烦。这里借助于版本视野，还原出王蒙的初版本及其作家“本意”，并进一步分析这种意图如何被秦兆阳“篡改”，以此探讨文学研究中如何处理作者原初意图、编辑意志和官方意志之间的复杂关系。

1956 年至 1957 年上半年，被称为中国当代文学的“百花时代”，随着中共中央关于知识分子问题的会议召开以及“百花齐放百家争鸣”方针的提出，文坛迎来了“早春天气”。正是在这样的背景下，1956 年 9 月号的《人民文学》刊发了王蒙的小说《组织部新来的青年人》，这部小说以果敢激情的文笔，大胆干预社会现实，揭露官僚主义，发表之后随即引发了热烈争鸣。《文艺学习》《人民日报》《光明日报》《文汇报》《中国青年报》相继刊发肯定和批评文章。“看到作品引起这么大动静，看到人们争说《组》。”王蒙的反应“主要是得意扬扬”。[1]但随后，随着 1957 年 2 月《文汇报》刊发李希凡的长文，这种“从政治上上纲，干脆把小说往敌对方面揭批，意在一棍毙命”的批判，令王蒙惊惧不已，随后他便给文艺界最高领导人周扬写信，“求见求谈求指示。”更令王蒙始料不及的是，通

[1] 王蒙：《大起大落：〈组织部新来的年轻人〉发表之后》，《百年潮》2006 年第 7 期。

过与萧殷的交谈，他获悉中宣部文艺处林默涵正在写一篇关于《组织部新来的年轻人》的批评文章，而“林文指出来的几处写得不妥的文字与小说结尾，都不是我的原作，而是《人民文学》编辑部修改的结果”，随后王蒙给林默涵写信说明了此事[1]。那么，王蒙所说的“写得不妥的文字与小说结尾”究竟是怎么回事？也就是说，一个作家的作品被批，结果作家说你们批评的内容都不是我原作的内容，我的原作不是这样写的。事实上确实如此。王蒙在1956年五月将稿子投往《人民文学》后的一个月收到编辑部的修改意见，王蒙自己对稿件做了修改。后来由于第九期的杂志临时抽去了一篇四万字的稿子，编辑部决定补发王蒙这篇。当时作为《人民文学》常务副主编的秦兆阳连夜赶着修改该稿——一向敬业勤勉的秦兆阳也正是因为自己的这次“磨稿”[2]而在后来酿成了这桩文坛公案。由于“改稿时深夜疲劳”[3]，未经王蒙本人审阅，秦兆阳版的《组织部新来的年轻人》[4]便刊发出来了。这部小说被李希凡和林默涵等人诟病的地方有这样几点：一是林震的性格非常软弱，战斗性不够，二是小说的结尾使小说调子灰暗，三是林震与赵慧文之间的爱情显得过于小资情调。实际上，王蒙最初的版本中，林震面对组织部敷衍不作为的状态有好几处愤而发声、慷慨之词的书写，被秦兆阳删去了，这种删减部分削弱了林震的战斗性。而林赵的爱情，在王蒙笔下写

[1] 王蒙：《大起大落：〈组织部新来的年轻人〉发表之后》，《百年潮》2006年第7期。

[2] 李洁非：《典型文案》，北京：人民文学出版社，2010年版，第227页。

[3] 秦兆阳：《秦兆阳文集. ⑤》，武汉：武汉出版社，2016年版，第446页。

[4] 王蒙最初投稿时这篇小说名为《组织部来了个年轻人》，发表时秦兆阳将小说名修改为《组织部新来的年轻人》。新时期之后，王蒙的文集和各种选集都恢复了小说原名。

得含蓄克制，这种最初试图表达青年男女之间“两个人交往过程中的感情的轻微的困惑与迅速的自制”[1]的意图被秦兆阳改写成确切的爱情悲剧，赵慧文的女性特征经秦兆阳的修改也得到了强化。而小说结尾原本明朗、积极，寄希望于组织力量和强力领导推进工作向前发展的叙事指向被改成了林震对失败了的爱情的感伤。

由此可见，秦兆阳对王蒙原作及其意图的修改，不仅扭曲了原作的旨意，而且还引发了一场惊动文坛高层甚至国家最高领导人的文学事件。对于《人民文学》编辑擅自改稿的行为，毛泽东“震怒”，并斥之为“缺阴德”，并指示将王蒙小说的原文和修改后的稿子对照公布——后来《人民文学》和《人民日报》同时公布了修改情况。对于这次改稿所造成的对王蒙原意的歪曲，秦兆阳本人在随后也通过书信的方式向王蒙致歉：“我把原稿找来看了看，确实，我的修改有些不妥之处；特别是结尾处删掉了的一些句子，有较重要的内容也被删去了，以至于对你的小说的缺点有所加重……直到现在才发觉我的错误——并非我所想象的那样的不关重要。”[2]秦兆阳对王蒙原作和意图的修改，作为20世纪50年代的一桩文坛公案，对于后世尤其是当代文学研究具有重要的启示意义。比如，作品原貌与编辑修改之间的关系（在更广泛意义，还包括不同意识形态、读者意志与作家个体意志之间的关系）。20世纪的中国，由于内忧外患的社会语境，频仍的战争或运动，文学常常难以获得真正的主体性，因而，对于在政治性过强的时代发表、出版的文本，尤其是那些业已经典的文本，应该理性辨析这些文本中的作家意志、编辑

[1] 洪子诚：《1956：百花时代》，北京：北京大学出版社，2010年版，第92页。
[2] 秦兆阳：《秦兆阳文集. ⑤》，武汉：武汉出版社，2016年版，第446页。

意志和官方意志。通过这种甄别，才能对作家及其文学作出客观、准确的评价。就像王蒙的这部重要作品，在阅读和研究中，如果不能通过版本的方法，清晰区分出秦兆阳和王蒙两种文本，很容易陷入以“秦兆阳版”的文本去分析王蒙的思想与艺术的错位研究泥潭中，从而歪曲王蒙的真实意图和文本意义，最终得出错误的结论。

另外，作者意图对于我们解释一些文学现象提供了具体生动的视角和真实可信的动因，有效防止我们在回答“存在之由，变迁之故”这种重要问题上的虚拟性、空洞化倾向。比如余华在20世纪80年代后期至90年代前期的由先锋向写实的转型，已是不争的事实。关于先锋小说在90年代的这种“终结”与转型原因，学界也形成了较有“说服力”的解释，这种解释不外乎从先锋文学自身的原因和社会外部原因展开，即，从作品本身来说，由于过分注重形式的革命，先锋小说在内容上“显得虚浮而缺少坚实的现实基础”，“他们甚至无力在人们迫切需要了解的当代生活的复杂性、尖锐性和深刻性方面提供任何具有意义的想象。”[1]而在外因方面，90年代的全球化和大众化浪潮之下，消费主义、通俗化兴起，先锋文学的“先锋性”不得不让位于“消费性”[2]。可以说，余华在内的先锋作家在90年初的转型，文学史叙述和大量成果从先锋小说内在质地的缺陷、消费语境的到来、先锋文学市场的萧条和读者接受的厌倦情绪，赋予了先锋转型的动力根源，较为“合理”而“全面”地解释了先锋小说何以在90年代走向式微。

---

[1] 陶东风、和磊：《中国新时期文学30年（1978—2008）》，北京：中国社会科学出版社，2008年版，第219页。

[2] 陶东风、和磊：《中国新时期文学30年（1978—2008）》，北京：中国社会科学出版社，2008年版，第220页。

但实际上，作家的转型或一个文学流派的转型，除了外部原因的推动外，作家主体的原因也不应忽略，比如，作家主体的特定现实遭遇、作家自我的精神变化和美学裂变，都可能促成作家在创作风格、轨迹上发生一些调适或剧变。余华在其新近散文《一个记忆回来了》中，细致呈现了90年代前后自己创作风格转型的精神动因。作家的“现身说法”在既往文学史解释这一现象时形成的诸多视角之外提供了一条几乎被忽略的线索。在这篇散文中，他谈到了80年代的写作热衷于鲜血、暴力、杀人这些主题，而到了80年代后期突然停止这种写作的原因，他说自己的转型，来自1989年底某个深夜那个“漫长和可怕的梦”，这个梦的内容是他被公审，继而被枪杀的场景，这个可怕的梦带给余华巨大的恐怖感，他也意识到这是他白天写下太多血腥和暴力的原因：

“我扪心自问，为何自己总是在夜晚的梦中被人追杀？我开始意识到是白天写下太多的血腥和暴力。我相信这是因果报应。于是，在那个深夜，也可能是凌晨了，我在充满冷汗的被窝里严肃警告自己：‘以后不能再写血腥和暴力的故事了。’就这样，我后来的写作，血腥和暴力的趋势减少了。现在，差不多二十年过去了。回首往事，我仍然心有余悸。我觉得二十年前的自己其实走到了精神崩溃的边缘，如果没有那个经历了自己完蛋的梦，没有那个回来的记忆，我会一直沉浸在血腥和暴力的写作里，直到精神失常。”[1]

[1] 余华：《我们生活在巨大的差距里》，北京：北京十月文艺出版社，2015年版，第9—10页。

如何从充满血腥和暴力的先锋写作逃逸出来，什么原因促成作品中“充满了血腥和暴力的余华”转型成“温情和充满爱意的余华”，这不光是困扰读者的问题，也是缠绕余华十多年的问题。读者和批评者给出了五花八门的答案，甚至有人提出了“幸福的生活”让他的写作越来越远离血腥和暴力的转型因素，对这些理性或荒诞的理由，余华给予了充分的尊重[1]。但恰恰在此时作家本人开始了在对这一问题的严肃反思，他回溯了童年成长的充满暴力的20世纪七八十年代大环境和鲜血淋淋的医院小环境，以及公审大会、枪决现场和死亡惨相如何潜入他的笔端和梦境，这些童年血腥的记忆最终幻化为1989年“那个漫长和可怕的梦”，正是这个“亲身经历自己如何完蛋的梦”[2]摧毁了余华对暴力、死亡的迷恋，继而调整自己的写作风格。可以说，正是余华对自我写作历程的细致梳理，以及对这种转型的严肃内省，让我们看到了“余华转型”这一命题的真实内在动因：从个体心理来看，书写暴力留下的某种暴力阴影以及恐怖的梦境，是催生余华放弃暴力书写，而试图在文学中与现实和解的内在动因。在这里，作家自己的声音有效弥补了文学研究中的某些漏洞。

由此可见，文本解释并不是一个没有边界的随意行为，解读文本不以还原作家本意为归宿，但很多时候，知晓作家本意并不是文

[1] 余华：《我们生活在巨大的差距里》，北京：北京十月文艺出版社，2015年版，第1页。

[2] 余华：《我们生活在巨大的差距里》，北京：北京十月文艺出版社，2015年版，第8页。

学阐释活动的绊脚石，恰恰相反，在很多过于隐晦[1]、被外来意志篡改以及被肆意曲解的文本中，正确地指出作品的本来意义或作者意图，是一种体现了批评公正的行为。“专业批评家有客观揭示文本本来含义的责任。否定和放弃这个责任，是对批评伦理的侵害。特别是在强制阐释的意义下，为了证明阐释者的前置结论，将阐释者意志强加于文本，以论者的意志决定阐释，这显然违反批评伦理的道德律令。”[2]

三、作为起点的“意图”：小说和批评是对作家“意图”的再创造

文学批评和文学史研究中要不要知晓、鉴别作者意图？作者意图的重视与盲视是否会影响阐释的范式，影响结论的公正性和有效性？这似乎是一个见仁见智的问题。1961—1963年普实克与夏志清围绕中国现代文学的“科学研究”展开的“普夏之争”中，作者意图是二人相互攻讦、批判对方的一个重要“武器”。夏志清出版《中国现代小说史》后，他的这本以“优美作品之发现和评审”[3]为目标，根据个人主观好恶和作品价值大小重新书写中国现代文学史秩序的方法遭到了很多人的批评，其中以捷克学者普实克发表在《通

[1] 比如库切在分析保罗·策兰的诗歌时，发觉有些诗歌很隐晦，“很难说”，只有借助于诗人自己的一些“说明”，库切才对这首诗进行了较为确切的阐释。参见张江主编《阐释的张力：强制阐释论的“对话”》，北京：中国社会科学出版社，2017年版，第282页。

[2] 张江主编：《阐释的张力：强制阐释论的“对话”》，北京：中国社会科学出版社，2017年版，第290页。

[3] ［美］夏志清：《中国现代小说史》，上海：复旦大学出版社，2005年版，中译本序第15页。

报》上的长文为代表。对于鲁迅和传统左翼作家，夏志清怀着某种敌意和偏见，给予了基本否定性的评价。普实克认为夏志清脱离中国历史语境和鲁迅复杂的文化心态，“凭借纯粹推测性的解释来模糊甚至歪曲鲁迅作品的真实意义。”[1]随后，夏志清在长篇回应文章中批评了普实克抱守的这种作家意图论，认为普实克恪守“事先形成的历史观”，“对鲁迅小说的意图与目标所抱的事先假定”[2]使他陷入了“新批评”深恶痛绝的“意图性的错误”——根据作品的可能意图来评价作品，把作家意图当作判断文学艺术的标准。在对鲁迅小说的分析上，夏志清颇为自信地指出，“事实证明，我对《故乡》及《呐喊》中其他小说的分析更符合鲁迅本人在《自序》中对自己的‘意图’所做的评价。而且，我并不是依靠那些‘意图’陈述，而是完完全全通过分析小说本身得出这些结论的。”[3]

由“普夏之争”这一公案，我们可以看出，夏志清和普实克都不否认文本具有作者意图，他们的认知分野在于作者意图的来源（作者的自述赋予还是由文本分析而来），作者意图在文学阐释中的作用（是决定性作用还是应该被放逐）。也就是说，作者意图对于文学阐释和文学史的建构并不是一个可有可无的问题，一味废弃作者意图，或是把意图当作文本意义的起源和文本成败的标准，都是失当的。“意图或隐或现，对小说来讲是至关重要的，因为小说的方方

[1] ［捷克］普实克：《普实克中国现代文学论文集》，李燕乔等译，长沙：湖南文艺出版社，1987年版，第237页。

[2] ［美］夏志清：《中国现代小说史》，上海：复旦大学出版社，2005年版，第332、345页。

[3] ［美］夏志清：《中国现代小说史》，上海：复旦大学出版社，2005年版，第339页。

面面均在小说的意图控制之中，它是一个整体的。”[1]既然作者意图关乎文本的自我属性，也对阐释活动具有某种影响。那么，我们不应把意图当研究的终点，而应视之为起点，应把文学艺术当作作家、读者和阐释者合力对意图进行创造的结果。这点正如朱立元先生所说：“总的说来，文学作品的意义既不是单由作者赋予的，也不是完全由读者诠释创造的，而是由作者与读者双向互动、共同创造的，是作者、读者两个主体的‘间性’关系，是在作者、作品文本和读者三要素动态流程中不断生成的。”[2]

意图，作为作者的写作动机和表达意愿，可能表现为某种诉求或意念，一个主题或故事，一种情结或母题。“意图在一个文本中是看不到的，是读者通过分析得来的，作者在表达意图时心理与方式都很复杂，是一种控制，一种把握，是必然也是随机，意图是一个看不见的运动过程。”[3]正因为此，我们在研究实践中，首先应该注意辨析意图的显隐强弱、聆听文本的意图。意图的类型，我们大致可以将它们分为明确型、触点式和歧义性意图[4]。所谓明确型意图，是指通过文本内容本身或者作家本人，我们能够轻易获得关于这个文本的意图。大多数的创作谈都为我们提供了关于文本的作者意图。当然，这种通过创作谈获取的所谓作者意图，有时与读者、批评家从文本层面归纳的作者意图，并不一致——当然，这种不一致正是

[1] 刘恪：《现代小说技巧讲堂》，天津：百花文艺出版社，2006年版，第271页。

[2] 朱立元：《略论文学作品的意义生成——一个诠释学视角的考察》，《中国社会科学》2017年第5期。

[3] 刘恪：《现代小说技巧讲堂》，天津：百花文艺出版社，2006年版，第272页。

[4] 刘恪认为写作分为有明确的意图、未曾明确的意图，写作意图具有歧义性。我将之提炼为明确型、触点式和歧义性。参见刘恪：《现代小说技巧讲堂》，天津：百花文艺出版社，2006年版，第270页。

文学自身的魅力，也是文学阐释多元化的一种表征。比如关于金宇澄的长篇小说《繁花》，很多批评者将它视之为都市市井小说，而以他的回忆录《回望》一书作为参照再读《繁花》，会发现这是一部“假托都市市井故事的自叙传小说”[1]。

触点式意图，是指作家在写作之初只有朦胧而简单的创作意图，这种并未明确的模糊的意图，转化成了作品的生动而形象的叙事。因而，这种意图，实际上经过小说的创造而得到生长、丰盈。2014年我在采访作家毕飞宇时，和他就《唱西皮二黄的一朵》这个短篇小说进行了探讨，发现作家和批评家两种视野存在着巨大差异。这部小说讲述了一个农村进城的女孩一朵，在城市立足后，无法容忍楼下的卖西瓜的中年妇女和自己长得很像的事实，而让男友让其消失的故事。这部作品究竟在讲什么？我表达了作为读者或批评家对于这部作品意图和意义的理解，我从人性异化，人的认同危机，城乡的对立，乡土的蛮性遗留和人性之恶等角度对这部作品做了“深刻的”解读。但毕飞宇说，没有那么复杂，这部作品谈的就是一个人某天醒来发觉一个跟他长得一模一样的人迎面走来，他该怎么办的问题。在这里，可以看出，“一个人如何面对另一个长得跟他一模一样的人”是毕飞宇写作《唱西皮二黄的一朵》的最初意图，这个意图是简单的，但正是这样一个简单的意图构成了写作的“触点”，成为这篇小说内部的一个潜隐的发动机，激活了一朵进城后的人生选择和内心的动荡。这里，出现了作者意图和批评家的意义阐释两套话语，孰对孰错？孰优孰劣？不好说。实际上，这是关于文本意

[1] 程光炜：《为什么要写〈繁花〉？——从金宇澄的两篇访谈和两本书说起》，《文艺研究》2017年第12期。

义的两个视角，二者不可替代。如果说最初的作者意图是文本的“自在性意义”，那么，文学阐释的功能除了“寻找、发现和阐发”，还包括对作家创造的艺术形象进行再创造形成“新意义”，“这种阐释是意义生成和建构的动态过程，是文学文本的某些自在意义（不等于作者原意）与读者阅读过程中生成的新意义这两者的有机结合或者融合。阐释过程，必定有增值和生发。不能把后者排除在阐释的意义系统之外。”[1]总之，属于触点式意图的文本不在少数，我们在研究实践中，可以将这种写作的触点当作理解作家、进入文本的“拐杖”和“地图”，通过这种导引进入更广阔的意义阐释，这种阐释文本的方式，既重视了触点意图的作用，能够避免漫无边际的过度阐释，又能充分发挥读者和批评者的阐释主体性。

歧义性意图是指，一个文本确切的作者意图是缺席的，从而带来意图理解上的模糊、歧义和不确定。尤其是现代小说和后现代叙事，所谓作者意图常常是缺席的，文本又常采用开放性叙事，面对这样的文本，批评者的阐释视角会趋于多样，意义和结论常常也会大相径庭，从而带来文本阐释上的众声喧哗。比如《伤逝》，作为鲁迅唯一一部以青年知识分子的爱情作为题材的作品，发表至今已有九十五年，但对于这部作品的解释一直没有停止。这部作品究竟在讲什么，鲁迅的意图是什么，具有怎样的文本意义，人们一直兴致盎然。《伤逝》的主题和意蕴是不确切的，鲁迅关于这部作品的意图言说，哪怕只言片语的解释都是缺席的，研究者们只能借助于历史的拼图重建关于这部作品的历史图景，或是借用各种理论不断尝试

[1] 张江主编：《阐释的张力：强制阐释论的“对话”》，北京：中国社会科学出版社，2017年版，第378页。

解释文本的意义。有人认为这部作品是鲁迅对 1923 年《娜拉走后怎样》这篇演讲中的女性命运的进一步思考；也有人认为这是鲁迅对和自己热恋中的许广平的一种答复，试图委婉告诉她二人的结合将来可能会遇到的困难；还有人认为这是鲁迅在探讨“五四”知识分子出路的忧心之作。然而，关于这部作品，周作人给出了自己的独特解释，在《不辩解说下》中发出了颇为自信的声音：“《伤逝》不是普通的恋爱小说，乃是借假了男女的死亡来哀悼兄弟情义的断绝的。我这样说，或者世人都要以我为妄吧，但是我有我的感觉，深信这是不大会错的。因为我以不知为不知，声明自己不懂文学，不敢插嘴来批评，但对于鲁迅写作这些小说的动机，却是能够懂得的。我也痛惜这种断绝，可是有什么办法呢，人总只有人的力量。”[1] 可见，周作人认为《伤逝》的意图是鲁迅借子君和涓生的爱情悲剧来痛惜兄弟情谊断绝，这里周作人所说的“痛惜这种断绝”，指的是 1923 年夏天发生在北京八道湾胡同周宅里“兄弟失和”一事，兄弟失和的原因至今仍是个谜，周氏兄弟二人从此分道扬镳，至死未能和解。但连缀两人失和之后的若干史实来看，两人都有对于兄弟间曾经的怡怡之情的怀念以及对于这种情谊断绝的“痛惜”。因而，周作人翻译罗马诗人悼念死去兄弟的《伤逝》，鲁迅接着写作《伤逝》和《弟兄》——后篇据周作人说内容十有八九都是发生在两人之间的真事，都可以看成是两人情感的隐秘“交流”。当然，由于缺少足够的文本层面和历史事实层面的支撑，学界对于周作人的“影射说”持保留态度。正是由于《伤逝》具有这种说不清、道不明的意图和意义，近一百年来，一直吸引着研究者的目光，人们借助于各种史

[1] 周作人：《知堂回想录》，北京：北京十月文艺出版社，2013 年版，第 536 页。

料和理论对文本内外进行着多维度的探究，这些研究都为了逼近那个谁也不能肯定的情感真相和写作意图。

值得注意的是，除了以上三种典型意图，在具体写作实践中，常常有“意图跑偏”的情况，即“我写出来的作品跟我的意图之间不一定是重合”，“有时我想写东，作品却跑到西了，这在写作中经常可以看到。有时我的意图是写出一部伟大的作品，但写出来却很渺小，和我的意图相距很远。”[1] 毕飞宇就曾谈到他写作中的这种“跑偏”现象：“如果我能够沉着一些，《玉米》将是一部爱情小说。这部爱情小说的主角是玉米，她什么都拿得起，什么都放得下，爱情来了，她傻了。我要写一个被爱情折磨得死去活来的姑娘，可是，在读者的眼里，她的幸福却可以上天入地。我要写的其实就是这么一个东西。”但是爱情小说的这种意图，并没有伴随《玉米》很久，很快跑偏成了一个关于权力和伤害的叙事，“一部爱情小说就这样丧失了它的轨道。为了弥补，我写了《玉秀》，它同样丧失了它的轨道，为了弥补，我写了《玉秧》，后来又写了《平原》。我到底也没有能够把一部爱情小说写出来。”[2] 意图跑偏未必是坏事，这种脱离原先的意图轨道，意外衍生成另种意图的文本，一般会改变文本原来的结构与逻辑，带来文本的突转甚或悖论，从而可能带来叙述和主题上的复义、多元，美学上的复调、含混。

总之，知晓作家本意是文本阐释的认知起点，确切的作家意图可以减少对文本不必要的臆测，可以杜绝漫无边际的过度阐释；另

---

[1] 张江、贾平凹、南帆、张清华：《意图的奥秘——关于文本与意图关系的讨论》，《文艺争鸣》2018 年第 3 期。

[2] 毕飞宇：《〈玉米〉之外的点滴》，《文艺争鸣》2008 年第 8 期。

一方面，作家意图和文本原意只是批评家的认知起点，并不是终点，小说是对作家意图的第一次创造，而批评家的阐释是对这种意图的第二次创造，基于作家意图基础上的合理的意图再造，是文学研究的应有之意。“一部作品意义的阐释，并非只有作者本人才能完成，也并非全然依靠批评家的阐释，而应该是读者—批评家与原作者通过以文本为中心并围绕文本进行交流和对话而产生的结果。”[1]作者意图是一个具有方法论意义的命题，在作者意图上的用与弃、详与略，影响着文学研究的具体路径、阐释主次甚至研究归宿：传统浪漫主义和实证主义文论由于过于看重作者对文本意义的赋予，因而研究重心常常放在文本意义与作者意图的互文关系上，在这些研究范式中，作者意图具有无可置疑的主体地位，但这种作者中心和意图本位的模式使意图成为文学阐释的“囚笼”，极大限制了接受主体和研究主体的能动性。20 世纪以来随着语言学转向和阐释学的兴起，内部研究、文本中心和读者中心成为新的知识范式。作者意图的重要性被极大削弱，作者意图的主体地位逐步让位于文本意义和读者/研究者。但文本中心论和读者中心论由于在文本—作者之间断然切断二者的关联，选择了相信文本内部的意义自洽，以及笃信“一首诗没有被阅读，就没有真正的存在；它的意义只有读者才能够讨论”，[2]因而，它们在对待作者意图方面，显得矫枉过正。时至 21 世纪的当下，当我们重新审视各种文论和研究范式中的作者意图问题时，除了理解各自兴起的时代背景及其理论优势，更应该认识到

[1] 张江主编：《阐释的张力：强制阐释论的“对话”》，北京：中国社会科学出版社，2017 年版，第 387 页。

[2] ［英］塞尔登：《当代文学理论导读》，刘象愚译，北京：北京大学出版社，2006 年版，第 56 页。

它们的短板和偏执，在当下语境中，基于中国文论建设的现状，以及中国当代文学批评和研究的具体实践，努力建立一种新型、有效的作者意图观。这种新型作者意图观，是要摆脱作者意图作为学术研究“囚笼”的桎梏，让作者意图成为文学体系里多重话语中的一种，发挥它作为“拐杖”“航灯”或“地图”的作用，经由这种导引促使我们的文学研究走向更深入更宽广的境地。

重建当代批评家的任务

理想的文学批评是一种稀有之物。无论文学处于一种鼎盛时期还是沉寂时代，人们似乎对文学批评永远怀着一种不满足和忧心忡忡，一种理想的文学批评总是很难抵达文学现场，即使理想的批评偶有现身，也是灵光一现，倏忽消隐，留下危机、症候、困境、危局伴随着文学批评。但是，当我们试图逐一去捕捉文学批评的这些“危机”时，常常又会陷入茫然和失措之中。说到底，在一个文学不那么主流的时代去为文学批评整体上把脉，并试图建立一种理想的文学批评标准，充满了理想性和较大的难度。其根源在于，如同文学是什么、好的文学是什么至今仍像谜一样，文学批评的危机和出路一样难以准确描述——当下文学批评的困境是一种系统性困境，文学批评的危机是学科危机和人文精神危机的缩影。即使在文学批评的内部，批评主体的差异性，批评功能的多样化，批评标准的争议性，批评伦理的多面性，也带来了关于当下文学批评价值和危机阐释的多元性和不确定性。不客气地说，当下文学批评的危机是多方面、普遍化而系统性的，从文学批评的环境来看，种种禁忌和约束让文学批评只能是一种有限的言说，从批评主体来看，无论是媒体批评、大众批评还是学者批评，更多的是一种从业的需要，而几乎不再具有韦伯所说的“疯狂的冒险活动”和狂热的“激情”色彩，少有思想表达的冲动，也无进击现实问题的急切，以及缺乏对话与介入社会秩序的抱负。某种程度上，文学批评作为一种本该闪现着个性和光彩的思想文本和自由文体，在当下已然萎缩成圈内人的术业呓语，批评逐渐学术化，批评不再批评，批评从学术生产线上的“尖兵”蜕变为一个四平八稳的“文书”。

其实，有必要回到“什么是文学批评家”这个具有本源意义的话题上。批评家一词源自两个希腊词汇，分别是 krino（做判断）和 krites（法官或陪审团），而文学批评家，则有“文学的法官”之意。后世的人们对批评家的这种原初身份赋予了很多衍生身份，圣伯夫将文学批评家称之为每个星期天早晨整理和草拟所有人思想的“公众的秘书”，布伦蒂埃则称之为“文学的预告人”，而蒂博代则把作家比作律师，把公众比作法官，将批评家称作在这二者之间进行甄别和判决的“代理检察长”。批评主体的身份和批评的功能在后世经历着形形色色的变迁，每一种批评主体身份及其批评功能，都在学科史或者是社会文化层面发挥着相应的功效。李健吾曾这样描述文学批评家的使命：“不是摧毁，不是私人作战，而是建设，而是和自己作战。”[1]此语精妙，文学批评作为一种公器，不仅仅是私人事务，甚至不仅仅是和“自己”作战。我们现在所要关注的是，当下时代我们的文学批评面临着怎样的危机？文学批评的功能和属性需要进行怎样的拓殖？当下批评家的身份和任务应该是什么？

当下文学批评的一大症结在于文学批评有着过于显豁的专业主

[1] 许道明：《中国现代文学批评史》，南京：江苏文艺出版社，1995 年版，第 303 页。

义倾向，以及这种过强的专业主义极大削弱了文学批评的介入特性和社会功能。当下中国的文学批评在科层化的学科体制规训下越来越专业，却离文学背后的那个社会空间越来越远。文学批评越来越成为圈子内部学术人的一种专业事务，不再具有精神意味。如果我们反问我们这代人的文学批评实践的意义、贡献是什么时，我们除了勉强找到一点专业问题和学术价值聊以自慰外，难道在回应和介入时代总体性、重大社会问题等方面还有令人满意的建树吗？答案并不乐观。萨义德在梳理20世纪前半期至70年代的西方文学批评时指出，文学理论界发生着从“干预主义运动”退缩到“文本性”中的变化，他认为尤其是美国的左翼或右翼文学理论，逐渐远离了现世性和社会生活，呈现出“专业主义（professionalism）道德规范的胜利”[1]。对于文学理论和文学批评的这种“纯文本性”和“不干预哲学”，萨义德极为不满，认为它们产生出了一种矫揉造作的套话，“这种套话的令人生畏的错综复杂又模糊了社会现实，这尽管看起来十分奇怪，却助长了一种‘优雅方式’的学术研究，一种在美国权力日渐衰落时代远离日常生活的学术研究。”[2]实际上，文学批评的这种“失势”，在整个20世纪是一种普遍的现象。美国学者约瑟夫·诺思在近作《文学批评：一部简明政治史》中详细考察了20世纪20年代至当下文学批评和学术研究的漫长博弈史，他将20世纪20年代至70年代初视为文学批评的兴盛期，而20世纪七八十年代以来，以历史主义/语境主义范式作为主导的学术研究完全占据上

---

[1]［美］萨义德：《世界·文本·批评家》，李自修译，北京：生活·读书·新知三联书店，2009年版，绪论第7页。

[2]［美］萨义德：《世界·文本·批评家》，李自修译，北京：生活·读书·新知三联书店，2009年版，绪论第7页。

风，成为一种新的文学秩序。在诺思看来，学术研究固然有着在历史语境中借文学文本进入历史文化的专业特性，但他更为看重的是文学批评所具有的其他独特属性，比如文学批评作为审美教育的一种制度体系，注重借文学作品培养新的感受力、新的主体性和新的体验能力。尤其重要的是，文学批评作为一种影响深远的思想话语，具有文化干预和“广泛的社会功能”。而当前的文学研究范式则“系统性地放弃了文化干预，退守至文化分析而无任何文化干预的使命感”[1]。面对这种去势的文学批评和过于专业化的文学研究，如何重塑文学研究的品质，如何重新唤回文学批评的荣光，诺思进行了长驱直入的思考。他预想了当下文学研究应该拓殖自己的领地和使命，重新凝聚新的共识，从而散发出积极的“当下主义”（presentism），“这意味着它不会‘就事论事’地沉湎于过去，而是着眼于当下，努力探讨与当下有关的重要历史和文化议题。”[2]诺思念兹在兹的理想的文学批评，不应该沉浸在过于精密而技术化的专业领域，而应该勇于介入社会场域和政治文化事务——这对于我们当下文学批评的功能定位具有重要启迪意义。毫无疑问，当下中国文学批评在学科化和专业化范畴上的发展是相当自足，甚至是灿烂多姿的。但文学批评的这种多元化发展也隐含着两重危机，第一重危机是指文学批评内部的症候化生长；另一重危机是指作为社会“思想话语”的文学批评大面积脱离广阔社会生活、丧失公共性的封闭化发展。

先看第一重危机。当下文学批评内部的诸多症结是被人们经常

[1] [美] 约瑟夫·诺思：《文学批评：一部简明政治史》，张德旭译，南京：南京大学出版社，2021 年版，第 22 页。

[2] [美] 约瑟夫·诺思：《文学批评：一部简明政治史》，张德旭译，南京：南京大学出版社，2021 年版，第 287 页。

谈及的显性话题。比如，批评家与作家、媒体、文学制度过于紧密甚至亲密的关系，影响了批评家的独立评判，市场、权力甚或人情，成为批评家不得不拜的几尊“菩萨”；比如，由于当下批评者知识体系的碎片化，使当下大量批评实践常常纠缠于鸡零狗碎的文学细节或无关痛痒的小命题甚至伪命题，而无力去探讨时代总体性、民族文化精神的沉浮、社会思想与人文观念层面的建构这类更为宏阔的问题；再如批评文风的呆板生硬、缠绕繁复，批评的过于知识化和理论化，使得这种独特文学样式丧失了优美、趣味和生动；再有，批评人格的日益平面化和犬儒化——当下文学批评中那种像“炼金术士”般探察文学奥秘的批评家已是凤毛麟角，具有真诚求疵和怒颜告诫的批评家更是少数，专唱文学赞歌的“文学太监”（龚古尔兄弟）多，率真果敢地剖析文坛乱象的谔谔之士和文学孤勇者少。于是，围绕作家作品、文坛现象和学科议题所形成的众多学术会议、批评家论坛、图书分享会，充满了吹捧、和气与温吞，大量文学批评论文布满冬烘式的学究和审美与认知上的平庸，这是不冒险、不尖锐、不红脸、不说破的学术实践，这是被资本、人情、圈子制约着的表演性的学术秀场。因而，对于当前不少批评实践来说，批评主体的平面化和犬儒化（甚至谄媚化），批评文风的形式化和繁复化，批评内容的空心化或过度知识化，可能是不可否认的内在面向。

再看第二重危机。当下文学批评更大的危机其实还不是文学批评内部的种种问题与不足，而是在社会功能层面整体审视和理解文学批评的社会功效时，文学批评的这种“去社会化”令人堪忧。也就是说，当下文学批评在超出狭隘的学科功能并指向更为广泛的社会功能时，呈现出一种危机性的存在，从而需要经历品质上的升级和功能上的转型。随着 20 世纪 90 年代学院派的崛起，以及学科规范在近些年的逐步完善，当代文学批评的自主性愈加自觉。如果仅从专业视角来看，当下文学批评确实具有这种学科规范性、范式丰富性、表达灵活性等多重特征——学科的这种整体发展、科层化态势与文学批评面临多重危机并不矛盾。恰恰是文学批评的过于专业化，并且放弃了对社会事务的深度介入的危机，成为当代文学学科甚至人文学科从边缘走向中心，从学科走向社会的阻碍性因素。客观来看，当下文学批评的社会功能显得气血不足，甚至孱弱无力。比如，随着疫情时代的到来，如何重新定义文学批评的功能定位和疫情表达伦理，如何建构批评家在新的社会危机中的主体性问题，成为新的时代议题，而囿于当下话语表达的限度或是批评家的滞后，我们很少能够看到批评界对这些问题的回应和阐释。再如，在前段时间发酵于网络的“贾浅浅风波”中，我们看到了网民和大众对于这件事几乎一边倒的激愤、嘲讽和批判的社会舆情。那么，理性、专业的文学批评在哪里，文学批评应该如何去回应这个社会现象和文学事件，文学批评家该如何阐释诗歌评价标准和学术机构的公信力问题，成为文学批评理应面对的问题。遗憾的是，在这些社会事件和文化现象面前，专业的文学批评和文学批评家保持了缄默和观望——这两个案例典型地呈现了当下文学批评的犬儒、不介入的特性。当下文学批评似乎更加关注专业事务，对于超过专业范畴之外的那些社会性事务，无心去过问；当下文学批评更加注重知识生产，无心也无力生产思想、真理和某种总体性观念。西方马克思主义学者特里·伊格尔顿一直高度关注批评的实质性的社会功能，他在《批评的功能》一书前言开宗明义指出，“批评在今天缺乏实质性的社会功能，要么属于文学产业公共关系分支的一部分，要么就完全是学术界内部的事情。”[1]他在一种长时段视野中这样总结批评的历史变迁：批评在18世纪初期关注的是文化政治，有过度泛化的危险；在19世纪，它一心想着公共道德；在我们自己这个世纪，它成了一个“文学”问题。伊格尔顿所忧虑的文学批评在功能上的这种去社会化处境，正是我们当下文学批评的现实危机。

面对这种危机，作为文学批评的主体，批评家在这样一个年代应该何为，批评家应该肩负怎样的使命，成为值得追问的问题。1931年本雅明在《批评家的任务》一文中这样描述他的理解：“批评家的任务”应包括对现今的大人物的批判，对宗派的批判。是形象批评、策略批评、辩证的批评，是从个人评价以及作品自身的重要内容这两个方面来展开的。整整半个世纪之后，伊格尔顿接着本雅明的这个命题进行了进一步思考，并以“批评家的任务”作为自己的书名，以此向前辈致敬。在这本书中，伊格尔顿提出，思考批评家的任务是批评家们在面临任务到来时不会缴械投降的一种方法，他这样描述批评家的任务：“1981年，我在本雅明研究一书中写道，社会主义批评家的首要任务是要参加大众的文化解放这项事业。在书中，我也列举了此类的一些活动，诸如作家讲习班、大众剧场、公共设计与建筑工作等。所有这些，不用多说，描述出了社会主义批评家的任务，从政治上来看，社会主义是较之当下更令我们期待的时代。”[2]很显然，萨义德、本雅明、伊格尔顿在对文学批评的本质和功能认识上有很大差异，但他们在对批评的社会功能上，有着

---

[1] ［英］特里·伊格尔顿：《批评的功能》，程佳译，重庆：西南师范大学出版社，2018年版，前言第3页。

[2] ［美］马修·博蒙特：《批评家的任务：与特里·伊格尔顿的对话》，王杰，贾洁译，北京：北京大学出版社，2014年版，第289页。

较为一致的认识，那就是打破批评的专业主义和视批评为一个“封闭的花园”（F. O. 麦西逊语）的做派，认为批评应该与社会保持生动丰富的交流，果敢介入社会事务。别林斯基有个观点，他认为如果一篇艺术作品只是为了描写生活而描写生活，没有任何强有力的、发自时代的主导思想的主观冲动，如果它不是痛苦的哀号或热情的赞美，既不是问题的提出，也不是问题的回答，那么，这篇作品便是死的[1]。这句话同样可以用来甄别“活的批评”和“死的批评”：那些毫不介入生活，没有鲜明爱憎，不输出关乎时代的“思想”和“问题”的批评，不正是别林斯基所理解的“死的”批评吗？当下的文学批评有太多知识批评（纠缠于生涩烦冗的知识铺陈而无新思想新观念的提出）、空心批评（取消了批评主体的价值评判）、旁观者批评（批评主体主动退场也不谋求精神对话，不在场也无对话意识）。这些林林总总的批评有着貌似完备的学术要素和专业化的表述范式，却与当代社会的重大命题、精神症候、文化气候毫无关联，缺乏率直、尖锐、阔大、创造之名实。这些丧失了问题指向和社会功能的批评在美学上是无趣的，在思想上是平庸的，在实践上是无行动力的。

当下文学现场已经置身在一个数字化高度发达、网络新媒体方兴未艾的文学新时代。文学的疆域与边界在变化，文学秩序面临重组，文学现场更为多元和芜杂，批评家的知识体系、批评观念和阐释方式亟待新的升级。传统批评家作为场外观察者和研究者的身份定位，在新的文学时代已经远远难以胜任批评的重任。比如，随着

[1] ［俄］别林斯基：《别林斯基论文学》，梁真译，上海：新文艺出版社，1958年版，第259页。

网络和新媒体的发达，由纸媒期刊、出版主导的传统文学生产方式已经悄然发生变化，各种网文平台、公众号等作为新的平台的写作正在强势崛起，有力地挑战了传统文学的疆界；比如不断成长起来的年轻作家，以新的美学或奇异世界观带来了新的文学景观，不断延展着汉语文学表述的可能性，成为不可忽略的文学新现象；比如各种不同学科或门类之间的跨界写作、越界叙事在近些年成为一种引人注目的现象级写作，带来了文学的异质化书写和新的叙事可能；再如网络文学、科幻文学这些年逐渐从亚文学发展壮大为不可忽视的重要文学类型。面对这种新的文学语境，以及新的文学现象，当代批评家在文学生产制度中的功能需要新的拓殖，批评家的任务也需要相应调整。批评家不仅需要具备本雅明所说的作为“炼金术士”的能力，更要有开放的文学观、先进的阐释范式，以及崭新的文学身份进入这种文学场域之中。有的批评家颇有新意地提出了“文学策展人”的概念：“文学策展人是联络者、促成者和分享着，而不是武断的文学布道者。其实，每一种文学发表行为，包括媒介都类似一种‘策展’。跟博物馆、美术馆这些艺术展览的公共空间类似，文学刊物是人来人往的‘过街天桥’，博物馆、美术馆的艺术活动都有策展人，批评家最有可能成为文学策展人。”[1]可以说，文学策展人试图打破的是批评家的那种书斋式作业方式，让批评家由传统的阐释者和思考者，成为置身文学前沿和现场的组织者和对话者，这样就有效激活了批评家的介入性和行动性。当然，优秀的文学批评家不仅仅是一个促成文学策展的联络者，更应该是一个在场的思想者和文学的行动者，能够以专业视角和公共知识分子的情怀介入文学

---

[1] 何平：《批评的返场》，南京：译林出版社，2021年版，第385页。

现场，参与文学的专业事务和精神事务。也就是说，重提当代批评家的任务，不仅仅是在学科或专业层面重申批评家的专业能力，更应该是在知识分子意义上再次召回知识人的公共性、公共知识分子积极介入社会事务功能。这样的批评，才是不死的批评。

第二辑　作家·文本·个案

后真相时代的“可能世界”叙事

——范小青新世纪小说的一种趋向考察

范小青是当代作家中创作体量相当巨大，作品风格多变的一个作家。如果整体考察范小青从20世纪80年代末到当下的小说写作，会发现她的写作大致存在由轻逸到厚实、由易到难、由地方风格到现代风格的轨迹。在20世纪80年代末到90年代，她的写作呈现为具有鲜明苏州风格、散淡情调的世情生活描写，比如《瑞云》《六福楼》《裤裆巷风流记》，90年代中期到21世纪初，以《百日阳光》《城市表情》《女同志》为代表，她的作品聚焦时代重大题材、政界和职场，故事性增强，塑造鲜明个性的人物，标志着范小青的“中年变法”[1]，这种转向对于“不会写故事，想象能力也不强”的范小青来说无疑是放弃容易“走了一条艰难的路”[2]。在这样一个写作脉络上，她的作品精神体现为“一种富有人道主义伦理的叙事温情，一种宽厚柔软的人性基质，一种游离于创作主体知识分子角色的平民化叙事心态”[3]。21世纪初至今的十余年里，范小青进一步扎根

[1] 范小青：《创作谈：〈写与读的维度〉》，《太湖》2017年第1期。

[2] 范小青、汪政：《把短篇搁在心坎上》，《长城》2008年第1期。

[3] 洪治纲：《范小青论》，《钟山》2008年第6期。

于广阔的时代生活，书写大时代普通人物的悲喜剧以及各种生存困顿，这类代表性作品有《人群里有没有王元木》《现在几点了》《赤脚医生万泉和》《灭籍记》《战争合唱团》。值得注意的是，范小青这一阶段的作品关注“繁复、杂乱、颠倒、真假难辨的现代生活”[1]，对后真相时代的不确定状态、人的主体性危机进行了较为集中的思考，建构出了富有张力的文学可能世界。

一、疑问式叙事与后真相时代的不确定性

范小青21世纪以来的小说，有一个很有意思的现象，即小说的题目里出现大量疑问词，形成一种疑问句式。这样的小说可以列举一个长长的目录：《不要问我在哪里》（2006）、《谁住在我们的墓地里》（2006）、《不记得你是谁》（2007）、《谁能说出真相》（2007）、《你要开车去哪里》（2009）、《我在哪里丢失了你》（2009）、《哪年夏天在海边》（2011）、《谁知道谁到底要什么》（2012）、《今夜你去往何处》（2012）、《人群里有没有王元木》（2013）、《我在小区遇见谁》（2014）、《南来北往谁是客》（2014）、《谁在我的镜子里》（2016）、《你的位子在哪里》（2017）、《现在几点了》（2019）、《今天你错过了什么》（2020）。很显然，与20世纪八九十年代时期的那种简短词组式小说题名相比——比如《夜归》《瑞云》《人与蛇》《失踪》《错误路线》《晚唱》《还俗》，范小青21世纪以来的小说命名呈现出了一种整体风格上的变化。谁、哪里、有没有、哪年、什么……这些疑问词的出现，改变了原本的陈述语气和确切叙述，使小说题名的语义表达出现了空白、疑问和不确切性，而这种提问语式不仅

---

[1] 范小青、傅小平：《繁复与辨认》，《鸭绿江》2015年第11期。

是标题上的语态变化，在内容上这些小说意在探讨后真相时代的不确定性问题。

何为“后真相时代”？简单来说，在科技发展、全球互联的当代，构成事物本质的那些事实、细节越来越多面，同时我们对这些本质的描述、判断、预测也变得越来越多元，甚至越来越不确定，这便是“后真相”时代的基本特质。正如英国学者麦克唐纳在《后真相时代》一书中所说：“我们面对的大多数问题和实体过于复杂，无法得到完整描述；我们不得不表述片面真相，因为生活过于复杂，我们无法做出全面的表述。”[1]确实如此，当我们试图去描述这个变动不居的大时代时，已很难用一两个词汇准确切中要旨。可以肯定的是，自现代主义诞生以来，尤其是后现代主义和各种后学概念的出现，传统的现实观和历史观开始走向式微，线性进化概念、理性、逻辑、真理这些范畴在现实困厄和新兴科学面前，开始频频受到质疑。世界变得不确定起来，马克思所描述的“一切坚固的东西都烟消云散了”[2]的世界形象，正在走向一种更为加剧的状态之中。德国科学家沃纳·卡尔·海森堡在 1926 年提出了著名的“不确定原则”[3]。相对于传统经验主义和科学物质主义笃信的物质世界是既定和可测量的这种观点，海森堡指出，粒子位置和动量难以同时精确测量成为新的科学现实。随后的几十年在社会人文艺术领域，不确

[1] [英] 赫克托·麦克唐纳：《后真相时代》，刘青山译，北京：民主与建设出版社，2019 年版，第 46 页。

[2] [美] 伯曼：《一切坚固的东西都烟消云散了：现代性体验》，徐大建、张辑译，北京：商务印书馆，2003 年版，第 122 页。

[3] [英] 奥顿奈尔：《黄昏后的契机：后现代主义》，王萍丽译，北京：北京大学出版社，2004 年版，第 36 页。

定原则逐渐被知识界广泛接受。21 世纪以来伴随着全球化的进程，中国社会经历着可以称为“激变”或“剧烈脱节”[1]的时代大变动。如何回应这个大变动而又不确定的时代，并对其进行独特的文学表述，成为中国作家普遍面临的问题。范小青对这种“激变”而不确定的大时代有自觉的体认，她说：“其实生活更多的是真实的、确定的，但是因为现代生活过于光怪陆离，我们碰到的人和事太多太多，我们接收到的信息或真或假，以假乱真，亦真亦假。于是，明明是真实存在的生活，却变得恍惚，变得朦胧。”[2]由此或许可以理解，她写于 21 世纪的这些小说之所以选用疑问句式作为小说题目，意在对应当代现实不确定这一时代脉象。

于是，在对现代生活与人的处境进行长驱直入的书写时，范小青一方面关注现代生活尤其是现代秩序加诸于个体行动、情感和思想上的不适、焦虑和困惑，比如《今夜你去往何处》关注小区停车难和城市生存空间逼仄问题，《现在几点了》反思现代人的时间焦虑，《你要开车去哪里》聚焦现代人趋向功利和物化的价值观带给人的悲剧。另一方面，范小青将笔触伸向不确定的现代社会，发微那些幽暗不定的情感或松散隐秘的关系。比如，《不记得你是谁》中的房东老金和租客形成的关系介于陌生和熟人关系之间。老金作为老宅主人，骨子里信奉熟人伦理，本能地关注着租客的生活情形，不仅在意他每天进出老宅的时间，更留意到生意人身边的“老婆”在不断变换，从女人的胖瘦、脸上是否有痣，老金惊讶地判断男人出

[1] [美] 伯曼：《一切坚固的东西都烟消云散了：现代性体验》，徐大建、张辑译，北京：商务印书馆，2003 年版，序第 1 页。

[2] 范小青、子川：《我就是我想象中的那个人：范小青、子川对话录》，南京：南京大学出版社，2021 年版。

轨多个女人的“不道德”现实。当老金以正义者身份揭发并报案时，才发现租客和几个女性之间并非婚姻关系，而是搭伙过日子，男性和女性都默认了这种男女关系，而且并不违背法律准则。面对这种新型男女关系和不确定的人际关系，老金被深深震惊到，甚至产生了认知障碍和精神病症。范小青在这篇小说中，通过老金这个传统知识分子在现代社会遭遇到的松散而自由的婚姻关系，写出了人际关系的不确定性以及由此给人带来的精神困惑和认知失据。老金所阅读到的史书中的两个吴侍郎的故事，以及自己屋檐下“真假老婆”的现实，分别从虚与实、历史与现实的角度呈现了真相的多面性，尤其是不确定的人及人际关系带给人的恐慌。再如，《谁住在我们的墓地里》试图探讨世间万物之间的“蝴蝶效应”，众多不相关联的事物偶然或必然地发生着幽微的关系。季友联受亲戚老包怂恿买了一块墓地，由于阴差阳错的原因被陌生人的家属安放了王老太太的骨灰盒。出于善心他把自己的墓地借给了老太太。本来季友联想把涨过价的墓地卖掉去买处长丢失的画，以此讨好处长，便于自己晋升副处岗位。素不相识的王老太太“鸠占鹊巢”，最终使季友联失去了晋升的机会。这种匪夷所思的荒诞现实和偶然性关联同样发生在老包身上：由于季友联出尔反尔，没能把墓地转让给快要咽气的老人，老包只能将自己的墓地借给老人，以让其安心咽气。哪知以为自己拥有墓地的老人竟然从此越发精神起来。墓地成为一个临死之人的拯救良方，尤其是，不相识的人之间，生者与亡者之间，借助于墓地完成了一种隐秘而实质性的情感与现实的互动。

真相，是进入范小青小说的另一关键词。既然世界变得不可预测，充满不确定性，历史本质主义和传统现实主义视野下的真实观和所谓真相自然也变得模糊起来。从科学史的角度看，如果说牛顿力学、历史进化论、科学理性、客观真理是现代科学体系的重要基石，那么，以量子力学和混沌理论作为主要基础的新科学体系则标志着一种后现代科学的崛起，“通过量子力学和混沌理论的影响，科学家开始通过以复杂的、随机的和非规则的方式相互作用的力量的多样系统的方式，来修订他们对于世界的设想。”[1]在范小青21世纪的小说美学中，确切的真相，秩序化、逻辑化的现实这些内容并不是她的兴趣所在，她钟情的是不可预测的、无序化的、不确定的、开放的真相观和真相叙事。很显然，这种真相是后现代主义意义上的。《谁能说出真相》《真相是一只鸟》《遍地痕迹》是典型的范小青式“真相小说”。《谁能说出真相》讲述了收藏家沙三同搬家不慎遗失了一直心爱的笔筒，继而苦苦寻觅的故事。沙三同珍视自己的每一件藏品，莫名丢失心爱的竹笔筒后，执拗地认定“我就不相信事实没有真相”，先是怀疑儿子、妻子、岳母、钟点工、搬运工等人都有拿走笔筒的可能，后来终于在古玩店找到并买回了这只笔筒。但由于失而复得太容易了，沙三同反而不太愿意接受这个真相，他固执地认为真正的“真相”正在召唤他继续探索，在这种心理下，继续通过店主追溯由顾全、计先生、拾垃圾老太太、小兵等人打探笔筒的下落。结果可想而知，范小青并不会让沙三同的寻找真相获得一个清晰的结果。每个人都代表了关于笔筒的一种真相，这些真相似乎可靠，又似乎像患老年痴呆的老太太和少不更事的小兵那样极不可靠。范小青试图告诉我们：“《谁能说出真相》似乎是制造了一条迷径，但意图却正好相反，希望有人在走过这条迷径之后，能够

[1] [美] 贝斯特、科尔纳：《后现代转向》，陈刚等译，南京：南京大学出版社，2002年版，第289页。

不再迷惑，不再去追究所谓的真相。”[1]

由此可见，所谓真相其实不可究及，事物的真相是多元甚至不可知的，我们都在建构真相，但任何试图打捞和还原事物真相的行径无疑是徒劳的。在《真相是一只鸟》中，范小青通过小吴夫妇求索父亲在地摊上买的一幅画的真假，探讨真相的不可究及和探索真相的代价命题。小吴夫妇之所以执着地追踪古画的真假，既是因为受利益的驱动，也是受探求事情真相的诱惑使然。当他们费尽千辛万苦找到当年的摊主，快要解开事情的“真相”时，小吴夫妇却从此放手了。原因在于，探求画作真伪的过程，耗费了他们大量财力和人力，更重要的原因还在于，由于一心扑在画作上而疏于对孩子的关心，使得孩子成绩一落千丈并迷恋上网游。求取一幅画作的真伪，使小吴夫妇付出了相当沉重的代价。即使付出了这种代价，真相依然是一个谜：关于画上有没有一只鸟这个核心问题，由于摊主老吕多年前的记账本泡水字迹不可辨认，而继续悬置。小说重申的无非是：真相即使近在眼前，但也遥遥无期，真假难辨，而迎取真相的过程却需要付出很大的代价。

事实上，现实世界和历史发展都是极其复杂的，充满了差异、偶然性、混乱，但事物发展的这种临时性、自发性和模糊性往往容易被人们刻意忽略。之所以容易被忽略是因为，人们叙述世界时倾向于建构斯科特所称作的“秩序的模型化”和“秩序岛”，这也就造成了这样一种选择性真实和虚假真相叙述：“历史的凝练，人们对于清晰叙事的欲望，精英与机构展示秩序和目的性的需求——这些力

[1] 范小青：《关于〈谁能说出真相〉的真相》，《北京文学》2007 年第 12 期。

量合谋起来，传递了一种历史因果律的虚假画面。”[1]范小青的这些疑问式小说或“真相叙事”，所要挣脱或打破的恰恰是那种具有缜密逻辑的传统历史观，那种抹去事物复杂性和偶然性的齐整叙述，她的关于后真相的叙述，试图还原出事物和人的复杂性、混沌性，并召唤事物与情感中那些被忽略、被剔除的瞬间、偶在与异景，而恰恰是这些内容，构成了事物的另一种真相。

二、人与“纸”的纠缠：现代社会的身份危机

名字与身份证是范小青小说中经常出现的两个意象。个体在社会中的合法性和社会性需要通过名字和身份证明获得确认。但当个体名字的唯一性丧失，出现重名、多名、假名时，以及身份证明的准确性出现问题时，个体如何证实自我存在的合法性?《生于黄昏或清晨》《角色》《名字游戏》等小说即是在探讨这些问题。《生于黄昏或清晨》里的刘言在给单位去世老同志写生平介绍时，发现老人竟有多个名字，老伴、女儿、同事提供的，还有新旧户口簿、身份证、工作证、医疗证、离休证、老年证里的名字都不尽一致。而刘言自己也遭遇了更为严重的身份危机，在回乡时老乡和家人对于他是属龙还是属兔产生了分歧，身份证和户口本已经无法证明“我”的出生问题。刘言到派出所试图查找上户口的最初存根，在这过程中遭遇了诸多怪象：年迈老人搞不清自己两个孩子谁是老大谁是老二，两个争着抢猪的邻居根本不知道哪头是自家的猪，甚至连派出所警察也是冒名顶替的。刘言没有找到自我的真相，但对所谓的真实产

[1] [美] 詹姆斯·C. 斯科特：《六论自发性：自主、尊严，以及有意义的工作和游戏》，袁子奇译，北京：社会科学文献出版社，2019 年版，第 200—201 页。

生了深深的怀疑，甚至在朋友生日宴会上神经质地质疑朋友生日的真实性。真相似乎就在眼前，但却遥不可及，尤其是当生辰、名字这些标示自我属性的内容失去准确性时，关于生活的真相变得更加模糊，而这种不确定性和模糊性则会给置身其中的个体带来巨大的不安全感和焦虑感。

再如《角色》，这篇小说名可以置换为《我是骗子吗?》或《谁是骗子?》。小说讲述的是一个在火车站专骗中老年人钱财的骗子的故事，凭着丰富的经验和多套行骗方案，他的行骗屡试不爽。但大妈却是个例外，她熟稔各种防骗指南，不断让骗子倒贴钱，跟前跟后照顾她。在大妈、众人和大妈儿子看来，骗子是令人感动的活雷锋，而大妈却成了众人眼里的骗子。这篇小说题为“角色”，写出了人的社会角色的流动性和转化性。既定的骗子“我”和被骗者“大妈”，由于突如其来的变化，身份发生了极大的转换：骗子垫钱、补办身份证等伪善行径，被当作了一种善行，并得到了大妈儿子的奖赏和众人的夸赞，而防骗高手大妈却成了众人眼里的骗子，他的前来接应的儿子，也被当成了行骗同伙。在这样一个假戏真做、坏人戒恶的叙事里，范小青的表达重心并不在道德层面的批判，而是试图指出，在现代纷繁复杂的社会语境中，人的角色不是固定的，甚至很多时候在不经意间身份就会发生转换，小说中的骗子最后之所以难以再到火车站重操旧业，主要是因为其角色认同发生了紊乱，从而带来“我不知道我是谁”的身份认同障碍。即使像大妈及其儿子，我们从小说层面其实难以确凿地指出其明确身份，假如从大妈的言谈举止以及无法准确提供身份证信息这些方面，将她视为小说真正的骗子，未尝不符合范小青在小说中的叙事逻辑。《角色》试图告诉我们：在一个骗子和被骗者的身份模糊的时代，真相逐渐变得不那么确定，人的社会身份瞬息变化。类似的小说还有，《南来北往谁是客》也是在聚焦后真相时代的不确定性问题，小说最大的疑团是，消失了很久的房客，在多日之后突然出现，单凭他的说辞和可以打开旧锁的钥匙，就能肯定他是那个租客吗？这个离开父母多年，中介公司和房东都从未见过的人，就是眼前这个人吗？既然作品中持有房、地两证的房东，都不是房子的真正主人，那么凭什么相信这个人就是消失的那个房客呢？

在这些小说中，个体在高度秩序化的社会中个性逐渐被取消，他们的生存合理性遇到了麻烦，那就是他们面临着“我就是我”的自证。刘言、骗子和老太、王天明和小陈（《名字游戏》）都处于需要确认自我，但难以确认自我的尴尬和困境中。在这里，范小青探讨了两个问题：

第一，现代人的主体性迷失。现代社会在发展自己丰沛的文明和缜密的社会秩序时，也带来了同质化发展，尤其是人的平面化和“单向度”。对于现代社会人和物的这种高度相似性，范小青有自觉的书写。她的作品经常有这样一些匪夷所思的情节：房子装修好了，发现装修的是别人家的房子，在地铁上拿错了别人的手机，竟然也能相安无事几天（《谁在我的镜子里》），假冒堂兄当警察（《生于黄昏或清晨》），进错会场开完了会，过了一个星期才发现开错会了（《今天你错过了什么》）。在一个高度同质化的世界，人甚至可以简约化为没有深度的符号，人与人之间的角色和位置甚至是可以互换的，就像老吴和老史（《真相是一只鸟》）、王开明和小陈（《名字游戏》）这些人物在小说中的性格特征和语义功能是等值的。范小青说：“我的小说人物（近些年的），很多人物都是符号性的人物，你从来看不到我描写他们的长相、身高、具体年龄等等，这些从不作交代，是因为不需要，他只一个符号，他叫什么名字都可以，不叫什么名字也都可以，他长什么样，男的女的，老的少的，都不重要，重要的是他感受的是现代社会中无数人的感受就行了。”[1]

《我的弟弟叫王村》被很多人视为一部以“寻找”作为主题的小说，寻找固然是小说的一条显在主线，但小说深层意义是在探讨人的不确定性，以及人的主体合法性丧失后面临的生存危机和悲剧。阅读《我的弟弟叫王村》，首先遇到的问题是“我”和弟弟是不是病人，或者谁是病人。因为主要人物的智与愚涉及小说叙事的可靠性问题。先看弟弟。弟弟是一个举止怪异的青少年，他的极少的语言表述都跟老鼠相关，但他并未丧失语言能力，他会通过模仿完整重复别人说的话。这样一个弟弟被所有的人视为一个精神病患者，尤其被家人视为累赘继而被抛弃——其实，也可以说弟弟不是病人，只是一个语言发育能力迟缓，行为有些特殊的人。正常人具有的情绪表达、语言能力他都有。但弟弟似乎没有这种确认自我正常与否的能力，他的身份是飘忽的，他的社会地位是边缘的。而“我”的特征是心智健全、思维活跃、熟谙并能自如应对人情世故，恰恰是因为“我”的饶舌和急于寻找弟弟的各种计谋，“我”被江城救助站、精神病院视为病人。“我”最大的难题是身份的不断移换，以及“我”不断要确认“我是谁”和“我不是谁”的难题中。比如小说中一直贯穿着“我”要证明“我不是精神病”；又比如在江城精神病院，“我”要证明“我是病人”，以便能够住下来继续追查弟弟的情况；再如，为了能够进江城救助站，“我”用一张名叫王王的假身份证证明自己不是王全。“我”一直挣扎在“王全是我弟弟”“王全也

[1] 范小青、傅小平：《繁复与辨认》，《鸭绿江》2015 年第 11 期。

是我”“我既不是我弟弟，也不是王全，我是王王”这种颠三倒四的逻辑里。“我”究竟是谁，“我”究竟有没有病，一直到小说的终篇，似乎也没有答案。读者可以把“我”理解成一个从年轻时期就离乡寻找弟弟直到晚年才回到家乡的情义兄长，也可以把弟弟、王全和“我”看成一个人，“我”其实是一个疯疯癫癫、一直活在寻找弟弟/自我幻觉中的精神病患者。于是，“我”、弟弟的身份实际上并不重要，这种不确定的身份、人与他人关于自我身份的博弈，以及由此形成的人的荒诞感和悲剧感才是小说叙述的重心。在后现代主义者利奥塔看来，“‘自我’是微不足道的，但它并不孤立，它处在比过去任何时候都更复杂、更多变的关系网中。不论青年人还是老年人、男人还是女人、富人还是穷人，都始终处在交流线路的一些‘节点’上，尽管它们极其微小。”[1]在《我的名字叫王村》《角色》等小说中，范小青所倾力表述的恰恰是后现代意义上主体的不确定和弥散感，以及渺小个体在复杂社会网络中的自证和无力。

第二，个体如何证明自我的合法性。从物到人，都有一个身份的问题。《灭籍记》是关于房籍和户籍的中国式黑色幽默，小说这样描述一张纸的力量：“虽然我们知道一张纸不等于一个人，也不等于一座房，但是如果没有这一张纸，你试试。你是谁，你不是谁，你有房，你没有房，没人能说了算，就是一张纸说了算。”[2]因而，《灭籍记》中的房产证、档案，《南来北往谁是客》中的假房产证和地产证，《生于黄昏或清晨》中老同志的档案、户口本、身份证、工作

---

[1] [法] 利奥塔：《后现代状态：关于知识的报告》，车槿山译，南京：南京大学出版社，2011 年版，第 61 页。

[2] 范小青：《灭籍记》，北京：北京十月文艺出版社，2018 年版，第 78 页。

证、医疗证、老年证、乘车证、离休证，《我的名字叫王村》中的身份证和乡政府开具的证明，《战争合唱团》里的表明梅城人身份的验明正身册，这些都成为个体在社会中证明自我合法性的至关重要的材料。看上去，这些关于身份的证明材料是确证事物真相的依据，但实际上，这些纸质材料并不必然指向人与事物的真相。范小青的小说反复写到“人与纸”的这种纠缠，最有代表性的是《灭籍记》。《灭籍记》的叙事起因是吴正好在整理爷爷的房间发现一张关于他父亲被送人领养的旧契约，进而了解到自己的嫡亲爷爷奶奶是拥有祖宅的大户之家，小说围绕寻找老宅的房产证展开叙事。其实，房产证在郑见桥、叶兰乡时代早已丢失，当年夫妇二人为了向组织表忠心，伪造了房产证想捐出私产，结果被组织发现真相，郑见桥为此受了处分。

小说的精彩之处在于，作品塑造了两个具有独特身份的“人”：一个是真实存在于世，却不能以真实身份示人的郑见桃，另一个是实际并不存在，却被虚构得活灵活现，让每个人都觉得存在的郑永梅。郑见桃早年因为追求才子心上人而弄丢了自己的档案，从此四处游荡，只能不断偷窃或借用他人身份存活于世，“为自己的身份几乎操碎了心，成天到晚都得把心思用在怎么做成别人上面，最后差不多都忘记了真正的自己的是谁了。”[1]郑见桃后来冒名顶替自己的嫂子叶兰乡，在养老院活下来。因为是犯罪之身，郑见桃不敢承认并回到自己的真实身份，只能自我“灭籍”，让自己在他人的身份下苟活。而郑永梅，是叶兰乡为了避免被迫害而虚拟出来的一个人物，“我存在在郑见桥和叶兰乡的户口本里，我存在在小学中学的学生名

---

[1] 范小青：《灭籍记》，北京：北京十月文艺出版社，2018年版，第199页。

册里，我存在在下放知青的名单里，东风机械厂也有我，大学生名册里也有我。”[1]一个实际不存在的人物，因为叶兰乡的语言传播和缜密计划，更由于郑永梅具有一个人所必须要的各种纸质材料，而成了人们相信都存在的人。真实之人，因为没有那张“纸”，而只能寄躯于他人名字之下；虚构之人，因为具有所有的“纸”，而登堂入室成为一个合法的人。这种悖论性的身份叙事，是一种巨大的荒诞，而这样的荒诞在范小青看来连接着“我们生活的真实”[2]。

三、范小青的“现代感”与“可能世界”叙事

在范小青从20世纪80年代末至今的创作脉络上，我们可以很清晰地看到其小说的“现实底子”和“现代意识”两块大陆。范小青曾说：“以我个人创作的情况来看，我的资源就是我们的现代社会。现代社会的特点，就是我写作的灵感和出发点。”[3]由此，她对现实生活保持着特别的敏感，经常性地更新和升级写作资源的库存，21世纪的各种时代景观源源不断转化为她的书写内容。有了现实这个底子，如何才能开出灿烂的文学之花，并不是一个简单的问题。如果正面强攻现实，难免会使这种现实笨拙而显豁，如果过于轻逸，势必会部分间离或消解文学叙事的现实感。范小青处理现实的方式是“就像鸟贴着水面飞行，始终没有离开水面，却让人感受到飞得很高很高的境界”[4]。在另一段话中，这一意思被表述得更为明确。

[1] 范小青：《灭籍记》，北京：北京十月文艺出版社，2018年版，第337页。

[2] 范小青、傅小平：《长篇小说〈灭籍记〉访谈》，《清明》2019年第4期。

[3] 范小青：《写作资源的黄金时代》，《名作欣赏》2015年第1期。

[4] 范小青：《别一种困惑与可能》，晓华编《范小青研究资料》，北京：人民文学出版社，2016年版，第305页。

她说在开放式小说和圆形小说之间，她更喜欢前者，“我想说的开放式的小说，就不是圆形的，是散状的。因为我总是觉得，散状的形态可以表达更多的东西，或者是无状的东西。表达更多的无状的东西，就是我所认识的现代感。”[1]阅读范小青近些年的作品，会强烈感受到中短篇“有嚼劲”，有意味但不言尽，而长篇则大开大合，收放自如，这些作品聚焦当代人的困境与危机、尴尬与无奈，融合现实与荒诞，发微真相之外的真相，敞开确定性背后的不确定性，相当出色地构建出了一个个令人流连忘返的文学“可能世界”。

“可能世界”是当前被广泛应用于自然科学、人文科学和其他领域的热门概念。这一术语最早是由德国哲学家莱布尼茨在其《神义论》（1710 年）一书中提出，后经美国哲学家克里普克在 20 世纪中期在模态逻辑领域创建了可能世界语义学，而得以广为人知。“文学可能世界”理论在后来的发展中极大拓展了文学研究和文艺理论的空间。在文学可能世界理论看来，现实世界、虚构世界都是可能世界的一部分，“文学可能世界的一种重要功能、意义和价值就在于为现实世界的人们生动展示了对生活各种可能性的探索，为现实世界提供了一种替代的可能性思考。”[2]由此观之，范小青的开放式叙事，对散状或无状东西的迷恋，对生活和事物不确定性的关注，对偶然和后真相的探询，体现了文学可能世界理论的要义及其创作观。

比如短篇小说《谁知道谁到底要什么》，是一个以写实方式出现的寓言，呈现了人们生活或精神中的那些可能。在琳琅满目的交换市场，大家以物易物，各取所需。“我”带着一个无法命名的玻璃夹

---

[1] 范小青、汪政：《把短篇搁在心坎上》，《长城》2008 年第 1 期。

[2] 张瑜：《可能世界理论与文学理论》，北京：人民出版社，2021 年版，第 380 页。

子参与其中，但“我”并不想把自己的心爱之物交换出去，也不稀罕别人的物品。而一个带着一支旧钢笔的人引起了“我”的注意，经过洽谈，我们相互交换了物品。小说写到此处都是一种写实记述。自此以后叙述也开始飞扬起来，不仅“我”换到的这支钢笔是“我”最初创作时使用过并留有牙印的那支笔，而且，那个再也没有出现的带旧钢笔的人，实际上就是“我”。这篇小说的立意实际上可以理解为，人的内心常会徘徊在拥有之物与未有之物、旧物与新物、已知和未知、物质和精神这些范畴里，并渴望和等待着后者，而交换这一行为恰恰可以满足人的这种内心渴望。在这篇小说里，范小青从实到虚、由现实到想象，构建了独特的关于心灵世界的复杂心态，抵达了关于人的精神的可能世界。范小青的这类小说，有鲜明的人间气息和现实指向，显示了独特的观察视角，承载了她对各种“可能性”的关注，“她其实并不想为这个复杂的世界进行某种设计或编码，而是在自己的趣味里，选择自己发现、表现生活的角度和方向。那种穿透人的表层生存状况和生存行为，沉积到人性最深处并生发出深刻感悟的文字，无疑，成为她对人的存在本身的极富质感的生命解码。”[1]

范小青尤其关注当下科技时代和新媒体语境下人的困境、危机和焦虑，这类小说拓展了小说在表现新现实下人的景观可能到达的叙事世界。比如《人群里有没有王元木》《谁在我的镜子里》都意在探讨手机带给现代人的困扰，并对令人爱恨交加的技术载体进行反思。《人群里有没有王元木》中的老龚，有天突然发现手机通讯录里的人都不认识，紧张和焦虑之下到精神病医院做检查，请名医诊断，

---

[1] 张学昕：《人间信息的生命解码——范小青短篇小说论》，《当代作家评论》2012 年第 3 期。

并被认定为患了间隙性失忆症。惊惧和不安之余，老龚儿子揭晓了事情真相：一种手机病毒把老龚通讯录里的汉字拆解开了，从而引发了这出闹剧。《谁在我的镜子里》的老吴生活中出现诸多困惑是因为在地铁上拿错了别人的手机，但匪夷所思的是，两个误拿手机的机主，却在生活中相安无事好几天，生活、工作和交际似乎无大的影响。在这两篇小说中，手机成为范小青进入现代生活的一个意象或视角，是她敞开现代社会可能世界的一种重要通道，一方面我们看到被手机这种新媒介主宰的现代人在技术失灵时的焦虑和惶恐，另一方面，现代社会的同质化削平了人与人的差异性和独特性，而使个体与个体在身份、空间、交往等领域呈现出很大的相似性和共同感——这也是“误拿手机”也不影响各自生活的文化逻辑。范小青的“手机叙事”意在揭示技术和精神的一种悖论性关系：技术进步的现代社会，人们的物理空间和现实秩序变得高度趋同；技术丰盈了人们的生活，却也不可避免带来了技术异化和精神焦虑。

当范小青放弃了对真相、共相和所谓确定性的寻找后，她的目光必然转向生活或事物的偶然、差异和可能性。利奥塔在近作《异识》中将“异识论”上升为一种方法论。这里的“异识”是指“对差异、感觉、偶然和独特性的敏感，对那些不可表象的东西的关爱”，这一理论的落脚点在于，“异识和多元的理论路径仍在于回答：在一个知识成为商品、人成为科学技术的附庸的‘后现代’时代，生活在关系网络之中的个体应当如何作为，才可能避免陷入齐一化和概念化的‘非人’命运。在一个尊重‘异识’的社会里，每个人都有自己的小叙事，只有这样，我们可以说社会是公正的。”[1]可以

[1]［法］利奥塔：《异识》，周慧译，上海：上海文艺出版社，2022 年版，译者导言第 32—33 页。

说，在范小青的小说历程中，大致存在着一个从关注共识到捕捉异识、从叙述确定性到取道可能性、从实在世界到想象世界的走向，而这样的写作变迁，使她的文学空间越来越开阔，可读性越来越强，意蕴也越来越深长。近作《战争合唱团》是范小青创作的一部现代感很强的小说，这部作品在一种虚实相间的时空里建构了独特而有异彩的文学可能世界。小说故事发生在未来玄元年的梅城，这里的社区被"天眼"和"雾墙"这些高科技所武装，一只飞到梅城落地而亡的鸽子使人们以为战争即将爆发，于是围绕征兵动员这一中心事件，梅城人的日常生活和人性浮世绘悉数呈现：管理层煞有其事的征兵行动，王姨对老关出轨的跟踪，林美姿和林西之间为争夺家产展开的尔虞我诈，社区居民为了逃避兵役采取装疯卖傻、改年龄、改名字。小说的另一条线索是来自亚城的球落伞到梅城寻找研制出"真气丸"的父亲老球，以防止"真气丸"被别人研发利用。球落伞在寻父过程中慢慢适应了信无可信、疑无可疑的梅城，最后成了梅城的一分子。

从文学可能世界的角度来看，《战争合唱团》至少在以下两个方面具有不容忽视的独特性和深刻性：一是虚实相间，实现现实世界与未来世界的通达跨界，借助于文学叙事完成人类在独特处境下的可能性表达。小说在结构上设置了现实世界和文本世界的对应关系，二者之间形成一种实与虚的对应与通达关系。也就是说，《战争合唱团》中虚拟的梅城世界与当下社会现实之间，形成一种高度隐喻关系，代表未来世界的梅城，科技发达，组织有序，但梅城人字典里没有"相信"，人们精于算计甚至为了私利不择手段，梅城人靠"验明正身册"证明自我的身份——梅城世界的这些内容，与当下社会现实有很多不言自明的重叠和共性，无论是人们的身份证、户籍、房证构成的“身份证明”，还是道德伦理上的整体滑坡，“梅城”与“当下”具有通达可及关系，共享很多社会特征。范小青说：“《战争合唱团》又没有完全按照‘寓言小说’来进行，有的地方，它完全是天马行空、恣意而为，而有的地方，却又如同泥巴一样笨重而邋遢，它可能就是植根于现实土壤中长出来的一个奇葩，这是一个包容的文体文本，是由写作者的任性和混乱的现实融合而成。”[1]可见，《战争合唱团》有很强的现实基础和真实的人性基础，由这样的现实世界出发，在虚构文本中建构了一种未来世界图景，通过梅城这样一个混沌的空间，探讨人性、文明、知识所处的可能性状态。正是在这个意义上，《战争合唱团》既是现实的，又是未来的，既是寓言，又是预言。

二是尊重异识，消解历史秩序和知识主体的权威客观，呈现历史与人性的驳杂混沌。梅城看上去是一个秩序井然、和平祥和的地方，荣耀社区坐拥先进的科技和衣食无忧的物质生活。但梅城的人性景观似乎远远滞后于这种科技文明：梅城人大致包括两种，一种是以谎言为生存方式的，另一种是什么也不信的。荣耀社区王姨率领的基层管理者小 P、烂瓜、老东西是一些有着小市民习性或阿 Q 特质的散兵游勇，而梅城的机构领导们更是一些热衷于“开会”，盲从于专家的官僚。值得注意的是，“专家”在《战争合唱团》中是一个非常重要的群体，他们参与决策梅城的重要事宜，尤其全程决策如何应对“战争”这件大事。这些由科学家和行业精英构成的“专家”，根本不知道战争为何物，需要通过历史影像建立战争的概念；因为来得迟，科学家为没有吃到鸽子肉而顿足捶胸——很显然，这

[1] 范小青：《创作谈 当我们说不出思想时，我们在说什么》，《大家》2021 年第 1 期。

些“专家”不可能是梅城人的真正救世主。小说临近末尾，当人们发现因为一只鸽子而错误发动了这场战争时，专家们并没有及时纠正问题，而是主张假戏真做，主张“部队一直往前开，直到开到真正碰到敌人”，更有甚者，有的专家主张参战人员“干脆全部死掉”！最后这场闹剧被当作军事演习而收场。在这里，范小青对貌似理性的历史秩序进行了无情的消解，写出了历史内部人性的颓坏与秩序的荒诞，显示了范小青对历史保持审视而“不合唱”的姿态。需要注意的是，范小青在小说里对“专家”所代表的知识主体表达了一种批判立场，甚至直接呼应了“专家已死”的后现代判断。美国学者尼克尔斯在《专家已死》的著作中将“专家之死”视为社会“进步的信号”，他指出：“专家已死，不仅仅是抵制现有的知识体系，从根本上来说，是抵制科学与客观理性，而这两者恰恰是现代文明的基础。”[1]《战争合唱团》拆解了历史秩序的理性，嘲讽了现代知识主体的理性，呈现出混沌的人性和芜杂的历史真实，展现了小说对可能性世界的抵达。

法国学者让·贝西埃指出当代小说具有反思性特征，“它在反思中不断挖掘和开辟可能性，把多重可能性和不计其数的可能性纳入自己的视野。可以说，当代小说也是可能性的小说。而可能性是没有终结的，因此，当代小说、当代性也是没有终结的。”[2]总体来看，范小青21世纪的小说，扎根于社会现实的土壤，并以鲜明的现代意识和多样化的艺术手法，为现实赋予异彩，努力勘探社会历史的多

[1]［美］托马斯·M. 尼克尔斯：《专家之死：反智主义的盛行及其影响》，舒琦译，北京：中信出版社，2019年版，第8、6页。

[2]［法］让·贝西埃：《当代小说或世界的问题性》，史忠义译，北京：北京大学出版社，2012年版，译者序第10—11页。

面真相，热情探索事物的不确定性和偶然性，关注现代性进程中人的身份问题和种种困顿，建构出兼有艺术性和思想性的叙事文本，完成了对世界种种可能性的想象和探询。范小青 21 世纪的小说文本，不仅是当代文学史叙述和文学批评应该予以重视的叙事文本，也是考察当代中国现代性进程可以依据的思想证词和重要样本。

李洱小说中的“费边幽灵”

整体阅读李洱的小说，会发现他的作品有一些相对稳定或反复出现的元素，比如济源、济州是常见的地理标识；满腹经纶而又夸夸其谈的大学教师、诗人或记者；风流成性的男人和妖娆性感的女人，破败隐忍充满背叛的婚姻，以及生存的尴尬和精神的悬浮是常见的“人的风景”。一个职业化的写作者在其创作生涯中往往会自觉重视自我的内在连续性，这些连续性和稳定性常常又能通往作家叙事与思想上的总体性。在李洱从《福音》（1987）至《应物兄》（2018）的写作历程里，我们可以看到一种相对稳定的李洱式的写作经验，比如聚焦或重视日常生活、知识分子、对话关系、历史与现实的复杂性等内容，呈现反讽、互文、复调、悖论的诗学特征。李洱曾说，他的小说是相互关联的，也有某种连贯性，他直言《饶舌的哑巴》《午后的诗学》《花腔》之间是一种“衍生关系”，他总想在后面的小说中，把前面写作时产生的一些想法往前推进一点，尽量丰富一点。如果从小说人物的连续性来看，费边、费鸣、孙良、张亮、杜莉无疑是反复游荡在李洱作品中的人物幽灵。相对于吴之刚（《导师死了》）、葛任（《花腔》）和应物兄（《应物兄》）这些被读者阐释较多的知识分子形象，边缘人物费边并未得到太多关注。而看似边缘的“费边人格”与“费边视角”，对于理解李洱的写作和诗学具有不可忽略的意义。

在李洱90年代至今的小说中，《黝亮》《午后的诗学》《喑哑的声音》《国道》《应物兄》中直接出现过费边这一人物，在这些小说中，费边有时是配角或边缘人物，有时以费边作为视点人物或小说主角，有时以第一人称视角讲述“我的朋友费边”的生活内容。如果从人格气质上看，有些小说的人物即使不叫费边，实际上与费边共享着类似的人格气质，比如《饶舌的哑巴》中的费定、《错误》中的张建华、《缝隙》《光与影》《悬浮》里的孙良。李洱是一个对于文学细节非常考究的作家，对于小说人名常常不是随意为之，他曾说给小说中的人物取名，比给孩子取名难，因为小说中人物的名字，要符合特定的环境，还要考虑到小说的主题，小说的人物关系和结构方式。那么，“费边”这个人物名称，其命名是否也有类似的匠心，这一人物的气质与小说的主题表达之间是否存在隐秘的关联，无疑是颇为有趣的话题。费边，这一名字很容易让人想到古罗马权倾一时的贵族费边氏族，尤其是在第二次“布匿战争”中采用拖延战术打败汉尼拔，挽救罗马于危难之中的费边·马克西穆斯。这种针对远离本土、缺少后援的敌军而采用的慢速消耗直至拖垮对方的迁延战略（又被称为费边战术），成就了费边杰出军事家和战争英雄的美誉。与此相关的是被人们所熟知的“费边主义”（Fabianism），作为诞生于19世纪后期的英国社会主义思想体系，“费边主义”主张知识人以独立身份参与到社会改良实践中，同时主张通过理性思考提出解决方法，并提倡渐进实现。那么，李洱笔下的“知识分子费边”与“古罗马英雄费边”之间是否有某种内在的关联？当代费边在精神气质上与费边主义是否有赓续或历史反讽?

费边之名的来源及其含义，在李洱以前的文字中并没有直接的阐释。尽管作家本人关于创作的解释和自述形成的“作者意图”被新批评、形式主义和解构主义视为文学批评之敌，但很多时候知晓作者意图可以避免不着边际的臆测和过度阐释，并带来批评的准确性和公正性。因而，我带着强烈的好奇心就费边之名问题请教了作家本人，并由此获得了一些很有启示意义的信息，在此与读者诸君分享，这应该也算与李洱文学创作相关的一点新材料或新线索。李洱说：费边这个人物，在几篇小说中，都比主人公年龄小，但部分地参与主人公的生活。他是参与者，观察者，审视者，分析者，有时也充当不可靠叙述人。这个名字，是一个综合印象的结果。起缘是格非有一部长篇，叫《边缘》。当年他写这个长篇时，我刚好在他的单身宿舍楼住过几天。他选择题目时，经常向我讲起这个词。至少，他当时有边缘、中心的概念，但我的感觉与他有差异，我觉得，世上没有中心与边缘之别，自认为处在边缘的人，脑子里先有中心的概念，我们应该废除这种二元概念。没有废姓就取了个费姓。从李洱的这段叙述可以看出，费边之名最初包含了李洱对格非 1993 年发表的《边缘》引出的中心/边缘二元论的反抗，这种反抗和拆解情绪被李洱移植到自己的作品中，并以小说人物之名持续贯穿在不同时期的作品中。从这个角度看，费定、费鸣、费礼也是这种自觉文化立场和反抗意识的派生物。在另一段话中，李洱坦承了自己为费边这些小说人物起名的“秘密”，他这样说：“古罗马的费边，还有一个数学家费边（注：应该是费马），我在给人物取名时，习惯拿出字典查一下（当时还没有网络），觉得与我的感觉相符，我就把这个名字，相对固定了下来。我喜欢给人物起一些，似乎有历史依据，又相对复杂，可能包含解构意味的名字，这使我写起来，似乎能获得一种现实感。有一段时间，我喜欢用孙良这个名字，后来知道有个画家叫这个名字。《花腔》里，有名字叫白圣韬，田汗，大致都出于这种考虑。”由此，可以进一步看出，李洱的“费边”，不仅有“废除”某种二元文化意识的诉求，更有与历史对话，并在气质、美学和精神上使小说人物和历史人物实现接通的意味。李洱对费边这一人物的命名，并不是随意的，先有对历史人物费边的文献查询，再有“与我的感觉相符”——这里的感觉相符应该是指，理想中的小说人物费边与历史人物费边和数学家费马在气质上的接近，这种气质大致应该是指知识人在真理、精神和话语领域所具有的知识自信和英雄气场，以及知识精英所具有的分析能力与反思意识。

但是，很显然从《午后的诗学》《国道》《黝亮》《喑哑的声音》中走出来的“费边们”，并不是秉持理想主义圣火与启蒙重任，并在社会事务中积极介入现实的强势知识人。实际上，费边、孙良、张亮们是一群失败的知识分子，他们身上充斥着悖谬与荒诞。一方面，他们学识渊博，对中西知识话语信手拈来，知识与理性带给他们一种高贵的精神幻觉，另一方面，丰沛的知识与思想理性并没有必然为他们带来“好的生活”，这些“话语贵族”在日常生活中常常处于尴尬、困境与失败之中。言说知识的玄妙自负与现实生活的狼狈局促，语言上的饶舌狂欢与行动上的无力孱弱，构成了费边们的悖论境遇。可以说，李洱的“费边叙事”带来的这种悖论式经验、分裂式知识分子群像、混沌小说美学，形成了一种新的小说写作伦理。甚至有研究者认为最为成熟的“李洱体”，并不是《遗忘》和《花腔》这些文体探索较强的文本，而是以费边和孙良为人物的中短篇，因为这些小说内部具有对话性和反思性。我很赞同这个观点。李洱的写作总体上是一种智性写作，重思辨性，关注文化、秩序、时代这些总体性概念下的人的境遇，有时对文化、秩序和时代的总体性关切成为思考重心，他迷恋事物的复杂性，人的不平衡性和生活的悖论性经验成为他经常表述的内容。费边叙事无疑包含了李洱的这些小说诗学。费边既连接着日常生活与知识人的失败史，同时又连接着知识者的精神生活和理性反思。李洱不愿将费边简单植入到新写实小说里印家厚（池莉《烦恼人生》）、小林（刘震云《一地鸡毛》）那种毫无诗情的庸常生活里，而是赋予费边“历史理性”与“诗性自负”的特质。《午后的诗学》中的费边、《抒情时代》里的张亮、《喑哑的声音》中的孙良，他们在现实中的失败史或卑污史是小说的重要内容，但李洱更在意的显然是他们对“分析”“说话”的堂吉诃德式的坚持——客观上，这种悖论和不平衡造成一种极强的反讽效果，带来叙事的张力。但我更愿把费边人格看成李洱 20 世纪 80 年代文化情结的历史余绪，或是一种文化挽歌。费边长于对生活的诗性言说和理性分析，他的词语闪烁着智慧，分析包含着真理。但李洱一定要将费边的这种智性和诗性推向极致，于是，费边华丽的分析气质在小说里蔓延为一种无处不在的饶舌，他对事物“条件反射地作出分析和判断”已有近乎学究的病态。费边这种夸饰性的知识人气质成为李洱小说中知识分子的一种辨识度很高的特征，在《午后的诗学》《国道》《喑哑的声音》中是重要的叙事动力或叙事装置，而到了《应物兄》中则将这种知识饶舌和理性狂欢铺衍成了普遍的人格气质。费边、孙良、应物们试图通过语词重建文明的灿烂和理性的力量，试图重建一种精神性的自足世界。实际上，在这个知识人的黄昏时代他们无力完成这种形而上的历史重任，他们发达的智性无益于苦涩的生活和现实的种种困境。在这种知识分子的悲喜剧中，我们能够看到李洱对知识分子浪漫理想和启蒙理性传统的深深的追怀，还有那种难以抵达的隐痛和哀叹。

费边们是这个时代的“分析者”，他们的清醒分析、华丽引证和精彩判断使我们误以为他们仍是这个时代的启蒙者和引领者。但他们身处的20世纪90年代与21世纪，知识分子已从时代舞台整体转场，曾经公共生活中的先锋已经无可挽回地收缩到日常生活的边缘处。但费边们似乎不甘心从理性世界中退场，他们在怀疑、反思、分析，这是李洱的反向坚持和独到思考，即在“知识人的黄昏”时分，知识人的生存图景是怎样的，以及被市场、资本打散了的知识精英，如何延续或再造知识人的历史传统，成为李洱的叙事重心。对于知识分子在世界范围之内的式微之路，李洱是非常清楚的。《午后的诗学》中多次提到法国的“五月风暴”这一历史事件。1968年发生在法国的这场学生运动，在思想史和文化史上被视为具有分水岭意义的事件。这场风暴，标志着“预言家知识人的黄昏”，福柯和萨特都从这场运动中得出了类似的结论，那就是像伏尔泰、雨果和左拉那样的先知知识人传统已经过时了。很显然，李洱内心是有精英主义情结的，对于知识精英曾拥有的那种乌托邦理想和先知式角色难以释怀，他写出了费边们作为精神导师和文化自省者走向“黄昏”的生存图景，李洱并不嘲笑他们，因为费边的文化处境既是费边的，也是李洱这一代人的。

费边们是失败者，但洋溢着诗性和思辨，他们在日常秩序中失位、尴尬，但他们在精神世界试图重回理性、知识至上的时代。费边是李洱自我精神的一个分身，费边叙事里，我们常常可以看到80年代特有的那种由客厅、广场，甚至废弃兵工厂构成的文化空间，这里盛放着李洱对80年代文化场景和精神生活的回忆，在这种知识人形成的围炉夜话、集体作业或是纵情辩驳里，争论的问题无所不包，知识人的理性与激情得到尽情释放。李洱的精神起点是作为文化黄金时代的80年代，费边未尝不是80年代精神在90年代的错位安放，这种知识人的错位存在看上去不合时宜甚至窘态百出，而在深层包含着李洱对于一代人主体精神退场的凝视与凭吊。李洱曾说，这类小说，写着写着，会觉得“周身寒彻”。在李洱的小说世界里，费边们的生活史体现为知识分子的溃败史和虚弱的抵抗史，他们擎着理性火炬，与生活搏斗，与自己搏斗，但这种光似乎没法照亮他们自己的未来，连日常的当下也无法惠及，至多偶尔“黝亮”一下。李洱曾写过一篇题为《悬浮》的情爱题材小说。在李洱这里，“悬浮”不仅指小说中的情爱、婚姻和他们庸常的生活，还有他对他们这一代人的精神自况。他甚至将“悬浮的一代”归纳为60年代出生作家的共性。李洱说，与下一代作家相比，他们与商业社会有较多的隔膜，有抵触，有愤怒，有妥协，也有无奈。对主流的意识形态，他们不认同。同时，对于反主流的那种主流他们也不认同。他们好像一直在现场，但同时又与现场保持一定的距离。他们的感觉、意念、情绪、思想，有些上不着天，下不着地，悬浮在那里，处于一种“动”的状态，而这种“动”，很多时候又是一种“被动”。可以说，受惠于80年代，并从由此开启自己“文化童年”的李洱，通过费边这样一种典型的80年代气质的知识分子，寄予了对于80年代文化人格的怀念。费边发达的理性思维和卓越的分析能力散发着迷人的魅力，是李洱这代人曾有过的精神的辉煌，费边叙事里有着李洱对一个光荣时代的记忆。

最后我想说的是，当知识人面临一种普遍的去革命或后革命的人格衰颓，在“知识人的黄昏”成为一种悲剧美学时，文学能否成为一种救赎力量，小说能否重建知识者的精神肖像和主体能动性，成为文学值得回应的话题。为时代召唤一种阔达雄强的知识分子人格，赋予他们社会先知式的“浪漫理想”或是积极进世的“事功精神”，使他们从费边、孙良这些饶舌却低能、孤傲却卑微的形象群体中重生而来，未尝不是现时代所稀缺的一种写作伦理。我期待费边重生，从失败英雄里重生，从知识巨人和世俗“末人”（尼采）的分裂里重生。我渴望在李洱未来的写作延长线上再次看到这个出色的诗人哲学家。

不确定世界的理性与抒情

——朱文颖《深海夜航》读札

一切都在巨大的变动之中。非常没有确定性。

——朱文颖《深海夜航》

“各种事物的安排出了毛病，真正重要的事陷于混乱中。每一种事物都成为可疑的，每一种事物的实质都受到威胁。”

——雅斯贝斯《时代的精神状况》

一、从“细小南方”到“庞杂世界”

朱文颖的《深海夜航》是一个大世界，它是朱文颖迄今为止写作实践中的一个超级文本。这种“大”和“超级”的意思是指，一方面，这篇小说几乎包含了具有朱文颖烙印的那些典型风格：诗意，紧张，哀伤，混沌，复杂，异域性，朦胧感，奇异性；另一方面，在这部小说中，作家颇有野心地囊括了全球化、文化互渗、疫情现实、生存困顿、人性隐秘、下沉的中年婚姻这些命题。朱文颖属于有超强写作禀赋，有完整而自觉的美学原则，兼有艺术感和思想性的作家。她赋予文学的不仅仅是江南、苏州、古典这些标签性命名，更有一种从故事走向诗意、从现实模仿抵达理性玄思、从感性生活之隅抵达繁复隐秘世界、从确定物像呈现混沌暧昧这些维度。用一种单一的美学风格来概括朱文颖的写作，注定充满了挂一漏万的风险。批评家试图用寻找、物质、情绪、阴影、南方、女性这些关键词定义朱文颖的写作世界，用朱文颖常常反驳别人的话来说，这样有点“单薄”了。复杂幽深是朱文颖文学的一种特质，正如她所说：“我似乎更喜欢漫天飞舞的柳絮，它的附着是复杂多变的，然后，再共同组成一个烂漫的春天。”[1]解读《深海夜航》，首先可以简单回溯一下朱文颖的写作史，在她的漫长写作谱系上很容易看出这部新作与其写作前史之间的内在关联，这种关联可能是重复与回归，或者是新质与裂变。

在朱文颖早期的写作中，“南方”和“浮生”是她特别钟情的两个写作范畴。在《广场》《水姻缘》等小说中，柔弱迷蒙的南方文化或南方生活的传奇化书写是叙事重心，《莉莉姨妈的细小南方》意在表达“看似柔软里的强硬到底的反抗”[2]的南方。总体上，南方既是一种美学风格，也是朱文颖早期写作中的基础性空间和文化标识。关于浮生，她说：“从开始写小说到现在，我的作品其实都能用两个字来概括，那就是‘浮生’。”[3]《浮生》《重瞳》《迷花园》《病人》《卑贱的血统》，在古代生活和当下现实中，写出三白、李煜等众生在历史与宿命、精神与现实、确定与迷蒙之间的复杂而幽微的状态。可以说，南方和浮生这两大意象或母题，构成了朱文颖早期写作版

---

[1] 朱文颖、姜广平：《“你应该是苏州文化的女儿”》，《莽原》2005年第1期。

[2] 李雪、朱文颖：《渴望更真实、勇敢、宽阔的生命与创作——朱文颖访谈》，《小说评论》2013年第5期。

[3] 朱文颖：《两个人的战争》，天津：天津人民出版社，2000年版，引文见封面内页。

图的两块重要内容。这些写作呈现出“对情节的放弃和对气息的营造”[1]的特征。确实，这一时期的朱文颖淡化故事和情节，迷恋凄艳迷幻的美学情境，她从不在生活的表象上逡巡，不会被生活的好的故事和灿烂碎片所迷惑，她对世界内部的秩序、真相，甚至那些混沌、神秘、幽暗不明的部分充满了浓郁的兴趣，当然，还有人性这个更为复杂的深渊，也是她试图敞开的空间。而到了长篇处女作《高跟鞋》以及随后的《两个人的战争》，朱文颖似乎要聚焦人间烟火和当下生活。但这种努力并不十分引人注目，在处理宏大结构以及“一定长度的故事”叙述上留下了遗憾[2]。《戴女士与蓝》为朱文颖赢得了很大的声誉。这部关于当代人生活史和精神史的小说，被认为是朱文颖写作中的“一次告别的写作，一次写作的成长史的新纪元”[3]。一个显见的事实是，《高跟鞋》《两个人的战争》《戴女士与蓝》《莉莉姨妈的细小南方》等篇构成的当代生活书写，尤其是这些作品中由上海、东京等大都市及其城市酒吧、海洋馆构成的多元空间，以及形形色色的人与各种人性褶皱、生存困境，与新作《深海夜航》之间具有极大的同构性。《深海夜航》是朱文颖关于当代生活和世道人心写作传统的再叙事，更是在全球化视野下探询东西文明互渗与阻隔、人类普遍性的生存困境的崭新叙事。换句话说，朱文颖的写作起步于对“南方”和“浮生”的打量，始于由苏州和上

---

[1] 林舟、齐红：《气息之美：极致与局限——朱文颖小说印象》，《当代作家评论》2001 年第 6 期。

[2] 林舟、齐红：《气息之美：极致与局限——朱文颖小说印象》，《当代作家评论》2001 年第 6 期。

[3] 宋桂友、宋平编：《苏州作家研究·朱文颖卷》，上海：复旦大学出版社，2008 年版，第 174 页、49—50 页。

海构建的空间经验和地域景观，但她关于世界和人性的书写显然是反常规、异质性，甚至奇异性的，她的个性化的文学叙事一开始就有异域情调和文化层面的他者眼光。《深海夜航》重塑了朱文颖的“地方”和“世界”意识，即走出南方、苏州、上海这些地域视角，而在中西交融的世界视域下展开文学叙事。

《深海夜航》的叙事主线有两条，一条是由欧阳教授、苏嘉欣夫妇及其家庭成员铺衍而成的家庭生活史和隐秘情感史。大学教师欧阳教授夫妇随着彼此神秘感的消失，开始步入“下沉的中年婚姻”，他们貌合神离，彼此厌倦而隔膜。他们的儿子家家患有自闭症，苏嘉欣的母亲住在养老院，病子老母成为家庭的重要牵挂，同时苏嘉欣和苏嘉丽姐妹从幼年就承受着来自母亲的令人恐惧的支配欲和控制欲。欧阳教授的这个中产阶级家庭表面体面、幸福，而内部则充满了各种危机、创伤和裂痕。另一条线索是以法国人克里斯托夫的蓝猫酒吧作为中心形成的一个五彩缤纷的舞台，经由“酒吧”这个开放的叙事装置，来自世界各地的人们以及他们各自的人生故事纷纷在这个舞台亮相：克里斯托夫为人们建构了一个自由交流的文化俱乐部，同时通过“箱庭游戏”帮助人们探知自我和人性的幽微之地；来华短期度假的美国人比尔，一直惦念着远在墨西哥的大龄女友，并想方设法回到了女友身边；雅思女孩为了走出苏北小城而走向世界，挣扎在由“姚小梅”向“莎拉”的身份转型中；阿珍痴恋着仙风道骨会弹古琴的梁老师，坚守着一场注定无果的爱恋，等等。蓝猫酒吧让不同国族、不同文化背景、不同情感经历的人们相遇，继而在情感、文化、思想、人性、科学、传统等命题上进行深度的交流或碰撞，从而构造出一个在内容上横跨中西包罗万象般的“大世界”。在这两个线索构成的叙事中，《深海夜航》并不缺少立体有深度的人、丰富精彩的故事、纵横交错的线索和起承转合的情节，但另一个显见的事实是，朱文颖的旨趣显然并不在“好的故事”上。故事与事物内部的逻辑、真相、秩序这些“理性”，以及人性的复杂幽微是她更为感兴趣的叙事落脚点。

《深海夜航》呈现出一种“辉煌的纷乱”，但在故事的逻辑之外，一种理性的力量贯穿小说始终，理性甚至成为小说的叙事动力。小说充满了对世间万物哲学层面的理性叩问，并试图敞开人类社会物质和情感世界的内部真相和运行逻辑。欧阳教授和他的导师是这种理性力量的人格化载体。欧阳教授崇尚理性，并且用这种理性去定义、解释和指导生活，他喜欢摘选记录词条——小说里的知识分子、安乐死、发现、婚姻、爱情、移民、超现实、魔术师、小说、单纯的秘密等词条代表着知识学智性和人类理性，这些词条构成了小说的一种理性逻辑，实际上也是朱文颖在这部小说叙事中真正想要探讨和建立的一种话语体系。有意思的是，小说在苏嘉欣、欧阳教授和欧阳的导师之间，设置了一个“理性能量值”逐步递增的层级关系。在欧阳教授和妻子苏嘉欣之间，前者显然代表了理性高能量者，有的事情苏嘉欣只能看到表象并不理解实质，而欧阳则可以为其廓清认知雾障。比如对于中国女大学生阿三和美国外交官比尔的情爱纠葛，苏嘉欣将之看成是一个中国年轻女孩的“成长”叙事，欧阳则说，这是一个讲述第三世界“处境”的象征性故事。在向苏嘉欣解释大流行病时，欧阳教授用了“弯曲的进行时”“小冰河时期”等专有术语说明历史和现实之间的幽深关联。而在欧阳教授与其 81 岁更为博学的导师之间，后者代表了一种更为强势的理性力量：欧阳的世界观体现为寻找事物的“秩序”和“逻辑”，对于超过自我理性框架的内容，视为本能或假象。而导师则指出所谓秩序是在人类界定的框架来谈的，仅代表了人类真相的一部分，这种有限秩序解释不了人类更多的未知世界，唯有拓展人类的认知框架才是正途。理性的这种层级设定，以及面对同一事物展开的不同段位的理性交锋，使得小说充满了智性的火花，小说原有的故事与叙事因为这种智性而得到了认知层面的升华。同样的道理，小说在欧阳和苏嘉欣之间关于人工智能技术的探讨、婚姻和爱情本质的交流；比尔和丹尼关于中国认知的探讨；克里斯托夫和欧阳教授由中国《易经》展开的科学和玄学的争鸣，都充满了浓郁的理性色彩。

对幽深而复杂人性迷宫的关注，对人在社会秩序中的纷乱情感状态的捕捉，也是《深海夜航》的叙事重心之一。从最初的创作开始，朱文颖便呈现出对幽深人性、复杂情感的兴趣浓于具体故事的倾向。《凝视玛丽娜》《哈瓦那》《平行世界》《戴女士与蓝》显示了她的这种写作偏好。朱文颖说，她喜欢“内心有着黑洞的人”[1]，她迷恋那些偏离常态的隐匿在人性深处的复杂的人。在《深海夜航》中，朱文颖设置了一个颇有意味的“箱庭测试”。箱庭测试是蓝猫酒吧每周三晚上的一个心理测试活动，又称箱庭疗法或箱庭游戏。克里斯托夫对于参与者在沙箱中制作的庭院进行心理学意义上的解密，从而探知人的深层情感或幽微隐疾。箱庭测试是一个具有精神分析学意义的叙事装置，在小说中成为进入人性深处的隐秘通道。每个人都有自己的“箱庭”结构：苏嘉欣的箱庭包含了被母亲几近变态的管教而形成的创伤的童年记忆，女大学生试图通过箱庭测试向欧阳教授传递暧昧情愫，“中年妇女”的箱庭敞开了幼年形成的恋父弑母情结，“女病人”的箱庭则显示了偏离常态走向未知的精神渴望。

---

[1] 朱文颖：《必须原谅南方》，南京：江苏凤凰文艺出版社，2017年版，第7页。

“箱庭”隐含了参与者的精神危机和心理疾症，增加了小说的心理学意味。克里斯托夫对“箱庭”的解析则敞开了隐而不彰而又纷繁复杂的人性世界，让神秘的精神与人性深海，得到生动的展示。

朱文颖曾说：“在我的小说里，人与世界的关系经常不是完全写实的。总有那么一点不太现实的东西在里面。完全写实，就会让我觉得慌乱，并且变得极为笨拙，完全不知道如何下手的感觉。就像一条鱼被扔到了岸上。还有情感度，我发现小说中必须有种让我兴奋起来的东西，奇异的场景。人物之间不那么单纯的、不那么三言两语可以说明白的关系。人物的处境也不是完全现实的。它是另一个世界的，和我们现实的世界肯定有差距。它是组合了现实的元素和审美元素、寓言元素的一个综合体，是现实世界与想像世界之间的一个领域。”[1]可以说，“箱庭游戏”是介入心灵世界，敞开人性可能性的一种有效途径，既是现实的，又是寓言的，既是情感的，又是理性的。《深海夜航》是朱文颖对人性深海的一次巡航，是对人性黑洞的理性思考。在朱文颖看来，“真正优秀的女性写作必须同时具备充沛的情感与理性。不要那种类似于用显微镜看细菌的感觉。把某一部分无限的放大，夸张了感性，但缺少重要而宏阔的生存背景。”[2]《深海夜航》典型地实践了她的这种写作主张，既有宏阔的时代背景，又有文化、现实、情感和人性构成的庞杂世界，在这种由复杂经验和巨型结构形成的小说空间里朱文颖开始了自己的理性反思和浪漫抒情。

---

[1] 宋桂友、宋平编：《苏州作家研究·朱文颖卷》，上海：复旦大学出版社，2008年版，第174页、49—50页。

[2] 朱文颖、魏微：《写作、印象及内心活动》，《作家》2003年第4期。

二、混沌的真相：不确定性与可能世界

朱文颖的内心有猛虎。她的近些年的散文和小说流淌着思想上的奔腾和美学上的新的哗变，一种反常规、对抗常识，甚至追求宏阔容量和极致美学的写作呼之欲出。很显然，这种美学区别于细小南方时期的温婉迷蒙，这是一种迷恋“神秘的、狂乱的、会让人死的力量”的美学，在对日常性消磨的自觉警惕中，“我迷恋世间一切病态的、不真切的事物。只有它们，抛开常规，才留住了那一份极致的美。”[1]《深海夜航》是朱文颖这种写作思想和美学观念的纵情演绎，是关于世界不确定性的一次大规模理性思考，小说呈现了世间万物在表面逻辑之外的辉煌的纷乱和丰富的含混。

《深海夜航》是朱文颖关于世界为何、世界何往的理性之书。小说在全球化视野和中外文化交融，以及大流行病成为一种新的全球现实的背景下展开对人类社会基本命题的深度思考。在这部小说中，朱文颖显然不是在历史本质主义或线性进化论意义上去理解世界、历史这些庞然大物。世界的整体性已然弥散，事物变得模糊而不确切，人与物都处于一种不确定性中。朱文颖并不是要强化当代世界的“不可知论”与神秘主义，而是认为，我们在对这个世界进行所谓本质、真相、秩序、规律的“科学”索解和叙述之时，应当关注到混沌、神秘和不确定性同样作为一种客观存在，需要我们提升认知的“维度”，升级我们解释世界的“框架”，并承认关于事物、历史发展的那些偶然、异景与可能性。

历史的秩序感、组织性与历史的偶然性、自发性一直是历史叙述中的矛盾所在。真实的历史往往充满了各种偶然性和混乱，但述

[1] 朱文颖：《必须原谅南方》，南京：江苏凤凰文艺出版社，2017年版，第7—9页。

史者和研究者笔下的历史常常显得过于规律、整洁和有序，历史的偶然、意外和无序被删减殆尽。启蒙理性和19世纪线性历史进化史观秉持的即是这种乐观而逻辑化的历史观念。20世纪上半期以来，“当代性中的偶然性观念和意外性观念恰恰消解着这种逻辑。它们认为，历史和人类社会的发展存在着倒退的可能性。”[1]在这种史观支配下的小说叙事注重对于历史进程和历史事件中的意外、矛盾、纷乱的书写，“它的反思领域更广泛，它在反思中不断挖掘和开辟可能性，把多重可能性和不计其数的可能性纳入自己的视野。可以说，当代小说也是可能性的小说。”[2]《深海夜航》的历史观显然颠覆了经典现实主义小说写作中的历史精神，具有后现代主义的特质。这种“不确定性”几乎成了朱文颖在小说中念兹在兹的一个核心观念，是诸多小说情节的意义指向。比如，一直患有自闭症的家家，突然有一天就开口说话了，而且可以无师自通地弹钢琴；在欧阳教授看来，女大学生在机场向他表白爱慕之情，很可能是自己的竞争对手布下的一个甜蜜陷阱；由比尔的钱包和护照莫名丢失的事实看来，不排除与比尔亲切交流的斯文的天文学家奥蒙是个小偷；蓝猫酒吧有很多像魔术师一样的人，他们的身份、过往和行踪像谜一样，充满了太多未知数。不确定成了世界的一种常态，朱文颖借小说由衷喟叹：“一切都在巨大的变动之中。非常没有确定性。”[3]世界的不确定性问题，在小说中不断通过欧阳教授、欧阳的导师和克里斯托夫几位“理性人”之间的对话展开谈论，历史认知中的“不确定性”

[1] [法] 贝西埃：《当代小说或世界的问题性》，史忠义译，北京：北京大学出版社，2012年版，译者序第6页。

[2] [法] 贝西埃：《当代小说或世界的问题性》，史忠义译，北京：北京大学出版社，2012年版，译者序11页。

[3] 朱文颖：《深海夜航》，《钟山》长篇小说专号2022年A卷，第73页。

以及“秩序”“真相”之外的直觉、弹性等问题得到表达。比如在第二十章，欧阳教授提出凭借“直觉”进行判断的种种经历，并由此引发出他和克里斯托夫关于相对主义、弹性、《易经》话题的讨论。两人关于这个话题的争论基本形成了科学与玄学、理性与直觉的结合才能更好解释世界的共识。

世界的这种不确定性，以及作为现实隐喻的全球大流行病的迫近，使得紧张、焦虑、孤独、恐惧成为《深海夜航》的个体普遍具有的情绪。比如阿珍，在墨西哥机场被拿枪的海关警察关在小黑屋一个半小时，成为她的梦魇记忆。看到雄安大街上戴着口罩的孤独的智能机器人，阿珍感到了更深的恐惧。甚至地下室的乐队演奏，陌生的城市没有电线的街道，都令她非常害怕。游历南美洲的不愉快记忆以及强大的现代技术，带给阿珍这样的个体不是安全、舒畅，而是恐惧和创伤。在《深海夜航》中，灾难、悲剧、流行病经由“全球化”这一叙事装置，产生的是一种普遍性的生存焦虑和心理恐惧。比如，墨西哥的安吉尔叔叔的咖啡馆里两个姑娘被绑架后遇害，尸体被扔到沙漠里的故事，经过苏嘉欣、莎拉、卡斯特罗、阿珍和导游卡洛斯的反复讲述，成了人们心头挥之不去的阴影。再如，面对日渐严重的大流行病，比尔、西班牙人、卡斯特罗、苏嘉欣、欧阳教授，都忧心忡忡地感受到一种近在咫尺的生存危机。在谈全球化的后果时，鲍曼指出，全球性的流动和分化首当其冲使新中产阶级“经受着严峻的生存不确定性、焦虑和恐慌”，全球化过程面前，“人们对当代生存其他至关紧要的方面——无保障和不确定性——忧心忡忡。”[1]确实如此，《深海夜航》中多处写到“一种神秘的、无法

[1] [英] 鲍曼：《全球化：人类的后果》，郭国良、徐建华译，北京：商务印书馆，2013 年版，第 4 页。

解释的力量”，冥冥之中牵引或制约着事物的发展，带给人惊慌和无助。比如美国人比尔，之所以不可救药地想飞回墨西哥女友身边，主要是因为“有一种奇怪的、无法解释的力量”[1]，比尔之所以不顾克里斯托夫通过箱庭得出的“比尔会死在墨西哥”的忠告，一心要逃离中国，主要还是不断蔓延的疫情带给他的不安全感和恐慌所致。而阿珍之所以费尽辛苦帮助比尔买到回国的机票，是因为阿珍墨西哥机场的创伤记忆以及两个被害姑娘被扔到沙漠里的恐怖听闻，使她觉得她与比尔的经历都渗透了某种神秘力量，继而产生共情和理解。

小说名为“深海夜航”，这是一个很有意味的意象：茫茫黑夜里航行在深海之中，静谧中有危险，广阔中有未知。这个意象浓缩了有序和无序，已知和未知的辩证关系，以及朱文颖关于世界不确定的哲学认知。小说借美国人比尔之口道出了“深海夜航”具有的意义指向：“虽然我弄不清楚引力波，弄不清楚时空中的‘涟漪’，更弄不清楚火山喷发形成的云团，但我知道那种神秘的、无法确定的力量。无法确定，没有边界，但它又确实存在……就如同一只船孤独地航行在海上。夜色中，底下是沉静碧蓝的大海；远处仍然是沉静碧蓝的大海。非常神秘，美丽，充满力量，恐怖……”[2]确实，在这样一个后真相时代，人类的技术水平不断增长，知识体系不断丰富，但人们整体而确切阐释世界的自信不断动摇。在利奥塔看来，“当前知识与科学所追求的已不再是共识，而是‘不确定性’。而所谓的不确定性正是谬误推理的实际运用及实行的结果。在这种推理

[1] 朱文颖：《深海夜航》，《钟山》长篇小说专号 2022 年 A 卷，第 49 页。
[2] 朱文颖：《深海夜航》，《钟山》长篇小说专号 2022 年 A 卷，第 91 页。

中，重心并不在于达成一致的意见，而是要从内部破坏‘规范科学’已建立好的理论框架。”[1]那么，世界的不确定，一方面意味着世界是复杂多元的，世界的所谓真相可能需要多种角度多块拼图才能无限逼近；另一方面，当人类不断突破自我的时空和框架讲述世界和历史时，原有的阐释逻辑和知识体系需要进行新的升级，这也即欧阳教授的老师所说的比有限秩序更重要的是我们界定世界的“框架”，在有限秩序之下是更为广阔的未知世界。朱文颖在《深海夜航》中对历史和世界的“多种可能性”，对于被人们疏忽或是无从被记载的那些“可能世界”给予了热情的思考。

美国人类学教授詹姆斯·C. 斯科特在近作《六论自发性》中指出了历史讲述中重要历史事件被程式化、符号化，以及建构虚假的逻辑和秩序的现象，他把这种历史实践称为“秩序的模型化”，“许许多多这样的象征性工程的目的，其实都是想要如同台球表面一样光滑的秩序、慎重、理性和控制之幕，遮盖政治权力在实际运作过程中的困惑、混乱、差错、临时性和任意性。”[2]在这种历史观之下，历史主体的具体意识、主体情感、复杂动机，以及历史发展的偶在因素、混乱性都被忽视。于是，“秩序的模型化”带来了规整而有规律的历史叙述。“历史常常抹去了这些事件的极度偶然性，压平亲历者原本的复杂意识，并且常常给他们注入了某种未卜先知的超自然

[1] 王先霈、王又平：《文学理论批评术语汇释》，北京：高等教育出版社，2006年版，第793页。

[2] ［美］詹姆斯·C. 斯科特：《六论自发性：自主、尊严，以及有意义的工作和游戏》，袁子奇译，北京：社会科学文献出版社，2019年版，第200页。

认识，同时还平息了多种多样的理解和动机的喧哗之声。”[1]在《深海夜航》中，作为历史学家的欧阳教授，“永远对历史长河中那些充满遗憾、边缘、触而不及的人和事深感兴趣。”[2]而他的博士生和硕士生继承了导师的这种学术偏好。博士生选择西葡传教士鄂本笃在肃州的历史作为研究对象，而这恰恰是被历史学家所不屑于去写的内容，因为鄂本笃作为传教士的历史功能在来肃州之前已经完成，肃州之后的岁月是“坐以待毙”的失败史。博士生和欧阳教授显然更为看重这段被人遗忘的历史，因为这段历史包含了传统历史记述里未曾写下的个体生命史、悲怆的历史瞬间这些丰富的“可能世界”。并且，在欧阳教授看来，这段失败而艰辛的岁月，是每个人都可能遭遇的一种“寓言性”的情境。欧阳教授的硕士则以丝绸之路散佚的一封家书作为研究对象，而他同样是试图从个体情感意义上，复原那些未被历史记载的发生在米薇、纳奈德和信使之间可能有的时空往事和生命真实。博士和硕士关于鄂本笃和米薇家书的研究课题，都是试图打捞或想象那些淹没在历史烟尘中的“小历史”，以此重构大历史中的具体纹路和肌理。而这些内容向来被历史记述中的“秩序的模型化”所摒弃而忽视，成为历史的黑洞。反过来讲，这些小历史何尝不是历史的一部分真相，何尝不是真实历史的组成部件和重要拼图？因而，在文化观念上，《深海夜航》试图建构这样一种理念：历史真相是多元而复杂的，我们应坚持一种开放的历史观念，尊重多种可能性，努力以多维度重构历史的“可能世界”。

---

[1]［美］詹姆斯·C. 斯科特：《六论自发性：自主、尊严，以及有意义的工作和游戏》，袁子奇译，北京：社会科学文献出版社，2019年版，197页。

[2] 朱文颖：《深海夜航》，《钟山》长篇小说专号2022年A卷，第44页。

三、“蓝猫酒吧”和“我爱比尔”：全球化时代的文化乌托邦

在《深海夜航》里，朱文颖意在全球化背景下探讨东西方文化交流的障碍和可能、共识和差异。因而，在某种意义上，《深海夜航》可以视为探讨全球化时代东西方文化如何共生共存的“文化小说”。小说别出心裁地设置了“蓝猫酒吧”这一文化空间，以及“我爱比尔/到世界去”的文化母题，以此探讨两种文化系统在当下语境中的交流、差异和困境。

“蓝猫酒吧”是法国人克里斯托夫在中国开办的一个酒吧。很显然，蓝猫酒吧在克里斯托夫这儿并不全然意味着生意，更多的时候被他视作文化体验和艺术理想。不同国别、不同肤色、不同背景的人们相聚在蓝猫酒吧，他们在这里交流或激辩文化、艺术、情感、生存等命题。不同文化的差异性首先成为这个舞台上的议题。比如，在欧阳教授看来，《易经》、隐居和静坐这些具有东方色彩的文化元素，是重逻辑、理性和科学的西方人所不理解的。克里斯托夫显然也能够认同只有科学和玄学走到一起，才能更好地解释世界这一观念；再如，第十二章中，中国画家和美国艺术经纪人的讨论触碰到中西文化的一些本质性范畴。长发画家以中国古代的《雪夜访戴图》为例，分析了中国文化传统中的“随兴”主张。“随兴”带来的艺术叙事是直觉的、混沌的、发散的，而这种叙事显然与美国经纪人所浸淫的重逻辑、具体、清晰理念相去甚远。两种文化传统的差异还表现在“教堂”和“庭院”这两种空间背后所包含的信仰体系。差异是巨大而显见的，但令人欣慰的是，尽管美国经纪人难以理解中国文化的这种含混与模糊，但曾经参观中国私家园林的经历给他极

大的震撼，在中国的私家园林里，他寻找到了“混沌中的安宁”——而这种安宁和平衡难以在西方文化中找到。金耀基先生在谈全球化问题时曾指出：“在全球化中所出现的，并不是一个愈来愈有同质性的世界，反而是一个更显示文化‘差异性’与‘多元性’的世界。的确，只有在一定程度的全球化下，才会出现‘他者’的声音。”[1]正是借助发生在“蓝猫酒吧”内外的东西方文化体验和交流，欧阳教授、中国画家和克里斯托夫、美国经纪人深切发现了各自文化的独特性、差异性和局限性，带来了双方借助“他者”文化进行反思自我文化传统的可能性。

东西文化的差异是巨大的，但对于克里斯托夫来说，“蓝猫酒吧”的意义不仅仅是提供一个关于不同文明之间的争鸣、辩驳场所或旅人临时的驿站，他的理想是要建构一个超越差异、世界互融的和谐乌托邦。克里斯托夫对酒吧开业不久之后的一次图景念念不忘，他这样描述那个美好的瞬间：“那天晚上，一位法国留学生在一楼弹钢琴；过来旅行的美国旅客拉着小提琴；角落里有人在唱歌；临河的窗敞开着，河里一只小船划过，船上有人叫卖红菱莲藕；一位穿旗袍的女士唱起了评弹；后来三楼下来一个人，朗诵起了莎士比亚。”[2]这是一幅不分国界，音乐、文学、艺术同台绽放交相辉映，人与自然和谐共生的、美美与共的理想图景。这也即是克里斯托夫心心念念的“平衡”的状态或平衡的瞬间。在小说第二十章，克里斯托夫向欧阳教授朗读了德国浪漫主义作家赫尔曼·黑塞《魔术师的童年》里的一段文字：“屋子里交错着许多世界的光芒。人们在这

[1] 金耀基：《全球化、现代性与世界秩序》，《二十一世纪》1992 年 2 月号。

[2] 朱文颖：《深海夜航》，《钟山》长篇小说专号 2022 年 A 卷，第 41 页。

屋里祈祷和读《圣经》，研究和学习印度哲学，还演奏许多优美的音乐。这里有知道佛陀和老子的人，有来自许多不同国度的客人。”[1]克里斯托夫将黑塞这段文字中的世界融合、和谐共生的场景视为自己的“梦”与蓝猫酒吧的“起源”。可以看出，法国人克里斯托夫是个理想主义者，这个早年在伦敦小剧场跑过龙套的配角演员，怀揣着一个世界大同的美好梦想，并在中国南方城市开辟出“蓝猫酒吧”这样的理想实验场所。这个乌托邦空间包容、开放、精彩，是一个集娱乐休闲、艺术展映、思想漫游和心理治疗于一体的特殊空间：人们既可以通过沙龙、画廊讨论、默片放映，愉悦自我或展开各种争鸣，又可以享受到厨师卡斯特罗带来的中西餐美味，同时，蓝猫酒吧还有灵魂对话和精神疗救的功能，其“箱庭测试”可以给受测者带来心灵状态的诊断。克里斯托夫是全球化时代有情怀、有见识的文化使者。“蓝猫酒吧”的文化俱乐部和同人群体，是一种可贵的文化乌托邦，在全球争端和分歧加剧的当下，昭示了异质文明共存的可能性。

“我爱比尔”，是《深海夜航》中的另一个颇具意味的寓言结构。王安忆 1995 年创作了中篇小说《我爱比尔》，这个故事讲述的是中国女大学生阿三与美国外交官比尔之间的爱情故事，为了和比尔在一起，阿三甚至被学校开除，但碍于意识形态原因，比尔最终并没有与阿三走到一起。阿三后来又与法国画商马丁、美国教员、日本商社职员、加拿大人有过情感交往，最后都无疾而终。一直沉浸于异国恋情中的阿三最终被误以为是暗娼而被送进劳教所。这是王安忆对中国 20 世纪 80 年代开始面对的全球化问题的文学回应。“阿

[1] 朱文颖：《深海夜航》，《钟山》长篇小说专号 2022 年 A 卷，第 69 页。

三”承担了第三世界处境的象征功能，隐喻了第三世界在全球化浪潮中的身份认同问题。王安忆的“阿三和比尔”的故事，成了朱文颖写作中经常出现的内容。《阿三与猫》《哈瓦那》《深海夜航》通过同名人物、类似故事或结构重新演绎了这一文学故事。朱文颖在《假如阿三在今天遇到比尔》一文中指出：“不仅仅是阿三，对于当时的中国而言，比尔代表了一种全然不同的生活与可能。比尔不仅仅是比尔。比尔是一个寓言。”[1]在全球化日益加剧，“走出去”和“请进来”成为常态的当下，朱文颖在《深海夜航》中“重述”阿三和比尔这一故事原型，其叙事指归何在，她赋予了这一文化寓言怎样的新的表述，值得留意。

在“我爱比尔”这一故事结构中，“比尔”显然是一种文化象征，对应着西方发达世界或一种异域想象，“我爱比尔”因而也可以视为第三世界的个体所具有的“到世界去”的文化渴望。在《深海夜航》中，名叫比尔的美国人由于一心牵念远在墨西哥城的女友，因而没有参与到“阿三爱比尔”这种文化结构及其文学叙事中。这一结构实际上是由雅思女孩和西班牙男友、阿玲与香港男友充当人格主体。雅思女孩与西班牙男友的故事，是非常典型的另一版本的“我爱比尔”，包含了“到世界去”中的身份认同、文化差异和交流困境等问题。雅思女孩是一个比王安忆笔下的“阿三”复杂得多的女性形象。她的原名叫姚小梅，出生于苏北贫穷小城——这是一个父母从没有离开过、封闭而凝滞的地方。姚小梅为了摆脱这种小城生活和底层身份，异常决绝地“反对”这个名字，并找到了莎拉这一新名字。莎拉代表的是走出苏北小城，并努力自学各种语言、准

[1] 朱文颖：《假如阿三在今天遇到比尔》，《作家》2010 年第 19 期。

备通过雅思考试“到世界去”的崭新的姚小梅。值得注意的是，王安忆的阿三在靠近比尔的过程中，极其谦卑而主动消弭自我。朱文颖也意识到这一点，她说：“阿三为了和比尔的世界接近，已经完全彻底地放弃了自己的世界。”[1]因而，在塑造雅思女孩时，朱文颖赋予了她极为主动的性格和飞扬的生活状态：当过美院学生的裸模，担任乐队的主唱，在蓝猫酒吧兼职做服务生，自学多国语言，熟稔各种文化和艺术。当苏嘉欣把“阿三与比尔”的故事讲给莎拉听时，莎拉坚持自己和阿三不一样，也没有阿三那种如何融入他者文化的困扰。莎拉的自我评价是基本准确的。莎拉和西班牙男友出生于普通家庭，甚至都有一个酒鬼父亲，作为一个穷留学生，西班牙男友在世界各地“漫游”，游荡在中产和底层之间，其物质和社会身份与莎拉并无太大差距，至少这种差距不像外交官比尔和大学生阿三那样巨大。也正因为这种平等关系和诸多相似之处，两人甚至把彼此视为彼此的双胞胎“镜像”。这段交往带给莎拉极大的愉悦，她觉得“可以做她自己”，她既可以坚定地做“莎拉”，又可以自由回到曾经的“姚小梅”。

但是，《深海夜航》并没有让莎拉和西班牙男友沿着王安忆“我爱比尔”的叙事逻辑继续往前走，不断蔓延的流行病中断或是延宕了两个人的交往走向。面对令人生畏的大流行病，西班牙男友急切想要回到自己的祖国，而莎拉则歇斯底里地希望他不要走。大吵一架之后，两人后续情况如何，莎拉与他一起去西班牙了吗，还是一起留在中国，他们会有美满的未来吗，莎拉“到世界去”的梦想能够实现吗——这些问题，小说并没有给出确切答案，小说最后借欧

[1] 朱文颖：《假如阿三在今天遇到比尔》，《作家》2010年第19期。

阳教授的视点，写他在一次去超市买东西时，看到莎拉和西班牙男友在街上走，但小说随即就用“并不能确定”消解、模糊这种“事实”。可以看出，朱文颖借莎拉与西班牙男友探讨了另一种版本的“我爱比尔”，呈现了区别于比尔和阿三不一样的交往关系和情爱状态。尽管莎拉“明年的”雅思考试还没有到来，她的“到世界去”的路途还未展开，但小说真实呈现出了两个人无法破除的“文化之隔”和难以解决的“现实困厄”——前者比如，中国的昆曲传统文化对西班牙人来说犹如谜一般难以理解，再如两人关于“平衡”的差异性认知是中西哲学层面的根本分歧；后者比如流行病的到来成为两人关系的分水岭。这些文化和现实的问题，是横亘在西班牙人和莎拉面前的阻碍性力量，影响着他们未来的走向。小说里“我爱比尔”故事的另一对主人公阿玲和比她大二十来岁的香港男人，最后以离婚收场。阿玲当初风光无限随着自己的“比尔”去了香港，几年后苍老而寒碜地回到原地。朱文颖对作为制度的婚姻本身并不乐观，小说里反复写到男男女女们对婚姻状态和情感生活的“厌倦”，即使像欧阳教授这样的中产者也面临着“中年婚姻下沉”的现实，更何况“到世界去”的这些男女们还要面临更为复杂的国族/区域、差异、融合等问题。当然，我们也可以沿着小说叙事已有的草蛇灰线，预测这个“我爱比尔”故事未来的可能性走向：比如，西班牙人在与阿菱交往时明确说“我不会结婚”是他的人生观，比如相对贫穷的经济条件和喜欢四处漫游的习性，等等，这些会不会成为两人未来情爱或婚姻进一步发展的障碍？会不会影响雅思女孩实现“到世界去”的宏大理想？我们只能说，都有可能。也许，在朱文颖未来的作品中，“我爱比尔”的故事还会得到再次生长和延伸。

总之，《深海夜航》构造了一个全球化时代的大叙事，南方和地域性的内容成为小说内嵌的元素，关于世界秩序、文化交融、人性隐秘、大流行病、新兴科技等等命题构成的一个庞大世界走向小说前台，构成了对当下世界视野和中国语境下复杂经验的深度模仿，形成了奥尔巴赫意义上的关于集体生活形态的“三维形象”。《深海夜航》的叙事内容和知识体系是复调多重的，阐释姿态理性而逻辑，在价值评判上则留白或存疑，尽可能尊重事物的可能世界。《深海夜航》是对世界进行的理性探询，是关于人类现实的巨大寓言，而在美学上，则呈现出一种诗意的抒情和含混迷蒙的韵味。小说最后，欧阳怪诞的梦境依稀折射出深不可测的人性迷宫，蓝猫酒吧的解体，意味着一个具有乌托邦色彩的文化共同体的幻灭，一种曲终人散、万物寂灭的悲凉感扑面而来。《深海夜航》是朱文颖写作实践中的一次极致写作，是把叙事的广度、思考的理性、美学的含混推向极致的一次文学探险。

毕飞宇的阅读史与文学史关系考释

对于作家来说，阅读的重要性几乎毋庸置疑，作家的审美趣味、语言风格、写作技艺，以及风格转换往往都与阅读有着千丝万缕的联系，可以说，阅读资源提供了关于作家文学生成的养分和内部变化的动力。正是缘于此，阅读被视为作家飞翔的“翅膀”。作家毕飞宇曾这样谈及阅读资源与自己写作的关系：“我的资源大多是从反思自己的阅读中来的，它们与我的体验相互激荡，相互矛盾，相互补充，这就是我精神上的资源，也是我写作的第一动因。”[1]确实，阅读作为个体的“掂量和考虑”，在布鲁姆看来，未必能增进公共利益，但却是一种能够带来乐趣的“自我扩张”[2]。对于作家来说，这种“扩张”的过程可能正是一个作家“生长”的过程，尽管作家的生长是比较复杂的心理变化，甚至杳无痕迹，但阅读提供了一个重要视角，即回溯作家自我扩张的内部肌理，考察作家精神生成的具体影响源。可以说，优秀的作家都有一份长长的阅读书单，或深或

[1] 吴俊：《毕飞宇研究资料》，南京：江苏人民出版社，2016年版，第842页。

[2] [美] 布鲁姆：《如何读，为什么读》，黄灿然译，南京：译林出版社，2011年版，序第6页。

浅受到过阅读资源的濡染。正是基于这样的思路，本文从阅读资源角度，一方面尽可能地还原毕飞宇的阅读史，另一方面围绕重要小说观念、叙事策略、精神立场与阅读资源之间的关系，考察阅读资源如何影响和塑造毕飞宇的小说生产。

一、“有才华”的阅读者及其阅读史

客观、全面呈现出作家的阅读史，以及仔细辨析哪些阅读资源对作家的写作产生了实质性影响，是作家阅读史研究的主要任务。毕飞宇曾说：“什么叫学习写作？说到底，就是学习阅读。你读明白了，你自然就写出来了。阅读的能力越强，写作的能力就越强。所以我说，阅读是需要才华的，阅读的才华就是写作的才华。”[1]纵观毕飞宇三十余年的写作，高强度的阅读一直伴随着他，并且阅读资源在他不同阶段的写作中起到了关键性作用。对于自己的阅读旅程，毕飞宇有较为自觉的总结，这些内容散见于各种访谈、演讲、随笔等自述或采访中，通过细致梳理，可以大致整理出他的阅读清单，以及由此形成的阅读史和接受史。

一般来说，优秀的作家都是“会阅读”的读者。通过阅读，他们找寻写作的秘密，建构自己的认知与趣味，或是借由阅读克服写作的危机与瓶颈。但从对写作的影响来看，不同资源对作家的影响有强弱，因而影响的痕迹也有深浅。毕飞宇 1987 年大学毕业，1989 年开始写作处女作中篇小说《孤岛》。大体来说，以 1989 年前后为界，毕飞宇的阅读旅程可以分为前期阅读（写作之前）和后期阅读（写作之后）。从对写作的影响程度来看，前期阅读基本奠定了毕飞

[1] 毕飞宇：《小说课》，北京：人民文学出版社，2017 年版，第 260 页。

宇的写作底色。先说后期阅读资源，从类型来看大致包括：一、中国作家作品：鲁迅、张爱玲、周作人、曹禺、《红楼梦》《水浒》等等。二、外国作家作品：《荷马史诗》《傲慢与偏见》、亨利·米勒、图尔尼埃《杞木王》、陀思妥耶夫斯基、奈保尔、勒·克莱齐奥、波拉尼奥、《蝇王》等等。三、非文学读物：《拉丁美洲被切开的血管》《时间简史》等。在后期阅读中，有的是对某些资源的重读。比如关于鲁迅，据毕飞宇回忆，尽管家里有鲁迅的书，但由于“感觉不好”，“在我整个少年时代，没有完整地读过鲁迅的任何一本书。”[1]大学阶段他较多地阅读过鲁迅，最喜欢鲁迅的杂文。1996 年至 1997 年在徐州写作期间，毕飞宇比较系统地阅读了《鲁迅全集》。2000 年前后读陀思妥耶夫斯基，2008 年阅读《德伯家的苔丝》也有类似的重读意味。

毕飞宇近些年还有一类阅读值得注意，即以专栏、演讲、讲稿、学术论文等方式推出的对中外名著进行的文本细读，涉及的阅读对象有《红楼梦》《水浒传》《聊斋志异》，鲁迅的《故乡》《阿 Q 正传》、汪曾祺的《受戒》，以及海明威的《杀手》、福楼拜的《包法利夫人》、莫泊桑的《项链》、奈保尔《米格尔大街》等。这些“阅读”，属于尧斯所说的具有理性反思性质的“二级阅读”[2]。这些阅读深入文本内部，对文本的结构、逻辑、语言、人物以及美学、价值进行细致入微的分析，既昭示了毕飞宇作为行家对小说规律的熟稔，又彰显了他作为批评家的理性。他的“阅读”，“回到文学本身、

---

[1] 毕飞宇、张莉：《牙齿是检验真理的第二标准》，北京：人民文学出版社，2014 年版，第 204 页。

[2] 朱立元：《接受美学导论》，合肥：安徽教育出版社，2004 年版，第 412 页。

有温度、体贴。”[1]具有鲜明的毕氏风格。渗透在这些理性阅读中的关于写作机杼的认知，与他的写作实践形成了一种互文关系，值得细细推敲。

毕飞宇的前期阅读，又可分为三个阶段，分别为：童年期阅读（1964—1978）、中学时代阅读（1978—1983）、大学前后期阅读（1983—1988）。具体来说，在毕飞宇的前期阅读中，有这样一些线索值得注意：

童年期的阅读经验和历史遗存影响了毕飞宇的写作。毕飞宇童年期的阅读主要来自两类[2]，一类是受家庭环境熏陶而主动阅读或潜移默化受到影响的唐诗与古文。毕飞宇曾谈到，他最初的文学阅读来自父亲在活页本上用钢笔写下的“古文的片段”和“唐诗宋词”，诗词作为一种古典资源对毕飞宇的语言和节奏产生了积极的作用，在他后来的小说中留下了鲜明的印记。另一类是 20 世纪六七十年代的“流行读物”，《剑》《高玉宝》《欧阳海之歌》《闪闪的红星》《敌后武工队》等文本，这类作品的共同点是“打仗，有英雄”，区别于《青春之歌》《创业史》这样的红色经典，这些红色年代的另类流行读物，令儿童时代的毕飞宇爱不释手，有些读物“刺激太深”，

[1] 刘艳：《做有温度和体贴的文学批评——析毕飞宇的〈小说课〉》，《中国文学批评》2018 年第 3 期。

[2] 毕飞宇童年的阅读资源除了唐诗这类儿童读物和十七年时期的流行读物，还有一类值得注意，即霍金的《时间简史》这种科普读物。毕飞宇曾提到童年时母亲的手表和《时间简史》这类科普读物启发了他对时间和空间的感知以及漫无边际的遐想，这是他后来建构自己的小说时空观的起点。《地球上的王家庄》《操场》则回荡着童年时对时空的那份混沌玄思。

比如《高玉宝》中的逻辑谬误，在成年后遭到了毕飞宇的质疑[1]。

还需要提及一下毕飞宇童年时期的语文教育，作为一种负面遗产，是他后来写作旅途中竭力摆脱的阴影。生于1964年的毕飞宇，其语文教育和文学启蒙肇始于20世纪六七十年代，如果说这一全民政治狂热时期给他留下了什么文学遗产的话，可以说是单一的审美方式和政治语言。毕飞宇曾回忆他最早的语文启蒙来自1969年，他的母亲整整一个学期带他高喊“万岁”的行为。“万岁铺成了我的语文教育的底色，万岁不只是我们的知识结构，也成了我们的情感方式。”[2]这并非是毕飞宇个体的独特经验，对于60年代出生的作家，时代政治话语的影响几乎是共同的宿命，余华曾说过，他最早的文学启蒙来源于六七十年代铺天盖地的大字报。毫无疑问，这种历史经验会塑造人的思维与语言，对于童年时代的毕飞宇来说，这种影响体现在儿童式的“鹦鹉学舌”：“毫不夸张地说，那时候我的所有的作文里头没有一句我自己的话，没有一句真正属于毕飞宇内心的话。从小到大，我在作文方面得过数不清的小红旗与五角星，我成了一只快乐的鹦鹉。我意识到自己是一只鹦鹉的时候我已经是一个大学中文系的学生了。”[3]政治术语和时代口号成为六七十年代对青年毕飞宇的一份“馈赠”，这份政治遗产也成了他最初的语言囚笼。在写作初期，现代主义式的先锋写作掩盖了他的政治话语的痕迹，但并没有真正实现与这种语言的切割。直到1993年写作《叙事》时，解决这种语言上的断裂问题依然是毕飞宇面临的重要课题，努

[1] 毕飞宇、张莉：《牙齿是检验真理的第二标准》，北京：人民文学出版社，2014年版，第16页。

[2] 毕飞宇：《沿途的秘密》，北京：昆仑出版社，2002年版，第8页。

[3] 毕飞宇：《沿途的秘密》，北京：昆仑出版社，2002年版，第9页。

力让自己的写作语言“不像汉语”[1]，成为他写作中的大事。

1978年回城，成为毕飞宇人生的一个转折点。从中堡镇回到兴化县城后，在父亲帮助下，毕飞宇获得了一张县图书馆的借书证。这张借书证为酷爱阅读的毕飞宇打开了新的天地。在这一时期，他的阅读大致包括：第一类是新时期之初的流行文学，比如《大墙下的红玉兰》《我应该怎么办》《天云山传奇》《窗口》《乔厂长上任记》；第二类是国外文学与美学资源，比如卢梭的《忏悔录》、罗曼·罗兰的《约翰·克里斯朵夫》、《拜伦传》和卢卡契成为这一时期的阅读内容，这类具有青春和浪漫气息的作品契合了正处于青春期的毕飞宇的心境，而约翰·克里斯朵夫的故事“太励志了”，为之“流了许多泪”，“做了许多的笔记”，以致后来的《一九七五年的春节》中所写的一个神秘女人吸烟使身上着火了，但她慢悠悠地拍的细节，完全是来受到罗曼·罗兰的启发[2]；第三类是理论类资源，比如王蒙的《当你拿起笔》，这种具有写作指南性质的创作谈被毕飞宇反复揣摩，对于他写作的开悟具有引领作用。除此，作为高中生的毕飞宇，在这一时期专门订阅了《文学评论》这一纯理论类杂志，同时认真研读了金圣叹评《水浒传》的文章——毕飞宇后来之所以能说会道，会读小说，懂得小说内部肌理，谈起文学思潮、文学概念时的思辨性和学理性使人误以为他是一个理论家，这种理论素养与青春期的这种理论储备密不可分。他曾这样说：“金圣叹的评本不只是让我读了《水浒传》，还让我初步了解了小说的‘读法’。我

[1] 毕飞宇、张莉：《牙齿是检验真理的第二标准》，北京：人民文学出版社，2014年版，第312页。

[2] 毕飞宇、张莉：《牙齿是检验真理的第二标准》，北京：人民文学出版社，2014年版，第239—241页。

‘会读’小说是在看了金圣叹的批注之后，他的批注写得好极了。”[1]

值得一说的是，毕飞宇这一时期通过金圣叹的评本，开始读《水浒》，并由此“生长”出塑造人物的写作技巧和隐现于文本之中“水浒情结”。由于《水浒传》是施耐庵在兴化写成的，而兴化恰恰是毕飞宇的故乡，这也注定了毕飞宇与《水浒传》之间不可切割的缘分。这种“水浒”情结体现在小说中的“水浒”因素，比如《武松打虎》写到了施耐庵的墓地，《玉米》中的玉米母亲姓施，其娘家叫施家桥村，都与施耐庵有紧密关联。除此之外，在塑造人物上，《水浒传》的“冰糖葫芦式”使他受益颇多，“它塑造人物的速度是惊人的。什么意思呢？它塑造人物很快，一两页纸，一个人物基本上就确立起来了。这对我写小说有帮助，尤其是塑造那些次要人物……在这个问题上，我从《水浒传》那里学到太多了。”[2] 在毕飞宇的长篇小说《平原》和《推拿》中，我们都能看到这种水浒式的人物塑造法。比如《平原》塑造了王家庄的各式人物，除了端方、吴曼玲这两个主要人物，还有顾先生、孔素贞、老鱼叉、混世魔王、沈翠珍、王存粮、三丫、大辫子等二十多个人物，塑造这些人物的篇幅不一，但都棱角分明，即使敢爱敢恨却死于非命的三丫和信党又信佛的孔素贞篇幅不多，依然能给读者留下较深的阅读印象。再如《推拿》，小说采取了戏剧常用的“以人立戏”结构——也即《水浒》式的“冰糖葫芦”结构，每章以单个或多个人物作为角心人物，逐章交代人物命运和情节发展。《推拿》中的盲人和正常人共十几

[1] 毕飞宇、张莉：《牙齿是检验真理的第二标准》，北京：人民文学出版社，2014年版，第195页。

[2] 毕飞宇、张莉：《牙齿是检验真理的第二标准》，北京：人民文学出版社，2014年版，第196页。

个，除了小唐、杜莉篇幅稍少外，小说几乎无闲人，每个人都有饱满的叙事，每个人都有令人唏嘘的故事，《推拿》在空间上是逼仄的，主体空间就是四室两厅的居住房改装的一个个推拿房形成的工作间以及拥挤的男女宿舍。可以说，毕飞宇出色的塑造人物的能力，弥补了《推拿》空间上的这种劣势，在这个狭窄的空间里，“惊人”地立起了一个栩栩如生的盲人群像。

1983 至 1989 年时期的阅读对作家毕飞宇的成长是至关重要的，1983 年进入扬州教育学院中文系后，毕飞宇在这里度过了极为宝贵的四年大学时光。在这期间，毕飞宇通过大学教育获得了美学、文化、历史的总体坐标，而他自己的阅读开始聚焦西方文艺和美学。大学的前半段，毕飞宇醉心于读诗、写诗和办诗刊，大三之后，放弃写诗，开始接触美学和哲学。因而，毕飞宇这一时期的阅读资源分为这样几类，第一类是哲学和美学，康德、黑格尔、蒋孔阳的《德国古典哲学》和朱光潜的《西方美学史》。第二类是西方文学，艾略特、庞德、波德莱尔、马尔克斯、博尔赫斯、海明威、卡夫卡、梅特林克。第三类中国作家，比如马原。值得注意的是，这一时期对西方小说的阅读，对毕飞宇的作用是“决定性的”[1]。正是相对集中的西方文学阅读，打开了他在技艺和精神层面与西方文学经典的汇通，也正是此时对现代派文学的大量阅读，对汉译小说的不满，催生了他对试图“汉化”现代小说的渴望，并为他的小说从现代主义向古典主义/现实主义的转换提供了某种可能。

---

[1] 毕飞宇、张莉：《牙齿是检验真理的第二标准》，北京：人民文学出版社，2014 年版，第 229 页。

二、 阅读资源与语言观、哲学腔、逻辑性的生成

通常地，一个作家的美学趣味、价值立场和小说技艺，与其成长环境（文化传统、家庭环境、教育背景）、交流、阅读等有着千丝万缕的联系，作家阅读和消化这些资源并逐渐形成自己文学品质的过程，往往是一个渐进而隐秘的心理过程，但同时一定也会留下阅读和影响的“痕迹”。在毕飞宇的文学世界中，我们轻易能够辨认出那些由独特的语言质地、时隐时现时写时删的哲学话语、强大有力的逻辑追求等等毕飞宇式的文学品质。如果从阅读资源的角度来看，这些品质并非空穴来风，他的语言观、哲学气、逻辑性都可以从其阅读过程找到蛛丝马迹或是非常清晰的成长轨迹。谈论毕飞宇，首先要面对的是他的文学语言。毕飞宇的文学语言分两个阶段，在写作初期，追求磅礴的抒情和深刻的哲理，语言繁复、玄奥而充满激情，90 年代中期由现代主义写作自觉转向现实主义写作后，语言也随之由繁复走向简朴，总体上凝练、干净，贴着人物写，语言有了“身份感”，同时不失幽默和俏皮，常有令人忍俊不禁的语言效果。那么，毕飞宇早期的语言特征是如何形成的，这种语言转型是经由哪些阅读资源实现的?

梳理毕飞宇的语言变迁会发现，他的语言世界是动荡的，内部充满了冲突、此消彼长，政治语言、诗歌写作、唐诗、马原、王蒙、周作人、西方大师，这些不同的资源，为他的语言带来了不同的参照和语言体式，在不同阶段，毕飞宇都曾倾心研读、认真模仿，或是试图竭力摆脱这些资源，可以说，毕飞宇正是在他漫长的阅读史中不断寻找，并最终形成属于自己的理想语言体系。

影响毕飞宇语言风格的首先是唐诗和六七十年代的时代话语，这两种资源几乎是毕飞宇童年和青少年时期不自觉习得的两种重要

历史遗产，从一正一反两方面影响了毕飞宇的语言观。在回溯早年的阅读经验时，毕飞宇屡屡提及唐诗的濡染。“唐诗对我产生的印象还是少年时候的事情，虽然年纪还小，但是，可以读出唐诗的大，那时候并不知道什么叫虚、什么叫实，更不知道什么叫意境，就是能感受到语言所构成的那种大，语言是可以突破自身的，这个直觉我很早就有了，其实这就是所谓的审美趣味。因为父亲动不动就要来一句唐诗，这个让我受益终身。这个终身受益并不是说我在唐诗研究上有贡献，我的意思是，它让我在很小的时候建立了语言的美学趣味，这个是不自觉的。”[1]可以看出，受父亲的影响以及这种“高级”语言的吸引，唐诗的韵律、平仄、节奏感对于毕飞宇的语言秩序产生了莫大的影响，这种影响甚至成为一种不自觉的文化习得，唐诗的韵味成了他的美学趣味的一部分，唐诗的凝练、干净、生动在毕飞宇后来的文学语言中都能找到回响。毕飞宇曾说“我对语言美感的建立是比较早的”[2]，唐诗的意境、趣味，以及这种朗朗上口的韵律感和抑扬顿挫的节奏感对于他的语言启蒙、“语言美感”的建立无疑起到了重要的作用。他的小说中，充满了这种诗词趣味和诗的节奏：《叙事》里板本六郎与陆秋野之间以诗词和楹联斗法；《唱西皮二黄的一朵》写一朵与包养他的老板每周五的夜晚，“先共进晚餐，后花好月圆”；《平原》里，许半仙开导因思念端方而近乎癔症的三丫时，十一个诗词或俗语构成的语言流活脱脱地勾勒出一个饶舌的职业“说教人”——天作孽，犹可活，自作孽，不可活。愿在

[1] 毕飞宇、张莉：《牙齿是检验真理的第二标准》，北京：人民文学出版社，2014年版，第187页。

[2] 毕飞宇、张莉：《牙齿是检验真理的第二标准》，北京：人民文学出版社，2014年版，第16页。

世上挨，不往土里埋。好男不和女斗，好女不和饭斗。富贵不能淫，威武不能屈。人在岸上走，船在水中游……这种由成语、俗语、诗词构成的语言体式，形式上或工整对仗，或错落有致，读起来凝练简洁，造成抑扬顿挫的节奏感，同时生动活泼颇具幽默之气。

上文已经提到毕飞宇幼年接受的意识形态教育和红色文化遗产。这种包袱是一种历史遗存，难以摆脱。可见，在“先锋”写作时期，毕飞宇一直面临着“语言的危机”，即与六七十年代时期的政治话语的断裂。也可以说，在毕飞宇的文学语言建构过程中，政治话语及其克服过程是不可忽视的一个阶段。毕飞宇的写作起步于80年代后期，彼时先锋小说、新历史主义小说方兴未艾，作家铆足劲在“如何写”上费尽心机，毕飞宇无疑属于先锋战车上的一员。先锋时期的毕飞宇，其小说语言的魅力依然光芒四射。如果从阅读资源角度考察这一时期文学语言的特征及其来源，可以清晰看到这种抒情化和哲理化语言生成的轨迹。首先是王蒙的语言对毕飞宇产生了深远的影响。在1978年回到兴化县城后，他读到了新时期初期的“伤痕”“反思”等类型小说，由于父亲是“右派”，毕飞宇对“右派”作家王蒙、从维熙等人的作品非常亲近。尤其是王蒙，他的《当你拿起笔》这本关于写作经验的小书被毕飞宇当作了“我的第一本写作指南”，而王蒙开风气之先的意识流的修辞手法，以及汪洋恣肆的复式语言，深深“吸引”到了他，进而对此进行了“模仿”[1]。王蒙的语言是典型的复调语言，感情浓烈，喜用长句、排比和多重修饰，这些特征从其处女作《青春万岁》到《如歌的行板》《布礼》《蝴

---

[1] 毕飞宇、张莉：《牙齿是检验真理的第二标准》，北京：人民文学出版社，2014年版，第20页。

蝶》，以及《活动变人形》、“季节系列”，都尽显这些语言特色。在毕飞宇早期的小说《孤岛》《祖宗》《叙事》《楚水》中我们经常可以看到这种繁复而华丽的语言形态，甚至写于2008年的《推拿》，我们仍然能够看到夸饰文风的“语言流”，比如王大夫替恶棍弟弟还钱的这一章，王大夫自戕时，小说连续用39个“王大夫说”，渲染人物内心的悲怆。

其次，除了王蒙的影响，翻译小说、马原、诗歌写作都对毕飞宇此时的语言产生了影响。80年代后期，西方现代主义思潮及其作品成为人们的阅读新宠。毕飞宇此时的阅读清单几乎包含了当时最流行的现代主义作家和作品：《西方现代主义作品》、博尔赫斯、马尔克斯、艾略特、波德莱尔，等等。对于这些舶来品，毕飞宇阅读得并不顺畅，一度认为这些翻译作品中的生硬和晦涩是原作的属性。当西方现代主义大举进入80年代文坛时，一些中国作家也开始了现代主义文学的诸种实践，除了王蒙，还有马原、残雪、刘索拉。此时，“我就是那个叫马原的汉人”的马原式叙述语式开始成为很多作家效仿的对象。与众多追随者一样，马原成为毕飞宇走向现代主义写作过程中的导师。毕飞宇将马原的意义称之为，通过马原了解“西方现代主义的汉化过程”[1]，通过研读马原、洪峰，毕飞宇不仅获得新的语言体式，更获得了小说的结构、时空构置等这些重要的小说方法和思维。除此之外，毕飞宇的语言观变迁中，不得不提到他的诗歌实践。在中学阶段的毕飞宇最迷恋的是小说，但进入大学后，受80年代时代风潮的影响，诗歌成为他的最爱。尽管毕飞宇认

[1] 毕飞宇、张莉：《牙齿是检验真理的第二标准》，北京：人民文学出版社，2014年版，第57页。

为他的诗歌写作和办诗刊的实践并不成功，但这种读诗、写诗的经历无疑影响了他对语言的感知。“我从20世纪80年代就开始小说创作了，一直走在现代主义这条道路上。我是从诗歌那边拐过来的，——迷恋诗歌的人都有一个怪癖，过分地相信并沉迷于语言。我早期的小说大概就是这样，正如汪曾祺先生所说的，我在‘写语言’。”[1]无论是写诗阶段，还是写作初期，语言在毕飞宇这儿都有本体论的意义。

毕飞宇是一个语言的理想主义者，执迷于语言的探索。他在阅读和写作实践中调整着自己的文学语言系统。从1979年开始写作算起，一直到90年代中期的《家里乱了》《马家父子》《林红的假日》，毕飞宇才逐渐找到了自己满意的语言方式——而他认为写于世纪之交的《玉米》才让他获得了对汉语的自信。

与毕飞宇的语言观相关的是他早期小说中的哲学腔。对于毕飞宇来说，大学的阅读资源发生了很大的转换，由中学时期的当代小说转向了西方小说。同时，毕飞宇的哲学趣味也始于此时——这种哲学趣味对于理解毕飞宇很重要，正是对哲学旨趣的迷恋，塑造了毕飞宇写作初期喜爱抽象和抒情的表达“调式”。“到了大三，我不再写诗了，慢慢地想研究诗歌，这样一来就开始接触美学，没多久，就拐到哲学上去了。我的阅读拐到哲学上还要归功于诗歌评论，诗歌评论里有许多小圈圈，也就是注释。”[2]值得一提的是，哲学思维也受到了父亲的影响。作为“右派”的父亲，沉默寡言，但迷恋

[1] 毕飞宇：《青衣》，台北：九歌出版社有限公司，2010年版，序言第3页。

[2] 毕飞宇、张莉：《牙齿是检验真理的第二标准》，北京：人民文学出版社，2014年版，第36页。

“形式逻辑”和“抽象的东西”，父亲心情好时，会与他聊，聊天的内容往往是超出他理解能力的很抽象的东西。这种形而上的父子交流和精神玄谈使年幼的毕飞宇对“抽象”情有独钟，甚至形成了“抽象很高级”“不及物的精神活动才能构成所谓的精神活动”的美学认识[1]。可以说，在懵懂的青年时代，对哲学的迷恋完全源于年轻人特有的好奇，潜心钻研哲学著作并未给毕飞宇带来世界澄明的阅读快感和认知开悟，相反，自学哲学的经历最终以挫败终。但阅读哲学的特有经历却结结实实影响了他的美学偏好和早年小说的气息。毕飞宇固然善于建构生动的形象和结实的细节，但他更酷爱经由这些具象进行抽象和理性思辨。他曾说，“人物的形象、人物与人物之间的关系，的确需要我们运用想象，可是，人物性格的走向，人物内部的逻辑，这些都是抽象的，想象力并不能穷尽。”[2]因而，他的文学主题与形象看似具象，实际上言近旨远，其探讨的问题远远在具象之外，这也即他常说的好小说是“不及物”的原因。其小说——尤其是早期小说《孤岛》《祖宗》《楚水》《是谁在深夜说话》《叙事》，渗透着毕飞宇对时间、历史、空间、种族起源的想象与玄思，充满了对正史的怀疑、拆解与重新编码的企图。即使到了转型后的《操场》《写字》《地球上的王家庄》《平原》《推拿》，仍有浓浓的理趣，比如《平原》中顾先生代表的理性话语系统，《推拿》中小马对美和时间的想象，都洋溢着一种独特的“思辨气”。

阅读在作家身上所产生的影响并不都是好事，正如有人所质疑

---

[1] 毕飞宇、张莉：《牙齿是检验真理的第二标准》，北京：人民文学出版社，2014年版，第42页。

[2] 毕飞宇、张莉：《牙齿是检验真理的第二标准》，北京：人民文学出版社，2014年版，第43页。

的那样，“我觉得很奇怪，几乎每一个我读到的批评家都天真地认为文学影响一定是有益的事。”[1]对于哲学的沉迷，强化了毕飞宇的抽象思维和逻辑能力，这是阅读哲学的收获，但对于此时写作还处于学步阶段的毕飞宇来说，这种“哲学品质”很可能成为妨碍文学思维的因素。由于哲学注重思辨、逻辑和抽象，形式上工整，语言上严密，往往排斥具象、感性、想象这些文学质素。事实上，毕飞宇1980年后期开始写作时，确实因为浸淫哲学过深，而使小说染上了“哲学腔”。这种腔调表现在语言上便是“关联词”的泛滥。如何纠正这种过于思辨和逻辑性太强的语言，毕飞宇采取的方式是“随意乱写”，即通过听凭感觉的不停歇乱写，打破思维上的逻辑和规整。这种打乱规整思维，追求发散思维的有意识“训练”持续了一年多，这段乱写的历史看似有些游戏，对于作家来说是在跟一种不易觉察的惯性语言系统告别。

在毕飞宇的小说美学中，逻辑是一个频繁被他提及的概念。在阅读和解析《促织》《水浒传》《红楼梦》《项链》等名著时，他都留意到这些作品中的“逻辑”问题。他将小说的逻辑类型归纳为施耐庵式的“很实的逻辑”和曹雪芹式的“飞白的反逻辑”。“很实的逻辑”指的是小说情节的设置和细节布局具有相互影响的关系，线索之间常常是环环相扣的关系，“飞白的反逻辑”是指小说的情节进展常常违背正常逻辑，小说的发展中会留下很多空白。反逻辑常常违背生活逻辑，大片“飞白”虽有意蕴，但同时也“构成了极大的阅

[1]［美］布鲁姆：《影响的剖析：文学作为生活方式》，金雯译，南京：译林出版社，2016年版，第6页。

读障碍”[1]。在毕飞宇的写作实践中，被较多采用的是施耐庵式的逻辑方式。在分析林冲“从一个技术干部变成一个土匪骨干”“走”向梁山这一情节时，毕飞宇认为这个过程体现了施耐庵作为一流小说家“强大的逻辑能力”：

> 我们来看一看这里头的逻辑关系：林冲杀人——为什么杀人？林冲知道了真相，暴怒——为什么暴怒？陆虞候、富安肆无忌惮地实话实说——为什么实话实说？陆虞候、富安没能与林冲见面——为什么不能见面？门打不开——为什么打不开？门后有块大石头——为什么需要大石头？风太大。这里的逻辑无限地缜密，密不透风[2]。

这种水浒式的密实逻辑，也即毕飞宇所说的小说“进展的合理性”，具体说是指小说情节推动的合理性、人物性格发展的必然性等问题。在西方现代主义大师中，毕飞宇旗帜鲜明地声称不喜欢米兰·昆德拉、卡夫卡等作家，重要的原因在于不满意他们的“逻辑美学”。他认为卡夫卡的《判决》《变形记》《地洞》都太“生硬了”。同样是描写荒诞，毕飞宇看不上萨特，却更加钦佩加缪的《局外人》，他认为这篇小说体现了“进展的合理性”，即在描写莫尔索由奔丧继而在遗体旁抽烟、喝咖啡、做爱、杀人，继而被法庭判决死刑这一系列匪夷所思的事件中，“小说的进展十分合理，而一切又都

---

[1] 毕飞宇：《小说的逻辑问题》，《文学教育》2017年第2期。

[2] 毕飞宇：《小说的逻辑问题》，《文学教育》2017年第2期。

是那么荒诞。”[1]可见，逻辑的真假、有无、生硬与圆融，是毕飞宇评价作家优劣的一个重要标准。阅读中的这种逻辑关切，也渗透在他的写作实践中。他的那些故事性、叙事性较强的作品，在逻辑上都坐得很实，经得起逻反复推敲。这里试举一例。短篇小说《怀念妹妹小青》，是一篇回忆亡人的短篇小说，从情节设置和人物命运来看，小说的进展逻辑如下：

> 妹妹小青在幼年死去了——为什么会死？小青在一场子虚乌有的踩踏事件中被人流冲散继而被踩死——为什么会被人流冲散？因为小青手残疾，全是疤痕——为什么会有疤痕？小青在铁匠铺被刚出炉的铁块烫坏了双手——为什么在铁匠铺会烫伤？小青迷恋铁块神秘的汁液——为什么会迷恋汁液？因为小青是个具有艺术气质的舞蹈天才。

有人会问，踩踏事件发生时，9 岁的小青为什么不逃跑？被踩死的为什么偏偏是她？难道她的死不是一种偶然吗？如果这个质疑成真，那么小说的逻辑就缺少了“必然如此”的合理性。事实上，沿着这两个问题“捋”，我们可以看到小说逻辑上的其他一些环环相扣的线索：小青在惊慌的人群里为什么会被踩死？因为她的精神受到惊吓，处于失常状态——一个精神失常的人如何在慌乱的人群里辨别方向？小青精神为什么会失常，因为受到形象恐怖的“那个女人”的推搡恐吓。那个女人为什么要吓小青？是因为小青救了她，

[1] 毕飞宇、张莉：《牙齿是检验真理的第二标准》，北京：人民文学出版社，2014 年版，第 300 页。

没让她死成。“那个女人”为什么要投河寻死？是因为无法忍受批斗。至此，“寻死”的女人以及深夜操场那边传来的“严厉的呵斥与绝望的呜咽”[1]逐渐将1968年这个大时代推向了小说的前台，那个年代紧张、恐惧的政治气候，以及相互仇恨、相互伤害的人际关系作为幕后元凶也随之浮出水面。毕飞宇把大时代隐于幕后，交代了小青一生的若干个片段，这些场景构成了小青的若干个“事故”，步步把一个具有艺术气质的小女孩“逼”向死亡的深渊，这些“事故”看似偶然，实是那个年代的政治日常和生活日常，同时，这些单个的事故环环相扣，让小青的命运悲剧进展具有了水浒式的密实逻辑，小青步步“走”向死亡，与林冲步步“走”向梁山，具有同样精彩的逻辑力量。

三、大师的痕影、反模仿和古典主义写作时期的精神资源

阅读对于毕飞宇写作的作用和影响，他曾给予了肯定性的回答，认为“没有阅读哪里有写作呢，写作是阅读的儿子”[2]，但在另一些场合，他又声称，“任何阅读都不能左右我的风格。我的风格是从妥协来的——向自己妥协，向自己的内心妥协。”[3]这些有些矛盾的表述，显示了他在对待阅读资源或是“影响源”上的复杂心态，一方面，在写作的不同阶段，尤其是写作之初，他确实需要依靠阅读来

[1] 毕飞宇：《是谁在深夜说话》，沈阳：春风文艺出版社，2007年版，第120页。

[2] 毕飞宇、张莉：《牙齿是检验真理的第二标准》，北京：人民文学出版社，2014年版，第241页。

[3] 毕飞宇：《阅读不能左右我的写作风格》，http：//www. thepaper. cn/2017—2—27。

拓展认知，汲取写作技艺，正是在对文学资源和各类学科知识的阅读和领悟中，逐渐形成自己的思维、语言、美学认知，正是在最初笨拙的模仿和创造性的转化中，自我的风格才慢慢生成。另一方面，阅读资源好比作家写作和成长中的“拐杖”，作家并不愿时时被人注视到，循着这一拐杖，读者不但可以看到作家一路蹒跚走来的身影，还有可能被挑剔的读者摁到拙劣“模仿者”的行列。作家在影响问题上的这种欲说还休的态度，被布鲁姆称之为“掺杂着防御机制的文学之爱”[1]。正是这种语焉不详或故意回避的态度，在客观上造成了阅读资源与作家关系在作家自述层面的缺失，有时，作家类似矛盾的论述往往会成为阅读史视角研究的陷阱。因而，从小说内部考察文本，追寻阅读踪迹，可以有效纠正作家的记忆偏差，突破作者固有的防卫心理解开作家的遮掩[2]。因而，在作家的阅读与写作关系厘析上，需要我们深入作家的阅读历史，在这种由影响源和影响对象形成的关系范畴中，细致比对作家作品与阅读资源，考辨出影响的痕迹、接受与转换的轨迹，以此拼接出作家也许都未曾意识到的内在接受图景。

读多了毕飞宇的小说，总能感觉到其小说世界中的阴郁之气：充满“冷气”和“寒意”。《叙事》《孤岛》《楚水》折射的是历史更替、权谋文化、种族争斗的血腥与残暴，《地球上的王家庄》《蛐蛐蛐蛐》《是谁在深夜说话》透着时空的浩瀚和人在宇宙暗夜里的渺小与孱弱，《平原》《玉米》《红豆》《怀念妹妹小青》和《九层电梯》

[1] ［美］布鲁姆：《影响的剖析：文学作为生活方式》，金雯译，南京：译林出版社，2016 年版，第 10 页。

[2] 郭洪雷：《个人阅读史、文本考辨与小说技艺的创化生成——以莫言为例证》，《文学评论》2018 年第 1 期。

《相爱的日子》《遥控》又让个体在世俗的泥潭里饱受摧残或苟且不安。可以说，毕飞宇倾心写作的历史、哲学、世俗三种时空，都布满了生的凉意和人的疼痛。“我的创作母题是什么呢？简单地说，伤害。我的所有的创作几乎都围绕在‘伤害’的周围。我为什么对伤害感兴趣？……我对我们的基础心态有一个基本的判断，那就是：恨大于爱，冷漠大于关注，诅咒大于赞赏。”[1]围绕着伤害主题，毕飞宇的小说书写了战争创伤、人性痼疾等造成的种种悲剧。比如在筱燕秋（《青衣》）、玉米（《玉米》）身上，我们总能感觉到一股人性的暗黑力量，在她们平静的外表下包裹着毒性和疯性，当她们开始说话或开始行动时，伤害便开始了。筱燕秋面对师傅李雪芬无私的教诲和主动退后让贤，并不领情，《奔月》剧组到坦克师慰问时，李雪芬响应战士呼唤而出演一场，自公演以来一直霸着毡毯的筱燕秋，面对李雪芬的光鲜出演，“冷冷地注视着舞台”“脸色难看”“不声不响”“极为不屑”，在一番冷嘲热讽激化矛盾后，面对李雪芬的歇斯底里的谩骂：

> 这一回一点一点凉下去的却是筱燕秋。筱燕秋似乎被什么东西击中了，鼻孔里吹的是北风，眼睛里飘的却是雪花。这时候一位剧务端过来一杯开水，打算给李雪芬焐焐手。筱燕秋顺手接过剧务手上的搪瓷杯，“呼”地一下浇在了李雪芬的脸上。[2]

[1] 毕飞宇、汪政：《语言的宿命》，《南方文坛》2002年第4期。

[2] 毕飞宇：《青衣》，北京：新世界出版社，2002年版，第228页。

年轻的筱燕秋顺手泼出去的开水，直接把师傅送进了医院终止了她的舞台生涯，同时，更烛照出“妒良才”时筱燕秋身上的毒性与疯狂有多阴森可怕。筱燕秋式的疯狂，我们在玉米身上再一次相遇。玉米下嫁郭家后，活泼美艳的玉秀由于在断桥镇被强暴而被人嘲笑，于是暂时在郭家躲避流言蜚语。在这期间，玉秀和郭家兴的儿子郭左渐生爱意，面对他们逐渐浓烈的情感，玉米坐卧不宁，她不能容忍“侄子和姨妈”这种感情发酵开花，为了维护王家和郭家的脸，玉米决计终止这段恋情。她“夜会郭左”，先是拐弯抹角欲让郭左帮玉秀找对象，然后故作忧戚地拉响“惊雷”——

> 玉米不说话了，侧过脸，脸上是那种痛心的样子，眼眶里已经闪起泪花了。玉米终于说：“郭左，你也不是外人，告诉你也是不妨的。——玉秀呢，我们也不敢有什么大的指望了。”郭左的脸上突然有些紧张，在等。玉米说：“玉秀呢，被人欺负过的，七八个男将，就在今年的春上。”郭左的嘴巴慢慢张开了，突然说：“不可能。”玉米说：“你要是觉得难，那就算了，我本来也没有太大的指望。”郭左说：“不可能。”玉米擦过眼泪，站起来了，神情相当地忧戚……郭左的瞳孔已经散光了，手里夹着烟，烟灰的长度已经极其危险了。玉米回过身，缓缓走进了西厢房，关上门，上床。玉米慢慢地睡着了。[1]

玉米的精心“泄密”几乎是曹七巧宴请童世舫的“鸿门宴”的翻版。张爱玲如此叙述一个疯子的“审慎与机智”——

---

[1] 毕飞宇：《地球上的王家庄》，北京：新世界出版社，2002年版，第102页。

> 七巧将手搭在一个佣妇的胳膊上，款款走了进来，客套了几句，坐下来便敬酒让菜。长白道：“妹妹呢？来了客，也不帮着张罗张罗。”七巧道：“她再抽两筒就下来了。”世舫吃了一惊，睁眼望着她。七巧忙解释道：“这孩子就苦在先天不足，下地就得给她喷烟。后来也是为了病，抽上了这东西。小姐家，够多不方便哪！也不是没戒过，身子又娇，又是由着性儿惯了的，说丢，哪儿就丢得掉呀？戒戒抽抽，这也有十年了。”世舫不由得变了色。七巧有一个疯子的审慎与机智。她知道，一不留心，人们就会用嘲笑的，不信任的眼光截断了她的话锋，她已经习惯了那种痛苦。她怕话说多了要被人看穿了。因此及早止住了自己，忙着添酒布菜。隔了些时，再提起长安的时候，她还是轻描淡写的把那几句话重复了一遍。她那平扁而尖利的喉咙四面割着人像剃刀片。[1]

玉秀的“被强暴”和长安的“抽大烟”，这种女性自我的污点和创伤，理应被同情被小心翼翼地回避，但在玉米和曹七巧这里，经过精心策划，污点和创伤这些个体私密被“不经意”地泄露给了特定听众，泄露的主体一个是亲姐姐，一个是自己的母亲，而“泄密者”的目的就是，让追求玉米的郭左和与长安感情日益甜蜜的童世舫获知他们心上人的那个“劣迹”，故事的结局同样充满悲情：童世舫惊愕之余转身离开了长安，而郭左在“痛心和愤怒”之余强暴了玉秀。这是两个何其相似的故事，尽管故事的发生时间分别是 20 世

---

[1] 张爱玲：《金锁记》，《张爱玲文集》第二卷，合肥：安徽文艺出版社，1995 年版，第 151 页。

纪的三四十年代和 70 年代，但女性家长作为泄密者的那种疯狂、残忍令人心悸，玉米和曹七巧体内的毒性固然根植于不同的历史传统和现实遭遇，但在“泄密者”叙事和表现女性的“平静的阴骘”方面，毕飞宇和张爱玲几乎如出一辙。

毕飞宇阅读张爱玲比较晚。张爱玲自 40 年代末从大陆学术史中消失近半个世纪，随着 80 年代夏志清《中国现代小说史》在大陆的传播，以及柯灵《遥寄张爱玲》的发表，张爱玲逐渐走进人们的视野，并在 80 年代后期至 90 年代初，大陆出现了一股“张爱玲热”。毕飞宇正是在这股潮流中开始阅读张爱玲的。“张爱玲的确有她的魅力。我读张爱玲的时候年纪已经比较大了，还是合拍的。”[1]

对于张爱玲的评价，除了认为她直指人心、入木三分外，毕飞宇认为她的最大热点是“冷”。“张爱玲是一个温度计，她把自己贴在中国社会的末端上，拉出一具尸体，然后，把尸体的体温告诉了我们。张爱玲的贡献就在这儿，所以，她是冷的。”[2]在写作上，毕飞宇受张爱玲的影响也是显见的，他曾自言，《平原》在时代政治酷虐下仍然保持盎然生机和民间自在伦理秩序的王家庄式民间叙事，受到《倾城之恋》的历史观和张爱玲注重刻画“人生安稳”面的影响。同样，在描写人性的暗黑方面，我们在《玉米》《玉秀》《怀念妹妹小青》《红豆》等篇中看到张爱玲式的人性废墟和生的苍凉。毕飞宇曾说：“将玉米和曹七巧放在一起比较，挺有趣。其实她们完全不一样的，即使是相同的故事，在不同的文化背景下面，我都有信

---

[1] 毕飞宇、张莉：《牙齿是检验真理的第二标准》，北京：人民文学出版社，2014 年版，第 215 页。

[2] 张均、毕飞宇：《通向“中国”的写作道路——毕飞宇访谈录》，《小说评论》2006 年第 2 期。

心把它重写一遍。”[1]毕飞宇的玉米和筱燕秋，让我们看到了张爱玲的曹七巧在当代的回响，尽管她们所处的环境和时代不同，但她们身上的寒意、平静中的阴鸷、人性深处的疯狂和毒性是相似的，她们在伤害和被伤害，弑他和被弑的怪圈中演绎着中国女性关于个体与权力、传统、伦理的复杂纠葛。

被毕飞宇归为“冷血”和“凉骨”的作家，除了张爱玲，还有鲁迅。“是冷构成了鲁迅先生的辨别度。他很冷，很阴，还硬，像冰，充满了刚气。”[2]在解读鲁迅文学的特色，以及解读《故乡》《药》等作品时，毕飞宇都提到了鲁迅的这种“令人心疼”的冷。在毕飞宇看来，鲁迅在情感表达上是一个“有爱”却“不肯示爱”的作家。“先生是知道的，他不能去示爱。一旦示爱，他将失去他‘另类批判’的勇气与效果。所以，鲁迅极为克制，鲁迅非常冷。这就是我所理解的‘鲁迅的克制’与‘鲁迅的冷’。”[3]确实，鲁迅是一个怀有大爱的硬汉，却不轻易呈现他的爱，他的文字里有柔情，比如《朝花夕拾》和《两地书》，但大多数时候，他的思想表情是严峻的、愤怒的、焦灼的，他的文学图景是晦暗的、阴冷的、苍凉的。鲁迅对后世很多中国作家发生巨大影响，几乎是一个不争的事实。毕飞宇也在影响之列，在问及“对你影响最大的现代作家是谁时”，他用了“毫无疑问是鲁迅”[4]这样的断语。鲁迅在哪些方面影响了毕飞

---

[1] 张均、毕飞宇：《通向“中国”的写作道路——毕飞宇访谈录》，《小说评论》2006 年第 2 期。

[2] 毕飞宇：《小说课》，北京：人民文学出版社，2017 年版，第 197 页。

[3] 毕飞宇：《小说课》，北京：人民文学出版社，2017 年版，第 234 页。

[4] 毕飞宇、张莉：《牙齿是检验真理的第二标准》，北京：人民文学出版社，2014 年版，第 203 页。

宇，这是一个大的话题，值得细细探究，此处本文想指出，鲁迅式的冷峻，以及文化、秩序对人的戕害，对毕飞宇的小说有着潜在的影响，毕飞宇反复书写的权力对人性的褫夺、人的尊严和权利的危机、人性中的毒性等命题，无不是鲁迅"改造国民性"这一宏大命题在当代的延伸。

在毕飞宇的小说中，除了可以看见鲁迅、张爱玲的"镜像"与影子，我们还能看到博尔赫斯、海明威、哈代、福楼拜、莫言等作家的写作技艺或某种风格。这种"镜像"有时表现为一种意象[1]，有时是一种美学倾向，有时是一种叙事方法。阅读资源大多经过作家的"变形"而进入自己的小说。关于写作时如何转化或利用阅读资源，毕飞宇这样说过："我在写作的时候时常遇到这样的场景：这个别人已经写过了，那我就换一个说法。"[2]没有一个作家愿意做某某前辈作家或伟大作家的影子，这种"影响的焦虑"会促使作家在创作过程中尽可能地淡化他与所效仿作家之间的相似性，所以"换一个说法"不啻为消化阅读资源一种方式。叶兆言说得更明确，他认为面对名著资源，作家应该采取"反模仿"的策略，"读了这些人的名著，人家会问我，那写作不就成了模仿？我认为，与其说是模仿，不如说是在反模仿。绝对不能像他们那样写。"[3]在毕飞宇的文学阅读和写作实践中，我们也能看到这种"反模仿"策略，或者说，他的小说的某种叙事趋向、审美偏好是对阅读资源甄别后所做的自

---

[1] 郭洪雷：《毕飞宇小说创作论——以其阅读经验为副线的考察》，《中国文学批评》2018 年第 3 期。

[2] 毕飞宇、张莉：《牙齿是检验真理的第二标准》，北京：人民文学出版社，2014 年版，第 241 页。

[3] 叶兆言：《自述——我的文学观与外国文学》，《小说评论》2004 年第 3 期。

觉取舍。

海明威是毕飞宇所喜爱的作家，毕飞宇对他的《老人与海》赞赏不已，认为是一部“太棒了”的小说，但对于小说结尾“过分强烈的性征”，毕飞宇给予了严厉批评，他认为小说结尾写到桑迪亚哥筋疲力尽，手掌烂了，掌心朝上趴在床上睡着了，“至此结尾，简直就完美了”，但海明威“雄性大发”，写了桑迪亚哥梦见了草原上的狮子——这种过强的雄性特征以及“雄性方面的虚荣”大大伤害了小说的韵味[1]。在毕飞宇看来，这种过强的男性雄强意识，以及过于显豁的主题延展如同狗尾续貂，使小说烦冗，不够简洁含蓄。尽管对《老人与海》的结尾多有批评，但对于海明威总体上的简洁文风，以及只写1/8的“冰山理论”，毕飞宇一直心仪。他认为，“海明威的特殊性主要体现在他的刻意上，他就是喜欢把许多内容刻意地摁到‘水下’去。在这一点上他做得非常棒。也正是在这一点上，海明威让自己和别的作家区分开来了。”[2]海明威的这种简洁文风，经由毕飞宇的这种深度阅读和前文所说的“拆解式”学习，几乎内化成了毕飞宇的一种文风。毕飞宇的文学从早期的先锋式写作走向现实主义的写作后，文字越发简约，显豁的主题和意义表述退隐文后，引而不发的叙事表层隐藏的是内部的“刀光剑影”，甚至，把诸多叙事走向摁在“水下”，直到终篇也不去释谜。这种海明威式的简洁和“摁在冰山下”的写作方式，典型地体现在毕飞宇的小说结尾构置上。

细读毕飞宇的小说，会发现他在小说结尾上常采用“留白”式

---

[1] 毕飞宇、张莉：《牙齿是检验真理的第二标准》，北京：人民文学出版社，2014年版，第247页。

[2] 毕飞宇：《小说课》，北京：人民文学出版社，2017年版，第244页。

的开放叙事："带菌者"端方能否进城，铁娘子吴曼玲会不会死（《平原》）；玉秀和她的孩子命运会如何（《玉秀》）；憨厚的玉秧在告密成风的学校教育下，将会"生长"成什么样子（《玉秧》）；图北在甩脱掉大哥图南的管教和阴影后，能否在都市健康成长（《哥俩好》）——毕飞宇在这些作品中，留下了"发展中的人格"和"未完成的道路"[1]，并未提供出路或答案。在一次访谈中，他曾这样说，"生活本身是一个没有结局的东西，我为什么那么愚蠢一定要在我这个书里面给出一个结局来？……我觉得不写人物命运结局，把它放在这儿，比那样要好。"[2]可以说，这种简洁美学和引而不发的"冰山式"叙事，正是来自海明威的馈赠。作为一种现代叙事技巧，这种开放式的留白叙事易于激发读者对文本寓含的"召唤性"[3]进行分析，读者通过召唤性意义的填充，释放了自己的主体体验，从而与作者共同完成文本的价值创造。除了海明威，福楼拜也是毕飞宇下功夫阅读的作家，他极度推崇福楼拜式的节制、内敛，认为在《包法利夫人》中"几乎看不到无效劳动"，甚至认为与福楼拜相比，巴尔扎克显得"粗疏""草率"[4]。可见，海明威、福楼拜和巴尔扎

---

[1] 沈杏培：《泄密的私想者：毕飞宇论》，《文艺争鸣》2014年第2期。

[2] 毕飞宇：《我的小说从来都没有结局》，http：//book. sina. com. cn 2008年10月14日。

[3] "召唤结构批评"模式是接受美学批评中的一种范式。它注重从读者接受角度，引导读者对文本结构的"召唤性"——作品中的意义空白、不确定性、否定性，进行填补、连接、想象和再创造。随着现代叙事的发达，作品的意义空白和不确定性的"召唤"因素也越多。参见朱立元：《接受美学导论》，合肥：安徽教育出版社，2004年版，第413页。

[4] 毕飞宇、张莉：《牙齿是检验真理的第二标准》，北京：人民文学出版社，2014年版，第249页。

克作品中的性征意识、表达情感的强弱、叙事的节制与粗疏和结尾方式，从正反两个向度给予了毕飞宇很大的启发。正是在对这些大师的阅读中，毕飞宇与这些经典作家进行着美学趣味上的交流与碰撞，也正是在这种比较与筛选、激赏与批判中，他的文学主张逐渐得以确立。

毕飞宇将自己的写作历程归为由“现代主义”向“古典主义”的转变，前者注重“有意味的形式”，后者看重“可感知的形式”——凝聚着汗渍、泪痕、牙齿印和唾沫星的古典主义手工品更让他迷恋[1]。1995 年转型之后，他一头扎在现实的土壤里，此时的文学关注历史夹缝和现实困境中的人，书写他们的痛苦，悉心呵护他们的尊严，悲悯意识、人道情怀溢满字里行间。他此时的写作，既有 19 世纪批判现实主义一脉，又接通着 20 世纪现代主义的历史与主体、生存与异化、爱欲与痛苦等诸多命题。毕飞宇转型之后快速实现小说写作的“不及物”到“及物”，由“天上飞”转向“地上走”，与其在阅读中获得的知识、精神资源分不开。具体来说，在 70 年代后期、80 年代初，十四五岁的毕飞宇开始阅读伤痕文学，稍晚两年，他开始阅读《忏悔录》《约翰克里斯朵夫》《包法利夫人》《悲惨世界》这些西方文学。由于模式化的写作，伤痕文学很快遭到了他的厌倦，但对西方批判现实主义的经典之作，却越读越上瘾，青春期时期的这种名著阅读，引发的尚不是精神上的理性共鸣，而是“身体在阅读，血管在阅读”[2]的阅读快感。但也恰恰是这些“一

---

[1] 毕飞宇：《小说课》，北京：人民文学出版社，2017 年版，第 411 页。

[2] 毕飞宇、张莉：《牙齿是检验真理的第二标准》，北京：人民文学出版社，2014 年版，第 234 页。

知半解”“依靠直觉”的阅读带来了他精神上的最初启蒙。毕飞宇曾这样谈到西方文学对他的影响：

> “其实我想这样说，西方文学对我最大的影响还是精神上的，这就牵扯到精神上的成长问题，自由、平等、公平、正义、尊严、法的精神、理性、民主、人权、启蒙、公民、人道主义，包括专制、集权、异化，这些概念都是在阅读西方的时候一点一点积累起来的。在价值观方面，尤其在普世价值的建立方面，那个时候的阅读是决定性的。你在阅读故事、人物、语言，到后来，它在精神上对你一定有影响。”[1]

对于毕飞宇来说，此时的西方文学阅读，比如《九三年》中“杀人”主题，卢梭《忏悔录》中关于“肉上有毛”的细节，给他带来醍醐灌顶的巨大阅读震惊外，同时也在精神层面带来最初的启迪。比如，我们总能看到人的主题，尤其是人的伤害母题不断在他的小说中出现。他喜欢聚焦不同群体的精神状态及其社会处境，比如旺旺式的留守儿童（《哺乳期的女人》），红豆式的逃犯和“我”式的劳改犯（《雨天的棉花糖》和《睁大眼睛睡觉》）、“他”和“她”那样的城市北漂（《相爱的日子》）、沙复明和王大夫式的盲人群体（《推拿》）、老鱼叉、老骆驼式的病态人格（《平原》），毕飞宇正是通过这些创伤形象再现了历史、战争、政治、世俗对人性的伤害。人的主题，对人性的怜悯，对造成人性创伤因素的指陈，使毕飞宇

---

[1] 毕飞宇、张莉：《牙齿是检验真理的第二标准》，北京：人民文学出版社，2014年版，第230页。

“古典主义”时期的小说具有了浓厚的人道主义色彩。这种人道主义情怀，我们能够在其阅读史中找到精神原点。毕飞宇曾这样谈到雨果及其人道主义对他的影响：

> 我觉得雨果也是这样的，他一直在强调“绝对正确的人道主义”，这句话从我读到的第一天起就在我的心里了，一直到今天。这是一种普世的情怀，不该有种族之分，不该有时代之分，更不该有制度之分。我不懂什么主义，无党无派，可是我想说，无论我们在主义这个问题上有什么分歧，有什么对峙，我们都要在“人道主义”这个主义底下达成共识。[1]

对雨果式的人道主义的推崇，体现了毕飞宇对人的尊严、情感的捍卫，这也几乎构成了他的作品中的一个元命题或基础价值观。但毕飞宇对雨果的人道主义的接受，显然是一种创造性的变形。在《死囚末日记》《科洛德·格》以及《悲惨世界》《九三年》等篇中，雨果同情下层民众和弱势群体，追求仁慈、宽恕、友爱理念，以人道主义否定封建制度，批判资本主义弊病。而毕飞宇的人道主义写作，以伤害为母题，书写人在不同境遇下的疼痛与受损。在雨果笔下，阻遏人道主义的因素有旧的制度，甚至包括革命，但在毕飞宇看来，人道主义在本土语境中很难伸张，原因在于存在等级化人的关系，毕飞宇将之称为“人在人上”的“鬼文化”。“我们的身上一直有一个鬼，这个鬼就叫作‘人在人上’，它成了我们最基本、最日

[1] 毕飞宇、张莉：《牙齿是检验真理的第二标准》，北京：人民文学出版社，2014年版，第243页。

常的梦。这个鬼不仅依附于权势，同样依附在平民、大众、下层、大多数、民间、弱势群体，乃至‘被侮辱与被损害的’身上。”[1]在毕飞宇看来，人在人之上的等级关系、压迫关系，是阻碍人性伸张的因素，是人道主义实现的阻遏力量。在王连芳与玉米、玉米与玉秀的家庭关系中，在老鱼叉与王二虎的阶级身份中，在红豆与他周围的大众之间，在盲人与正常人之间，权力因素、阶层差异、社会偏见所造成的人与人的等级、隔膜，正是这种人在人上的“鬼文化”的体现。

可以说，以雨果为代表的西方批判现实主义影响了毕飞宇小说的人学建构与主题表达。精神分析学认为，“在阅读中，文学作品可以突破读者心理上设置的自我防御，而按读者独特的欲望满足方式发生变形，这也就是作品与读者主体心理经验的交融，最后整个经验就统一在读者总的自身结构‘个性主题’上，这时作品为读者接受了，而读者的人格结构也在阅读中发生了某种变化。”[2]这段话可以看作毕飞宇作为读者在阅读人道主义资源时的变形过程，正是在阅读雨果和其他西方文学资源的基础上，毕飞宇受到了最初的精神启蒙，经过自我主体的吸收，由雨果式的人道主义衍化出个性化的人学叙事。

四、作为“方法”的阅读资源或阅读史

程光炜曾说，近些年接触过不少作家谈论阅读的材料，比如王安忆、莫言、贾平凹、张承志、格非等，这些阅读材料对他“改变

[1] 毕飞宇：《沿途的秘密》，北京：昆仑出版社，2002年版，第22页。

[2] 朱立元：《接受美学导论》，合肥：安徽教育出版社，2004年版，第34页。

单纯从文学评论这一条线上，来认识作家复杂多变的创作风格”深有启发，他指出，“在现代文学研究界，研究者普遍都相信，作家的阅读是直通他们的文学世界的重要途径。他们借着作家不同时期读书的情况，除直接去触摸当时的历史，还有意在加强、扩大对作家作品的阐释空间。”[1]确实，相对于拘囿于文本自身进行的文学“内部研究”，阅读资源为阐释作家与作品提供了一个重要通道，即从阅读资源角度追溯作家的风格、技艺的来源，考辨作家与其“影响源”之间的内在关联。因而，作家的阅读资源和阅读史可以从源头上还原一个作家“生长”的真相，为阐释作家的精神渊源提供了重要的视角，具有文学发生学的意义。

如何去寻找这种影响的“痕迹”，进而实证性地勾连起阅读史与写作史之间的内在关联，归纳起来，大致有这样几种路径。第一，通过作家的自述性文字重组作家的阅读史。通常来讲，清晰地梳理一个作家的阅读资源，呈现他的阅读史并不是太难的事——当然了，有些作家对自己的阅读和所受影响讳莫如深，而较少留下这方面的资料的话，整理阅读史这一基础性前提也会具有相当难度。通过文献查找、访谈等方式重组出作家的阅读资源“清单”与作家的“夫子自道”后，阅读史视角便有了基础条件，甚至，一些问题自然便可浮出水面。比如，在思考余华的阅读与写作关联时，有研究者提到可以用统计学的方法来量化研究。即先通过文献梳理，整理出“余华阅读书目”，“这个‘阅读书目’编好之后，可以对它做统计分析，比如，提到卡夫卡有多少处，川端康成的多少处，鲁迅又是多少处，归总起来，眉目就清楚起来了。另外再根据这些出处的时间

[1] 程光炜：《作家与阅读》，《小说评论》2015年第5期。

点，做一个先后秩序的排列，继续统计分析，那么‘影响比重’这个问题也能够呈现出来。”[1]简言之，通过对作家阅读资源的搜集，编制出作家阅读书目，并按编年顺序排列，进而用统计学的方法对作家访谈、自述、文本解读等写实性文字中的阅读资源出现频率进行高低排序，由此可以管窥作家与阅读资源的亲疏远近关系。确实，这样的研究思路，可以相对比较全面地呈现作家历时性的阅读资源，也可以通过作家的“现身说法”看到作家对不同资源采取的策略。

第二，搜集和研究作家阅读后的批校。“批校就是读者在书本上手写的读书笔记，包括其亲手绘制的图形符号等。”[2]批校研究是西方 19 世纪便兴起的一种研究方法。批校研究与手稿研究略有不同，后者是指对作家作品在定本之前的写作及其修改进行研究，而批校是指对作家阅读行为的痕迹进行研究。批校研究的路径和目的其实是，通过对读者/作家在阅读过程中留下的旁批、夹批、眉批等信息，回溯读者/作家在阅读这些资源时的心理活动、美学反应，进而由此探察这些资源对其产生的影响。这种思路体现在批校研究的两种类型上，“一种是尽量搜集同一个读者在不同的书上所写的批注，借以了解读者的阅读结构。同时，在了解读者生平、思想、著述的基础上，通过仔细分析其批校，回答他是如何阅读和理解这些作品、他所阅读的书籍又是怎样影响他的思想和生活等一系列问题。”[3]批校研究突破了文学的内部研究，在文本外部生动地呈现读者阅读过程中的情绪、心理等真实历史细节，对于理解作家的美学渊源和精

---

[1] 程光炜：《作家与阅读》，《小说评论》2015 年第 5 期。

[2] 韦胤宗：《阅读史：材料与方法》，《史学理论研究》2018 年第 3 期。

[3] 韦胤宗：《阅读史：材料与方法》，《史学理论研究》2018 年第 3 期。

神生成，以及为实证性考察阅读资源如何影响作家提供了重要的史料佐证[1]。

第三，对阅读资源与文本进行实证研究。实际上，从作家的主观来讲，面对前辈作家的身影和影响的痕迹，“即使作者本人开朗达观，面对这样的痕迹还是会有所忌讳，还是会有意无意采取一些写作策略来凸显自己的原创性。”[2]客观上，作家的阅读资源与写作实践之间的影响并不是一对一的线性关系，也并非所有的阅读资源都会对作家形成影响，作家偏爱、化用哪些作家的哪些技艺，如何创造性转换，需要细细对校和辨析。因而，作家自述性阅读资源和作家的阅读批校仅仅提供了作家与阅读资源之间产生影响的可能性，要确证这种关系，还需要实证性研究。“仅仅了解读者读了什么，如何阅读，只能了解一种阅读‘可能’会产生怎样的结果。”[3]因而，阅读史的研究方法还需要考察阅读主体的“阅读反应”。如何呈现这种阅读反应？尤其是专业作家，其阅读过程常常不是简单的消遣性阅读，而是精读或深度阅读。本文正是通过阅读资源和毕飞宇小说的比对、辨析，对毕飞宇的语言观、写作母题、文风特征，以及文本中的大师“镜像”、反模仿的转化资源方式等问题进行了细致的考察，找出了影响的“源头”和影响的“痕迹”，从而实证性地建立起

---

[1] 中国现代文学馆收藏了几代作家捐赠的图书，包括作家阅读和收藏的作品。目前现代文学馆正在结合研究者的需要进行文库编目工作。这些作家的藏书和阅读图书，可能提供了作家在阅读过程中的笔记、笺注等信息，为我们通过批校考察作家与阅读资源的关系提供了重要史料。经过查阅，该馆目前没有毕飞宇的阅读和收藏图书。但作为一种方法，批校研究具有不可忽略的功能。

[2] ［美］布鲁姆：《影响的剖析：文学作为生活方式》，金雯译，南京：译林出版社，2016 年版，译者序第 3 页。

[3] 韦胤宗：《阅读史：材料与方法》，《史学理论研究》2018 年第 3 期。

阅读资源与小说创作之间的内在联系。

总之，从阅读资源角度考证作家及其作品，是一种实证意味很强的研究方法，具有文学史价值。而考辨影响源流传和作家转化的过程，极其艰辛且有技术难度，需要通过反复阅读、比对找出影响的痕迹，融合了影响学、接受美学、汇校学的方法，而通过这种阅读史、接受史和写作史的互文性观照，对作家创作历程所进行的整体勘察，与其说是对阅读作为写作副线的文学外围考察，毋宁说是对作家创作心理、写作机制等内部空间的“解密”和“释谜”。

文化视野、对抗式批评与宗法共同体：重读《白鹿原》

《白鹿原》无疑属于中国当代文学史中的现象级文本。这个文本自身的经典性、丰富性与复杂性，吸引着人们久盛不衰的阐释热情。她的颇为艰辛而悲壮的创作历程、极富张力的文本世界、修改与评奖风波、“孤篇”压倒群英的孤绝气质，以及众说纷纭的阐释史和争鸣史，合力催生了中国当代文学的“《白鹿原》现象”或“《白鹿原》事件”。从文化角度拯救民族历史，以浓郁的地方村落经验为中国西部大地作传，用儒家文化为小说赋魅，这是陈忠实在这部经典中确立的写作法度。在大的文学形制和文学基本品质方面，《白鹿原》生动地再现了中国宗法制文化在现代社会大潮下的崩溃与挣扎，勾勒了具有存史意义的典型文化人格景观，在文化表达和文学叙事上取得了惊世骇俗的效果。《白鹿原》构思于 1986 年，经过查阅县志文史资料和实地社会调查，正式写作于 1988 年 4 月至 1992 年初，在《当代》杂志 1992 年第 6 期和 1993 年第 1 期连载，随后由人民文学出版社于 1993 年出版单行本。《白鹿原》从诞生至今已有三十年，作家本人经历了完稿之初“曾有一点担心，怕出版社发生误读不能出版”[1]

---

[1] 陈忠实、冯希哲、张琼编：《陈忠实访谈录》，西安：陕西人民出版社，2016 年版，第 251 页。

以及“我连生命都交给你们了”的孤注一掷[1]，到读完杂志社的肯定的审阅意见后“噢噢叫了三声就跌倒在沙发上”[2]的复杂心路历程。而该作品也以其艺术上的精湛和思想上的厚重得到了普通读者和学术界越来越多的赞誉，“史诗构造”“现实主义高峰”“当代杰作”等诸多桂冠标志着其卓越的文学品质与日益经典化的文学史地位。当然，陈忠实和他的“垫棺作枕”之作在收获实至名归的褒赞和盛名之时，争议、批评和商榷之声也从未停止。本文重新聚焦《白鹿原》的儒家文化视角、对抗式批评、复线历史和宗法共同体等问题，并对这些命题的逻辑、特点、优劣等问题进行辨析。

一、儒家文化视角的生成逻辑及其叙事羁绊

从20世纪60年代开始写作之初到《白鹿原》的构思和创作之间，陈忠实几次经历创作的危机、困境以及自觉的调适。《白鹿原》的诞生可以视为陈忠实在文学观念和写作手法上对旧有写作陈规的一次超越，是作家写作生涯上的自我升级和“危机克服时刻”。陈忠实曾把自己的写作分为三个阶段，1965年发表处女作《夜过流沙沟》到1978年是第一阶段，1978—1986年左右是第二阶段，1986年开始酝酿和创作《白鹿原》是第三个阶段。在70年代，陈忠实接连发表了《接班以后》《高家兄弟》《公社书记》等极具“时代特色”的短篇小说。受时代风潮的影响，加上参加“学习班”和“组稿会”，陈忠实于1976年在《人民文学》发表了令他后来非常羞愧的小说《无畏》。露骨演绎阶级斗争主题的《无畏》，成为陈忠实写作

[1] 何启治：《永远的〈白鹿原〉》，北京：人民文学出版社，2018年版，第143页。
[2] 何启治：《永远的〈白鹿原〉》，北京：人民文学出版社，2018年版，第144页。

史上的“污点”，同时这个历史污点对于陈忠实后来的文学之路产生了“积极影响”[1]。这种影响主要体现为，陈忠实在新时期伊始意识到极左文艺思想和写作范式对他形成的极大桎梏，在“1978年的冬天”[2]，通过阅读欧美作家作品，尤其精读契诃夫和莫泊桑的作品，借以清除极左思想的影响，试图开拓文学的新路。这是陈忠实写作中的第一次较大的写作危机和突围方式。在他写作的第二阶段，陈忠实尽管发表了一些作品，获得过全国文学奖，但他仍然觉得自己的写作“进入了不满意的状态”[3]。这种不满意也催生了他的文学在80年代中期发生了第二次裂变。1985年是中国新时期文艺的重要节点，各种文艺新观念、新方法集中在这一年勃发，激活了中国文学艺术的整体哗变。《白鹿原》正是在这一背景下出场的。

陈忠实坦言1985年是他的“写作的重要转折”[4]。这年的11月，他完成了八万字的中篇小说《蓝袍先生》。1985年的《蓝袍先生》以及随后的《四妹子》，区别于陈忠实以往写作的地方在于，以前的作品是在现实层面铺衍情节塑造人物，而这两部作品则开辟了“从文化心理角度”[5]去解析人物及其生活。从忠于现实表现到启用文化视角，从注重塑造人物性格到注重开掘人物的文化心理，这是陈忠实80年代文学发生的巨变。正是这次变化，才有了后来的《白

[1] 王金胜：《陈忠实论》，北京：作家出版社，2021年版，第195页。

[2] 陈忠实、冯希哲、张琼编：《陈忠实访谈录》，西安：陕西人民出版社，2016年版，第225页。

[3] 陈忠实、冯希哲、张琼编：《陈忠实访谈录》，西安：陕西人民出版社，2016年版，第225页。

[4] 陈忠实：《陈忠实文学回忆录》，广州：广东人民出版社，2020年版，第128页。

[5] 陈忠实、冯希哲、张琼编：《陈忠实访谈录》，西安：陕西人民出版社，2016年版，第224页。

鹿原》。在他的自述或访谈中，他不止一次说到“《白鹿原》的创作是由《蓝袍先生》写作过程中触发的”[1]。“文化心理结构”学说是80年代中期“文化热”和“方法热”中的一个重要方法论。对于此时写作滞涩、一心谋求文学新变的陈忠实来说，文化心理结构学说不啻为一把打通文学世界的秘钥。“我在接受了这个理论的同时，感到从以往信奉多年的‘典型性格’说突破了一层，有一种悟得天机、茅塞顿开的窃喜。”[2]对于陈忠实来说，引入“文化心理结构”，首先在于帮助他在塑造人物方面确立了新方法和新的叙事角度。塑造典型性格和典型人物是经典现实主义的要求，由于对这种塑造“典型性格”的文学效果缺少足够的信心，陈忠实不再奢望在“典型性”上有所突破，文化心理结构学说照亮了他在人物塑造上的焦虑和窄门。他这样描述“人物文化心理结构”的整体思路：“我在窥得天机似的接受‘人物文化心理结构’说之后，以为获得了塑造《白》的人物的新的途径，重新把正在酝酿着的几个重要人物从文化心理结构上再解析过滤一回，达到一种心理内质的准确把握，尤其是白嘉轩和朱先生，还有孝文和黑娃，他们坚守的生活理念和道德操守，面对社会种种冲击和家庭意料不及的变异，坚守或被颠覆，颠覆后的平衡和平衡后的再颠覆，其中的痛苦和欢乐，就是我要准确把脉的心灵流程的轨迹。”[3]可以说，文化尤其是儒家文化，既是《白鹿原》的叙事内容，也是塑造人物的核心方法，儒家文化在这部作品中具有毋庸置疑的主体性地位。

---

[1] 陈忠实、冯希哲、张琼编：《陈忠实访谈录》，西安：陕西人民出版社，2016年版，第93页。

[2] 陈忠实：《陈忠实文学回忆录》，广州：广东人民出版社，2020年版，第135页。

[3] 陈忠实：《陈忠实文学回忆录》，广州：广东人民出版社，2020年版，第136页。

儒家文化在小说中具象化为白鹿村的“乡约”规定。在陈忠实看来，“缓慢的历史演进中，封建思想、封建文化、封建道德化为乡约、族规、家法、民俗，渗透到每一个乡社、每一个村庄、每一个家族，渗透进一代又一代平民的血液，形成一方地域上的人的特有文化心理结构。”[1]可以说，这种“乡约”精神与以儒家文化为核心的心理结构，构成了《白鹿原》的基础质地，人物气质、性格类型、行为动机都受此制约，形成了白鹿原的主宰式人格、顺应式人格、堕落式人格、反叛者人格。白鹿村的族长白嘉轩、象征着白鹿村最高智慧的半人半神的朱先生无疑是主宰式文化人格的体现；白孝武、白孝义、鹿三和白鹿原上众多贤妻良母式女性属于顺应式人格；而鹿子霖、白孝文等人无疑代表了这种文化的反面，是一种丧失了仁义传统和乡约精神的堕落人格；白灵、鹿兆海、鹿兆鹏、黑娃这些原上的年轻一代，以不羁的个性和决绝的抗争成为儒家文化的反叛者，成为这种文化内部生长出的异质性力量，有力地冲击或解构了这种文化的现代合法性。值得一提的是长工鹿三，他也是儒家文化人格的体现。白嘉轩和鹿三的主仆关系，以及鹿三怒杀田小娥，其背后体现的依然是儒家文化逻辑。鹿三是白嘉轩眼里的“白鹿原上最好的长工”。白嘉轩与鹿三这对主仆的平等友好关系始于父辈，主仆同吃同住、共谋事务，甚至白嘉轩的孩子拜鹿三为干爹，对家中仆人的这种人道主义和平等友善，体现了白嘉轩作为开明乡绅的美好品性，这种品质进一步强化了白嘉轩作为白鹿原“好人”的形象。但这种友善可以到达仆人，却无法到达作为异类和问题女性的田小娥。白鹿原的乡约秩序和所有的文化设计，在对待女性方面是极其

[1] 陈忠实：《陈忠实文学回忆录》，广州：广东人民出版社，2020年版，第121页。

残忍而偏执的，田小娥以张举人小妾身份与长工黑娃私通，进而私奔逃回白鹿原，在白嘉轩、鹿三这些家长坚决抵制下，黑娃和田小娥没有资格进祠堂获得名正言顺的夫妻身份，只能落户于原上破窑洞里。田小娥是白鹿原这个秩序井然世界的闯入者，她的小妾身份、叛逃者的身世、与黑娃没有名分的结合都已深深冒犯了白鹿原的乡约精神，因而，她注定是白鹿原礼俗文化的异类、贱民和事实上的对立者。白嘉轩作为家长和族长，不允许这种离经叛道的女性长久停留在这块土地上。可以说，田小娥的身世不符合白鹿原的“法度”，她的伤风败俗的前史注定她是白鹿原这座古堡的牺牲者和退场者。白嘉轩是“仁义”的，小说不会让他亲手来处置这个问题女性，鹿三由于在价值立场上和白嘉轩处于同一阵营，又因为田小娥是他的不合法的儿媳妇，因而，鹿三成为代表白鹿原文化礼俗向田小娥举起屠刀的人。田小娥与其说死于鹿三之手，不如说死于白鹿村的文化偏见，陈忠实通过田小娥“生的痛苦、活的痛苦和死的痛苦”[1]写出了白鹿原文化的排他性。

一个显见的事实是，陈忠实试图让儒家文化作为一种统摄性的力量主宰《白鹿原》的叙事进程和人物性格内在逻辑，然而，客观上这种叙事意图和雄心在写作实践中并未能实现，相反留下了诸多叙事裂隙和逻辑谬误。从叙事内容来看，《白鹿原》描写了陕西关中白鹿村横跨 20 世纪前半个世纪的历史风云，在国共合作与内战、土地革命、抗日战争、解放战争等连缀起来的现代历史版图上呈现中国宗法制乡村社会的现代性变迁和民族秘史全景。围绕这样一种叙事意图，小说构置了白鹿原小世界与时代大秩序的空间关系，以及

---

[1] 邢小利：《陈忠实研究》，九江：白鹿书院，2019 年版，第 78 页。

白鹿原的捍卫者和叛逆者这种人物关系。陈忠实对基于历史考察构思而成的“白鹿原”小世界熟稔于心，尤其是文化心理结构方法的引入，提升了他驾驭“白鹿原世界”的信心。尽管文化心理结构和文化视角可以作为一个支撑性框架用以塑造白鹿原世界里的各式人物及其行动逻辑，但《白鹿原》的故事很多时候需要在“白鹿村”之外进行，当儒家文化和白鹿村的宗法文化遭遇20世纪的诸多新事物——激进的革命、权力的频仍更迭、现代文明与现代生活——的时候，白鹿村以何种面貌面对这种交融和冲击，乡约族规和儒家文化的有效性还有几何，陈忠实能否还能秉持阐释白鹿原小世界的那份从容和自信，《白鹿原》并未完全处理好这些问题。《白鹿原》的世界恢宏广阔，白鹿原内部的宗族权力之争、乡村内部秩序的分化、人心与欲望的纷争、灾祸与苦难的发生，外部连接着时代的无序剧变、运动与思潮的更迭、政权与主义的走马换将，面对这些，白鹿村的“耕读传家”和“仁义至上”的教谕固然能够处理白鹿村内部世界的问题与危机，《乡约》所代表的宗法文化能够通过惩恶扬善和有效运行维持这个世界内部的秩序。但是，当白鹿原的叙事溢出原上这个小世界，叙事则显得散漫。这典型地表现为小说前面部分灵动饱满，后半部分叙述各种历史大事件时则显得仓促生硬，这种前强后弱、前盛后衰的叙事局面根源还是在于儒家文化不能主宰小说的始终，而在文本上留下了不可弥补的缺憾。即使如白鹿原上的圣人朱先生，作为《白鹿原》里被极度神化的智者，面对大时代，他对于国共两党“大同小异”“为啥合不到一块”的这种认知，充满了显见的偏见和短视。这是儒家文化在现代社会的一种历史处境，二者之间是脱节的，儒家文化视野无法解释现代历史运行的规律，儒家文化自身也并未很好地融入现代社会之中。也就是说，《白鹿原》

所书写的“白鹿原秘史”和“民族宏大历史”两大叙事主体之间实际上是脱节的，文化心理结构并不能成为勾连这二者的有效黏合剂，使得小说在整体上形成一种叙事的失衡。

由于这种既定的文化心理视角，《白鹿原》在人物塑造上实际上也戴上了有形或无形的枷锁，造成了人物形象的程式化，甚至由于既定的文化人格的设定，造成了人物行为逻辑的紊乱或缺失。从人物塑造来看，白嘉轩、朱先生、鹿三是白鹿原世界及其文化属性的代言者和捍卫者，而白灵、黑娃、鹿兆鹏、鹿兆海、白孝文、田小娥则是仁义白鹿村的背叛者和破坏者。前者坚定捍卫以乡约族规为内容的传统宗法制秩序，后者则是这种秩序的破坏性力量。客观来看，陈忠实借助于生动的细节、自觉的文化理论塑造出了具有深度文化内涵和鲜明个性的人物形象，这些典型必将成为当代文学史画廊里的重要形象。当然，在这些令人印象深刻的典型人物形象身上，我们也能发现一些问题。比如，儒家文化的“捍卫者们”，几乎共享了比较类似的文化品性，这种品性稳定而很少变动，类似于“档案鉴定式的静态肖像”[1]，造成人物形象的凝滞化。比如白嘉轩，陈忠实让他承载了整个白鹿村的道德楷模和人格标杆的理想功能。因而，他是仁义的化身，他是模范、称职的族长，他有极强的文化人格和稳定的心理结构，无论是对手鹿子霖的阴狠对峙，或者是他亲自指定的家族接班人白孝文沦为废人，再或者是瘟疫、匪祸、饥馑、战乱等时代重压，都无法改变他的精神意志和言行举止。陈忠实自己说，他对白嘉轩进行了“删减”，删减实际上就是对白嘉轩人格的提纯，对于可能会溢出这个理想道德和人格的其他维度进行删削，“白

---

[1] 南帆：《文化的尴尬——重读〈白鹿原〉》，《文艺理论研究》2005 年第 2 期。

嘉轩就是白鹿原，一个人撑着一道原。白鹿原就是白嘉轩，一道原具象为一个人。”[1]可以说，白嘉轩、朱先生、鹿三等人都是单一向度的人格类型，成为某种固定的文化隐喻与人格修辞。

另一方面，由于过于强调儒家文化对人的内在规约和主宰作用，因而《白鹿原》中的人物常常必须脱离自身的性格逻辑和行动逻辑，而强行听从于儒家文化的调遣。比如，小说第第三十一章，鹿兆鹏和黑娃见面后，借鹿兆鹏之口向黑娃发出“你怎能跑回原上跪倒在那个祠堂里”的质问，对于后者的“改过自新”表达痛惜之情。鹿兆鹏是白鹿原上受先进的主义和时代风潮影响而毅然走出，并在价值立场上和祠堂所代表的乡俗伦理彻底决裂的先驱者，他见过大世面有着超出大多数人的革命自觉和认知视野，在他看来，黑娃向祠堂的臣服是一种倒退，是一种妥协。农协时期快意砸毁白鹿原的勇猛、落草为寇占山为王成为土匪二拇指时的野性和蛮狠，在他的“改邪归正”和“认祖归宗”的悔悟中全都烟消云散。黑娃从白鹿原的叛逆者回到臣服者，意味着黑娃从一个有生机、野性的生命存在收缩为文化秩序的工具人，从作为现代新生事物“革命”战场鸣金收兵退回到旧的文化母体。问题是，黑娃的乡约正义战胜革命正义，其内在逻辑是什么，是什么力量驱使他发生这种由激进主义到保守主义的转变？黑娃的“改邪归正”，其背后的动力依然来自儒家文化的召唤和先验的文化逻辑。这种逻辑是白嘉轩的，实际上也是陈忠实的，但未必是黑娃的。黑娃认祖归宗之后，白嘉轩以此事向儿子孝武灌输这种逻辑：“凡是生在白鹿村炕脚地上的任何人，只要是

[1] 陈忠实：《陈忠实文学回忆录》，广州：广东人民出版社，2020年版，第245页。

人，迟早都要跪倒在祠堂里头的。”[1]白嘉轩通过叛逆者黑娃的回归这一个案，推导到一个“凡是……都要”的绝对式论断，这样的逻辑显然充满了虚妄和自大。白嘉轩作为苦苦捍卫“祠堂威严”和乡约传统的族长，其心愿是把白鹿村建成一个知书达理、民风淳厚的理想国。但在革命思潮、各式权力和自然灾害各种因素的冲击下，白鹿村面临着秩序的解体和人性的涣散。长子的堕落，同宗同脉的兄弟鹿子霖暗地使坏，年轻一代纷纷投身新的革命，这些现实瓦解着仁义白鹿村的合法性。黑娃的回归，可以视为人性的一种选择——从现代视野来看，本质上是一种倒退，但更多的白鹿原人比如白灵、鹿兆鹏、鹿兆海这些年轻一代，以及参加革命的原上乡党，都已与祠堂所象征的文化秩序渐行渐远。因而，在《白鹿原》中，黑娃从投身革命到落草为寇，再到回归祠堂，构成了一个能够自洽的叙述逻辑，凸显了儒家文化对个体的规训。但客观上，这种逻辑选取并没有构成一种普遍性的现象，这是白嘉轩的一种文化幻想和现实幻觉。而且，从客观上看，黑娃回归祠堂的叙事凸显了文化逻辑和文化的力量，但也限制了人物性格发展和行为选择的多样性，损伤了艺术自身的逻辑生成。

二、《白鹿原》阐释史中的“噪音”与“对抗”

《白鹿原》的经典化过程，一直伴随着各种批评、质疑的声音。回顾、省思、辨析这些经典化历程中的“噪音”，有助于我们在更为多维的阐释视野里理解这部文学经典。客观而理性地审视人们提出的《白鹿原》的所谓瑕疵或局限，实际上是在一种对抗性和对话性

[1] 陈忠实：《白鹿原》，北京：作家出版社，2017年版，第502页。

的关系中拓殖这部经典的其他意义和空间，也是在作品既有维度和品质上挖掘其他可能性的应有之举。卡尔维诺认为，“一部经典作品也同样可以建立一种不是认同而是反对或对立的强有力关系。卢梭的所有思想和行动对我来说都十分亲切，但他们在我身上催发一种要抗拒他、要批评他、要与他辩论的无可抑制的迫切感。”[1]确实如此，面对经典，我们不仅需要欣赏和品味，更需要在卡尔维诺所说的“反对或对立”关系中，阐释并延伸经典。

《白鹿原》在20世纪90年代初发表，引发好评并获得“史诗”“杰作”赞誉时，一些研究者提出了不同的分析视角。朱伟认为《白鹿原》建构了一个宏伟的史诗结构，创作变成了对一个预设好的史诗框架的填充，在艺术上“一开始就预示着失败”[2]。宏大的史诗结构、文本的文化视野与小说的艺术世界如何相得益彰，而不发生分裂或挤压，确实是任何史诗叙事都需要考虑的问题。朱伟的质疑并非没有道理，并得到了其他学者的呼应。张颐武把《白鹿原》放在后新时期的消费文化和全球化语境下考辨得失，一方面肯定这部小说在消费文化时代寻找和建构史诗的坚韧努力，以及试图建构时代整体性的意图，另一方面，他认为这种重返“整体性”的努力带来的却是极度的碎片化的零散叙事，人物与故事并未形成有机构成，古典式的写实和神话式的象征之间也存在着拼凑的无奈[3]。孟繁华的批判视角与此类似，他认为《白鹿原》试图在民族历史“正剧”和白鹿原“秘史”两个层面展开，但由于作者在历史正剧上的积累

---

[1] ［意］卡尔维诺：《为什么读经典》，黄灿然、李桂蜜译，南京：译林出版社，2012年版，第6页。

[2] 朱伟：《〈白鹿原〉：史诗的空洞》，《文艺争鸣》1993年第6期。

[3] 张颐武：《〈白鹿原〉：断裂的挣扎》，《文艺争鸣》1993年第6期。

明显欠缺，而使得正剧书写和人物性格塑造双重失败[1]。这些批评聚焦的并非这部经典的细枝末节，而是涉及作品的史诗主旨与文本叙事的融合、整体篇章结构的均衡、思想表达与艺术生动的共生等重要问题。《白鹿原》的史诗结构、文化视野与人物塑造、文本推进逻辑、艺术的生动性之间是否存在前者压抑后者、前强后弱，甚至脱节、失衡的问题，一直是《白鹿原》解读中的重要问题，值得深入探析。

《白鹿原》是关于传统宗法文化在20世纪上半期西部中国村落的历史演义。儒家文化、祠堂宗法制度主宰下的民族生存现实和悲剧文化人格是小说表现的重点内容。不少研究者看到了《白鹿原》对待传统文化的矛盾和悖论性态度。雷达在1993年发表的《废墟上的精魂》长文中指出："陈忠实在《白鹿原》中的文化立场和价值观念是充满矛盾的：他既在批判，又在赞赏；既在鞭挞，又在挽悼；他既看到传统的宗法文化是现代文明的路障，又对传统文化人格的魅力依依不舍；他既清楚地看到农业文明如日薄西山，又希望从中开出拯救和重铸民族灵魂的灵丹妙药。"[2]浓郁的文化意识和细致入微的宗法文化的书写确实带来了《白鹿原》的文化史诗的风范，但这种过于显豁的文化维度，能否和小说叙事的艺术维度和谐交融成为不容回避的问题。孙绍振在"三论"《白鹿原》的系列文章中，毫不掩饰他对这部作品的尖锐批评。他认为《白鹿原》的最大问题是文化价值和艺术价值的脱离，由于作者对于文化叙事和宏大历史叙事的醉心，"却从不赋予人物充分的心理契机，人物始终找不到自己

[1] 孟繁华：《〈白鹿原〉：隐秘岁月的消闲之旅》，《文艺争鸣》1993年第6期。
[2] 雷达：《废墟上的精魂：〈白鹿原〉论》，《文学评论》1993年第6期。

丰富细微的感觉和情感的变异，只能是像一个听从命令的战士随时由指挥员陈忠实任意调遣，几乎作品中的所有人物都犹如在一场溃败的战役中无头苍蝇似的四处逃窜的逃兵。”[1]因而，这种概念化的理性观念伤害了人物行为的逻辑选择，造成了艺术上的缺憾。张志忠在《怎样走出〈白鹿原〉》一文中认为，陈忠实对白嘉轩、朱先生和“仁义”白鹿村由于过于厚爱，被自己的批判对象所迷恋，丧失了自己的理性，回避了某些瑕疵与罪恶，“为白嘉轩的人格大唱赞歌，认腐朽为神奇，给作品造成价值判断的严重失误。”[2]

进入21世纪以来，学界对《白鹿原》的批评不断涌现出新的观点，丰富了对于这部经典的阐释。林岗认为《白鹿原》融合了中西两种小说传统，一种是借鉴古代章回小说相联系的那个传统，其文本叙述节点的丰富性、杂多性在当代长篇中至今无出其右；另一种是与西方小说传统相联系的部分，叙述内容与叙述意图的严密性方面，是小说比较薄弱的地方[3]。南帆指出儒家文化作为《白鹿原》的贯穿性价值视点，存在无法有效进入现代社会的“尴尬”[4]。宋剑华则认为《白鹿原》是“一部值得重新论证的文学经典”[5]，在他看来，这部拼凑的故事在内容和形式上是对中外古今文学与民间传说的全面模仿。李咏吟、李建军等学者提出了陈忠实的“思想局限”

---

[1] 孙绍振：《什么是艺术的文化价值——关于〈白鹿原〉的个案考察》，《福建论坛》1999年第3期。

[2] 张志忠：《怎样走出〈白鹿原〉——关于陈忠实的断想》，《当代作家评论》1998年第4期。

[3] 林岗：《在两种小说传统之间：读〈白鹿原〉》，《小说评论》2016年第3期。

[4] 南帆：《文化的尴尬——重读〈白鹿原〉》，《文艺理论研究》2005年第2期。

[5] 宋剑华：《〈白鹿原〉：一部值得重新论证的文学“经典”》，《中国文学研究》2010年第1期。

问题，从人物塑造、艺术表现审视作家认知、思想上的褊狭。李咏吟一方面肯定《白鹿原》是一部具有“文化复杂性”和“艺术复杂性”、体现了生命真实和历史真实的优秀之作，另一方面，他认为这部经典之作缺乏现代生命自由精神与生命理想主义的视野，陈忠实的这种思想局限构成了一个“精神事件”。他认为陈忠实对于有“道德缺损”的男性保持了宽容，但对田小娥这样的失德女性却始终采取一种“敌视性叙述”态度，显得特别无情。这种残酷手法表明作家是一个忠实于历史生活而缺乏自由理想的“黑暗的写作者”，彰显了作家的“思想空洞”和“人性自由理想精神的匮乏”[1]。李建军指出，陈忠实从起步阶段到《白鹿原》写作完成，经历了两次“蝶变”，但没有更进一步完成从《白鹿原》到新的创作的“豹变”，并将这种现象称为“陈忠实难题”。李建军认为“陈忠实难题”根源来自作家的认同型人格、思想的匮乏和单一保守的价值立场。在他看来，陈忠实大体上是一个“朴素的民粹主义者”，他对自由主义等现代价值体系，缺乏理解的同情，在态度上是排斥的，“他是一个有限定的人道主义者，而不是普遍的人道主义者。”[2]这些解读，带着阐释者鲜明的批评意识，犀利指出《白鹿原》文本和作家思想认知上可能存在的局限、困境和矛盾，打开了作家和文本未能到达的高度和深度、精彩和深刻，措辞虽严，其情也真，为我们理解这部经典提供了不同的视角和价值基点。

整体来看，围绕《白鹿原》形成的商榷、质疑和否定构成了

---

[1] 李咏吟：《公民生命自由教育的沉沦——田小娥形象的创造与陈忠实的思想局限》，《当代作家评论》2004 年第 1 期。

[2] 李建军：《陈忠实的蝶变》，南昌：二十一世纪出版社集团，2017 年版，第 385、386、416 页。

《白鹿原》阐释史和接受史的重要内容，也是这部名作经典化过程中必不可少的维度。很难想象，一部名作诞生之后，只有肯定和叫好之声，而没有不满和批评的声音。对经典的求疵既是读者与作者、文本之间应该有的交流机制，也体现了阐释主体和接受主体对这部经典的未完成性或其他可能性的有效勘探。《白鹿原》的批评史，本身已然构成了一个庞大的关于这部经典的“副文本”。在众多批评中，不免感性、苛刻、偏见之论和故作惊人之语，也有不少犀利、深刻而理性的观点，构成了与《白鹿原》的真诚对话。在《白鹿原》的阐释史中，关于该作的“修改”和“获奖”是争议较多的一个问题。由于第四届茅盾文学奖评审过程中，评委们对作品中的性描写和关于“鏊子”的叙述产生不同意见，本着爱护该作品的初衷，评委会曾去电给陈忠实，与他商议删改事宜，这样一个事实也引申出了关于《白鹿原》的获奖版和原初版的问题、陈忠实为了获奖而主动进行艺术让步迎合评奖机制等话题。一些论者认为这种为了得奖迎合评委的行径，是一种“可怜的实利主义”“是对读者的背叛”。陈忠实在访谈文章中，曾详细叙述了关于修改和获奖的原委。实际的情况是，第四届茅盾文学奖已经确定颁给《白鹿原》，评委会觉得小说中有两个细节值得商榷，征询陈忠实愿不愿意做些修改。这两个细节即是朱先生说的两句话，分别是“白鹿原这下成了鏊子了”和“国共无差别论”，陈忠实当时就表示接受修改意见，并对两处做了近三千字的删改。这两处修改对文本的整体思想与人物的完整性并未形成大的影响，在专业编辑看来实际上属于“并非伤筋动骨的修改”[1]。因而，指责陈忠实放弃作家独立性迎合评奖要求，给作家

[1] 何启治：《永远的〈白鹿原〉》，北京：人民文学出版社，2018年版，第149页。

扣上“可怜的功利主义”的帽子，实际上显得苛刻而偏颇。

《白鹿原》发表至参评1997年的茅盾文学奖前后，被非议较多的一个问题，是关于朱先生“翻鏊子”的一通言论，朱先生的国共两党没有差别的见解，让作品的“历史倾向性”[1]和“政治倾向”[2]受到质疑，也一度让该作参评茅盾文学奖蒙上了阴影。陈忠实本人并不认同这种指责，把这种意见视为“误读”。他认为“鏊子说”符合朱先生的文化心理结构，而且，读者不应该把朱先生的判断等同于作家本人的判断，一个作家应该把有限的智慧用在人物的准确把握上，而不是耗费在逃避误读的机巧上[3]。客观来看，根据小说人物所说的言论而给作家扣上某些“帽子”，这是庸俗而低劣的解读方式。陈忠实在《白鹿原》中一方面历时性呈现了近现代以来中国社会的思潮更迭和典型事件，在大历史视野中呈现人的生存处境与各式文化人格，另一方面，《白鹿原》通过一些生动精微的历史场景、人物言行呈现了历史的偶然性、非线性与非主流的一面。小说中相爱的革命青年鹿兆海和白灵，在选择加入国民党还是共产党时，通过抛铜圆的方式来决定自己的党派选择。鹿兆海抛出的是有“龙”的一面，白灵则是有“字”的一面，二人至此分别投身于共产党和国民党，这次“抛铜圆”的游戏行为至此确立了两人殊异的政治身份，影响了两人后来的情感进展方向。

更为重要的是，以“鏊子”和“烙饼”来比喻历史的循环、重

---

[1] 何启治：《永远的〈白鹿原〉》，北京：人民文学出版社，2018年版，第146页。

[2] 张志昌、冯希哲编：《陈忠实纪念文选》，西安：西安出版社，2020年版，第199页。

[3] 陈忠实：《陈忠实文学回忆录》，广州：广东人民出版社，2020年版，第149—150页。

复、不确定，再现的是一种区别于进化论和线性论的历史认知。值得注意的是，关于现代中国的民族历史叙述，国内史学界曾经普遍流行线性的、因果的、进化论的叙述结构，这种结构有“明确的起点”“统一的意识”“可以吸纳或消灭过去”，以此实现民族本身对于“统一和纯洁性的最终诉求”[1]。很显然，《白鹿原》打破了单一、目的论、因果式的述史传统，呈现了大历史进程中的非线性、偶然性内容，敞开了历史内部的复杂性和“难以消灭”的部分。事实上，鹿兆海和白灵这对相爱的革命青年通过抛掷铜圆决定党派选择的行为，可能就是当年历史场景的真实再现。而朱先生的“鏊子”和“烙饼”所隐喻的党派和时局的频仍更迭而历史本质未变的叙述，之所以遭到很多人的质疑，表面上表明了这些人对国共两党历史合法性区别对待的政治坚持，本质上体现了人们对历史进化论、历史目的论合法性的笃信，而对历史在某些时刻呈现出的循环、倒退现象则不愿正视的历史态度。可以说，陈忠实以一种严谨客观的历史精神，深入中国复杂的现代史和革命史内部，呈现出历史深处的多重景观，这些叙事超出了狭隘的阶级或政治立场，突破了单一的进化论史观，并试图为遮蔽的历史张目的叙事意图，这是《白鹿原》体现的小说精神和历史意识，值得肯定。当然，毋庸讳言的是，学界关于陈忠实及其《白鹿原》的批评意见中，有不少真知灼见，理应引起我们的重视。比如，《白鹿原》的“秘史叙事”与“历史叙事”存在失衡情况，小说对白嘉轩和朱先生的过于偏爱和对于田小娥的过于敌视，大量鱼贯而入的现代史实带来了叙事的拥堵并造成“事

[1] [印度] 杜赞奇：《从民族国家拯救历史：民族主义话语与中国现代史研究》，王宪明译，北京：社会科学文献出版社，2003年版，第72页。

件”对人物的压抑，价值视点属于有限度的人道主义立场，小说采取的是族群主义立场而非人类主义立场，这些问题在《白鹿原》中或多或少是存在的，客观正视并理性探讨它们是《白鹿原》经典化和历史化的必然要求。

三、文化乌托邦、复线历史与宗法共同体

《白鹿原》是关于乡土中国前现代文明的一曲挽歌，白鹿村凝聚了传统宗法制文化的核心要义，并在近现代云波诡谲的历史浪潮中承载着时代剧变带来的革命性冲击和现代性转型。白嘉轩作为白鹿原最后一个族长，从刚毅强盛地维护着乡约族规所代表的儒家文化秩序，到历经大时代的沧桑巨变而节节败退到历史舞台的边缘，显示了白鹿村神话的虚幻性；随着代表了儒家文化理想和圣人人格的朱先生的仙逝，以及堕落者白孝文在白鹿原上的粉墨登场与叛逆青年投身于革命洪流，白鹿村所代表的宗法文化显然已经失去了救世与立人的力量，沦为与现代社会格格不入的挽歌式风景。《白鹿原》是关于儒家文化与传统宗法制秩序在现代历史巨浪中分崩离析的悲剧史诗。陈忠实通过《白鹿原》对儒家文化及其宗法制规约进行了一种考古式深描，试图发掘这种文化在现代社会延续和再生的可能性，显然这种复古和寻根之路带来的是一种悲剧性结局。白鹿村的祠堂并没有能够规约白鹿村的所有子民并继而收编所有孝子贤孙并让他们臣服。从白鹿村走出的年轻一代，有的受革命事业的感召，而忘我地投身其中，哪怕牺牲、冤死或隐匿，比如鹿兆海、白灵和鹿兆鹏；有的历经坎坷继而浪子回头，想在白鹿村的仁义伦理下终老余生，却在政治的攻讦中凄然殒命，比如黑娃；有的从仁义村的指定族长堕落为家族败类，几番沉浮而异化为内心狠毒善耍权谋的

下作政客，比如白孝文。白嘉轩的仁义道统，并没能在后代们身上得到绵延和继承，相反，子辈们毫不留情地对白嘉轩的文化古训和精神遗产进行了挥戈一击。小说最后，白孝文构陷黑娃并通过法庭判其死刑时，白嘉轩试图出手拯救。白孝文毫不理会父亲的请求，奚落批评白嘉轩之后，毅然决然地公开处决了黑娃。这次向儿子求情失败的经历，带给白嘉轩强烈的悲愤感，“气血蒙目”的病症便是明证。未能阻止自己的儿子枪杀自己最好的长工的儿子，既是其父亲权威衰落的标志，更是白鹿村仁义精神和乡约伦理破产的表现。

《白鹿原》构思与写作于“寻根文学”方兴未艾之际，创造与“寻根文学”相异的反思路径是陈忠实的自觉诉求。他曾信誓旦旦要在现代社会里寻根，并不认同中国寻根作家到“深山老林蛮荒野人那里”寻根的做派，“我认为，民族文化之根肯定不在那里，应该到生活中人群最稠密的地方去‘寻’民族之根。寻根的方向是对的，但不应该到远离人们当下生活的地方去寻，而应该到正在生活中的广大人群中去找。”[1]区别于在古旧历史时空中寻根的写作路径，陈忠实借助于白鹿原在现代社会半个世纪的历史变迁，呈现现代史视野里的文化寻根之旅。实际上，《白鹿原》的这趟寻根之旅在结局上，和韩少功、王安忆、李杭育的寻根叙事几乎殊途同归，所谓乘兴而去，败兴而归，一个高亢、乌托邦的开头，续上一个悲怆而挽歌式的结尾。对于这种幻灭感，以及关中学派和儒家文化所面临的现代性不适，陈忠实有着清醒的认知。他说：“到20世纪之初及至30年代，辛亥革命和中国共产党领导的革命兴起的时候，关中学派的某些具体理念的局限难以适应新的社会潮流，在牛才子身上也很

[1] 陈忠实：《从生活体验到生命体验》，《南方文坛》2017年第5期。

难回避。他坐馆的书院曾经影响甚远，红火时曾有韩国留学生聘他为师，他都不能适应而告辞，回到书院编起了县志。我努力理解他在这个急骤的社会革命浪潮里的心态，他的超稳定的心理结构面临种种冲击时的痛苦，等等。”[1]可以说，《白鹿原》充满了寻根的幻灭，陈忠实念兹在兹的关中学派以及白嘉轩、朱先生所代表的儒家文化在近现代的历史变革时期面临着深刻的断裂、转型与重生。

《白鹿原》除了描绘村落小历史和文化乌托邦，也呈现了错综复杂的大历史。以白鹿原为圆心的“小村落”和宗法“小共同体”，与以近现代史作为主脉的“大历史”和“大事件”是《白鹿原》叙事的两极。《白鹿原》对近现代史的叙事几乎采取了一种编年史视野，演绎了辛亥革命、北伐战争、土地革命、抗日战争、解放战争这些不同历史布景之下的大事件，尤其是影响白鹿原或是白鹿原子民们参与的各种历史事件。白鹿原上的大事件除了瘟疫、干旱、饥馑、匪祸、战乱这些天灾人祸，还包括农会闹革命的“交农运动”、国共合作与分裂、国民党的清党运动、抗日高潮中的民众参与、革命中的结盟、策反和叛变。这种大历史的清晰面影甚至延伸到 20 世纪六七十年代，比如小说不断用插叙的方式嵌入极左年代红卫兵对白鹿原古迹和朱先生墓穴的探幽和破坏，由此可以看到《白鹿原》的当代视野。杜赞奇在考察史学界叙述 1911—1949 年这段历史时发现，民族历史建构了从远古进化到指向未来和现代性的直线式、目的论的叙述结构，为了纠正这种单一的“线性历史”叙述，杜赞奇提出了“复线历史”的概念。他认为，“过去不仅直线式地向前传递，其意义也会散失在时空之中。复线的概念强调历史叙述结构和语言在

---

[1] 陈忠实：《陈忠实文学回忆录》，广州：广东人民出版社，2020 年版，第 146—147 页。

传递过去的同时，也根据当前的需要来利用散失的历史，以揭示现在是如何决定过去的。”通过激活、恢复单一性历史之外的历史事物，“在超越或反省线性历史的目的论的同时拯救历史。”[1]杜赞奇的这一概念曾经深深影响了中国史学界的历史理念，有助于人们尊重历史的复杂性和多义性。《白鹿原》关于现代中国的讲述显然采用了复线历史结构，在白鹿原的地方村落史演进中穿插了大时代的历史脉络。在这种多声部的复线叙述中，陈忠实放弃了传统因果式和进化论的历史观念，细腻勾勒了历史现场中那些精彩生动的场景，真实敞开了大历史中那些惶惑的时刻，大胆定格了历史现场中那些循环甚至退步的趋向——比如抛铜币决定党派、“鏊子说”和“烙饼说”，释放了被进化论史观、革命史观所摒弃的那些历史场景和意义系统，有效打捞出了那些散失的、被压抑的历史。在进化史观和循环史观之间，陈忠实“实现了两种不同史观的合流，二者在文本中相互恢复、共同抵达，共同弥合历史的裂缝”[2]。不可否认的是，《白鹿原》在呈现复杂、长时段的中国现代史时，由于历史事件并置交叠与密集推进，使小说（尤其是后半部分）的历史叙述呈现出一种“辉煌的纷乱”。这种复线历史在历史事件上的拥堵造成了小说叙事的“事件大于人物”[3]局面，造成了事件铺排与人物塑造、情节推进与性格逻辑之间的断裂。《白鹿原》是对中国农耕文明和地域宗法文化形态的挽歌式写作，白鹿村落的演义史是这部画轴的中心内容，而大时代的纷繁复杂则成为白鹿村的历史背景，农耕文明及其各式

[1] [印度] 杜赞奇：《从民族国家拯救历史：民族主义话语与中国现代史研究》，王宪明等译，北京：社会科学文献出版社，2003 年版，第 3—4 页。

[2] 陈诚：《重读〈白鹿原〉及陈忠实的几个关键词》，《文艺争鸣》2017 年第 11 期。

[3] 郜元宝：《为鲁迅的话下一注脚——〈白鹿原〉重读》，《文学评论》2015 年第 2 期。

文化人格在小说中得到了浓墨重彩的表达，而大历史和 20 世纪上半叶的现代性历程则成为仓促的背景式存在。

值得注意的是，《白鹿原》所创造/再现的“关中宗法共同体”，成为当代文化史和文学史的重要景观。白鹿原的文化形象是建立在陈忠实对三个县的县志和历史的翔实考察基础之上，毫无疑问，陈忠实苦心经营的“白鹿原”“白鹿村”及其宗法文化结构与陕西地域历史之间具有同构性关系。作为一种地方经验的陕西村落文化和关中宗法秩序，经由小说《白鹿原》的勾勒和传播，得到了当代延展和艺术创造。从这个角度看，随着《白鹿原》的经典化，白鹿原作为一个重要文学地理标识越来越成为当代人观察、理解关中村落文化及其宗法秩序的一扇文学窗口，这是陈忠实及其文学经典的功绩。回到陈忠实所塑造的这个“共同体”。这是怎样一种文化结构，具有怎样的历史功能，由其所诞生的文化人格是否具有某些普遍特性，值得我们稍加追问。秦晖在其成名作《田园诗与狂想曲》中以旧中国“关中模式”为研究中心，借助大量调查数据，考察中国社会内部的自然经济、宗法共同体和农民人格之间的复杂关系。他特别关注宗法共同体与共同体成员之间的关系，并把“宗法共同体”的共同特征归纳为前者对后者的“束缚”和“保护”双重功能。农民由于土地、经济关系以及文化信仰而不得不从属于某个宗法共同体，并寻求其保护。“他们想要得到保护，就必须接受束缚，而他们若要摆脱束缚，便不能依恋任何外在的保护，而必须按‘人不靠己，天诛地灭’的人生哲学生活。他们要么成为同时摆脱了束缚和保护的两种意义上的自由人，要么就不能获得任何自由。”[1] 由于个人化的

[1] 秦晖、金雁：《田园诗与狂想曲：关中模式与前近代社会的再认识》，南京：江苏凤凰文艺出版社，2017 年版，第 157 页。

发展常常与宗法秩序不相容，因而，宗法文化常常借助于“天然首长”对共同体成员进行束缚、压迫和奴役。由此我们来看《白鹿原》中的“宗法共同体”：白鹿村的“乡约族规”无疑是这个宗法共同体的具体规则和有形律令，祠堂则是这个共同体的权力施展的具体空间，而“天然首长”则是白鹿村的族长白嘉轩——朱先生可视为白嘉轩管理这个共同体的军师，而鹿三作为白嘉轩的“义仆”，更像一个死心塌地为主子卖命的打手，他们三个人成为白鹿村这个宗法共同体的管理者。白嘉轩作为这个共同体的“首长”，恪守乡约精神和“学为好人”的原则，严于律己，克己奉公。更重要的是，他以乡约族规对宗法共同体内部成员进行严格控制，一旦有越轨者则施以惩戒。对于“闯入者”田小娥，由于其逃婚而与黑娃结合，被视为淫妇和贱女，不仅不承认他们入祠堂，剥夺他们进入这个共同体寻求身份合法性的诉求，在男性们勾引田小娥而东窗事发后，田小娥遭到了刺刷鞭笞的酷刑。即使原属于这个共同体“首长”接班人白孝文，他本来在这个共同体的顶端，由于与小娥有染，而同样遭到了共同体的惩戒，被从家族赶出，求乞在外，并一度差点死去。由此可见，白鹿村这个共同体，当个体顺从共同体的秩序和教条时，个体能够得到“保护”，但大多时候，共同体与个体之间是对立、紧张的，它扼杀个体的诉求，干预并剥夺个体的情感与婚姻选择，惩戒个体超出“乡约族规”的离经叛道之举，取消个体的反抗意志。正因为这种村落共同体借助于奴役、惩戒机制控制并束缚着个体，并将之常态化、秩序化，从而造成白鹿村个体思想和行为选择上的“不自由”。

可以说，《白鹿原》的“宗法共同体”塑造的是静默化、顺从型和被缚型的文化人格。一个值得反思的问题是，《白鹿原》是关于

20 世纪上半叶乡土中国的史诗性书写，在小说塑造出的众多生动而经典的乡村人物群像中，作为乡村主体的农民却是一个“沉默的大多数”。小说塑造了中国农村的乡贤与乡绅代表，比如朱先生、白嘉轩、鹿子霖；乡村官僚人物田福贤、岳维山和乡村医生冷先生；白鹿两个家族的二代们，比如“宗法共同体”的叛逆者鹿兆鹏、鹿兆海、白灵，既是叛逆者也是堕落者的白孝文；融合农民、游民、土匪、乡村管理者多种身份的黑娃；完全作为男权社会和宗法共同体点缀的丧失名字的众多女性……《白鹿原》中纯粹意义上的农民，似乎只有鹿三、白兴儿、贺老大这样少数几个人物。农民是陈忠实的白鹿原世界中的非典型人物类型。

在陈忠实的写作谱系里，农民一直是很重要的写作内容。在 80 年代中期写作《蓝袍先生》《四妹子》之前，农民与农民生活都是陈忠实特别青睐的书写对象。陈忠实曾把自己的创作视为农村题材型创作，声称“我关注的是农民世界的生活运动”[1]，经历过 80 年代中期的写作裂变，在卡彭铁尔进入海地、寻根文学和文化心理结构“三条因素”[2]的刺激之下，80 年代中期之前的乡土写实型叙事遭到了陈忠实的扬弃，他的“农民世界”的叙事结构发生了根本性的变化。“他从原先的从对一个社员或农民、一个农村基层干部、一个农家院落或一个乡村的具体的，然而也是拘泥的追踪式的现场描摹式的切近观照中，脱离出来。”[3]一种统摄性的文化心理结构成为《蓝袍先生》《四妹子》《白鹿原》这些作品塑造农民的基本方法，这种

[1] 陈忠实：《陈忠实创作申诉》，广州：花城出版社，1996 年版，第 165—166 页。

[2] 陈忠实：《陈忠实文学回忆录》，广州：广东人民出版社，2020 年版，第 57 页。

[3] 王金胜：《陈忠实论》，北京：作家出版社，2021 年版，第 229 页。

叙事使陈忠实笔下的农民摆脱了早期农民形象身上那种显见的阶级性和时代性。纯粹的农民从《白鹿原》中整体撤退了，由一个个具体生动的农民构造“农民世界”不再是陈忠实的兴奋点，共享宗法文化和儒家文化的农民成为新的叙事法则。实际上，无论是《白鹿原》宗法共同体最下端的农民，还是乡绅或乡贤，或是白鹿家族年轻一代，我们可以看到儒家规约和宗法文化秩序影响、制约与型塑下的人物群像：时刻以仁义和乡约治理白鹿村的保守刻板、冷硬迂呆的族长白嘉轩；历经坎坷、却没法摆脱宗法文化母体的黑娃；从叛逆男性强权、果敢私奔到依附于各式男性寻求庇佑最终凄然殒命的田小娥；在父亲强大权威下黯然无声如同提线木偶的孝武和孝义；死心塌地一生在东家乞食，为了维护宗法制的纯洁而残忍刺死自己儿媳的“义仆”鹿三。秦晖把宗法文化和小农经济社会比作中世纪普罗旺斯乡间静谧、浪漫而封闭的“田园诗”，而把现代社会比作19世纪以来雄浑蓬勃、意味着自由觉醒的“狂想曲”。他认为，中国现代历史并没有完成从宗法小农的田园诗向现代化的狂想曲的主题转换。而中国现代化进程是要实现农民社会、农民人格的改造过程，“对农民、对农民社会的改造，是将农民从封建式的宗法共同体中解放出来，以自由人格代替依附型人格，摆脱天然首领的约束，同时摆脱其保护。”[1]实际上，不仅是农民，白鹿村作为宗法共同体的首领、执行者，甚至其他阶层，都具有受这种文化力量的主宰和共同体秩序的阉割，《白鹿原》中的个体大多属于依附性或残缺性人

[1] 秦晖、金雁：《田园诗与狂想曲：关中模式与前近代社会的再认识》，南京：江苏凤凰文艺出版社，2017年版。

格。从这个意义上来看，如何处理个体与共同体的关系，如何让个体从一种被束缚、被依附，走向一种现代人格，成为现代化的一种内在诉求。正是在这个层面，《白鹿原》提供了关于乡土中国未经现代化的前现代社会形态和人格图景，乡土中国如何走出白鹿村这样的“宗法共同体”，并警惕白嘉轩这样的文化幽灵在当代借尸还魂，成为我们应该深思的问题。

从“政治人”到“自由人”：王蒙小说中“人”的变迁及其危机

在中国当代作家中，王蒙是一个巨大而复杂的“异数”，从1953年处女作发表至今的近七十年写作历程中，作品体量巨大，风格与技艺多变，似无衰年和颓势的常见渊薮，相反常有老树新花的惊喜。旅法作家刘西鸿说，“作家王蒙是一棵树，在哪儿，那儿就不会有失望的春天。花，逢春必开。”[1]纵观王蒙“杂色”斑斓的小说创作，既是关于当代中国历史历程的忠实记载，也是关于一代人心灵轨迹的生动呈现。在历史证词与自我精神主体回溯两个方面，王蒙的小说体现了昆德拉所说的“思考式的探询”，也即“小说在探寻自我的过程中，不得不从看得见的行动世界中掉过头，去关注看不见的内心生活”[2]。当我们聚焦王蒙小说中的人学话语与人的形象谱系，会发现在革命、政治、历史、文化这些宏大话语之下活跃着的是个体对这些命题的认同与挣扎，在《青春万岁》(1953)、《组织部

[1] 刘西鸿：《王蒙的“普鲁斯特问卷”》，严家炎、温奉桥主编《王蒙研究》(第三辑)，青岛：中国海洋大学出版社，2017年版，第183页。

[2] [捷克] 昆德拉：《小说的艺术》，董强译，上海：上海译文出版社，2004年版，第30—31页。

来了个年轻人》（1956）、《布礼》（1979）、《蝴蝶》（1980）、《活动变人形》（1985）、《季节》四部曲（1992—2000）、《青狐》（2004）、《生死恋》（2019）和《笑的风》（2020）这些重要文本中，清晰地存在着一个关于人的“被缚”与“脱缚”的精神脉络，由郑波、林震、钟亦成、张思远、倪吾诚、钱文、青狐、苏尔葆、傅大成等构成的人物形象也内含着由“政治人”到“自由人”的形象谱系的历史变迁。本文围绕人的类型与危机叙事，主要考察王蒙小说由“政治人”到“自由人”形象谱系的历时性变迁过程，两类文化人格各自的特征，以及个体如何化解精神危机等问题。

一、被缚的“政治人”与自由冲动

王蒙是一个相当高产且风格多变的作家。但在其漫长的写作历程中，“政治情结”是伴随他的一个基础性文化心理。他曾说：“我早早地‘首先’入了党，后来才尝试习作。我无法淡化掉我的社会政治身份、社会政治义务。”[1]对于王蒙来说，他的“干部官员”的身份与“小说家”身份一样显眼，“同时我是干部是官员，推是推不掉的。我当过团区委副书记、大企业团委副书记、生产大队队长、北京作协副秘书长、《人民文学》主编、作协书记处书记、作协常务副主席、文化部长，此后还担任了全国政协文史和学习委员会主任的现职实职。就是说我当过村级、科级、处级、局级、部级的官。再大官，我也是写小说的，再写小说，我也仍然具有相当引人注目

[1] 王蒙：《大块文章》（《王蒙自传》第二部），北京：北京联合出版公司，2017年版，第89页。

的干部身份。”[1]尤其是20世纪80年代至90年代担任中央委员的十年，被王蒙视为此生重要的政治经历、政治资源、理论资源、生活资源与文学资源[2]。

始于“少共”的革命经历，又在共和国的不同时期担任不同政治职务，这些身份和经历对于王蒙的创作心理和文学风貌无疑会产生重要的影响。如果从人物谱系的角度看，王蒙从《青春万岁》至21世纪的“季节”系列中塑造的林震、张思远、钟亦成、钱文等若干“政治人”形象，未尝不是王蒙个体生活史和心灵史的分身。何谓王蒙式的“政治人”？这些“政治人”大致是20世纪40至70年代中国“革命”实践的亲历者或参与者，他们信仰革命，大多遭受了历史的厄运，但又怀着坚定的革命认同和光明追求，自我消化个体磨难，对历史的方向始终抱有乐观情绪。历史学家张灏在其知识分子史研究中指出，近代以来，知识分子面临着新的“危机”，“对许多中国知识分子来说，这种秩序的危机不仅是一种政治危机，它还是更深层的和意义更深远的意识领域中的危机。”[3]这里的所谓意识领域的危机，是指知识分子的心灵秩序、精神或观念世界层面面临的危机。王蒙笔下的“政治人”典型地具有这种心灵与精神层面的危机。可以说，王蒙式的“政治人”作为一种历史现象，是一种单向度、充满非理性和精神危机的人物类型，是20世纪中国现代化

[1] 王蒙：《九命七羊》（《王蒙自传》第三部），北京：北京联合出版公司，2017年版，第86—87页。

[2] 王蒙：《大块文章》（《王蒙自传》第二部），北京：北京联合出版公司，2017年版，第210页。

[3] [美] 张灏：《危机中的中国知识分子寻求秩序与意义》，高力克等译，北京：中国编译出版社，2016年版，导言第8页。

进程中现代知识分子的某种症候式人格体现。他们的危机与困境体现在政治同化与自由冲动，革命伦理与生命伦理，以及个人与集体等范畴的冲突上。

《青春万岁》是19岁的王蒙对一代人革命青春的热情礼赞，也是对个人青春时代心灵史的唯美缅怀。《青春万岁》描绘了郑波、杨蔷云、李春等青年群体清澈明亮的精神风貌和饱满昂扬的理想主义激情。小说活跃着的是新中国初期对革命和建设充满无限热情和理想的小儿女，他们热爱新生的党和她所从事的壮丽事业，这是一群忠诚、单纯、乐观的“少年布尔什维克”。正是从这个青春者的阵营里，走出了后来的林震、张思远、钟亦成、钱文这些知识分子、老干部或革命者。这是王蒙“政治人”形象系列的最初人格雏形，他们像春天里灵动的精灵，曼妙多姿，欢声笑语，隐含着“政治人”的全部人格密码和精神秩序。《青春万岁》是对一代人青春姿态的深情演绎，它是夜莺的初啼，纵情、炽热，而又不免青涩、稚拙。多年后回首这篇处女作时，王蒙对这部作品的不足毫不讳言。他说：“直到几十年后，我当然也看到了青春的缺少经验与务实精神的这一面，看到了青年人认识世界与选择道路上易于产生的简单化、两极化、非理性化的这一面。”[1]写于20世纪末的“季节”系列与《闷与狂》，“增加了一些对于青春的反思。”[2]

如果说《青春万岁》是“群体”的吟唱，书写了革命逻辑、集体声音收编个体青春的浪漫过程，那么，写于同一时期的《组织部

---

[1] 王蒙、池田大作：《赠给未来的人生哲学》，北京：人民出版社，2017年版，第7—8页。

[2] 王蒙、池田大作：《赠给未来的人生哲学》，北京：人民出版社，2017年版，第52页。

来了个年轻人》则通过组织部的新人林震融入集体的“不适”，写出了“政治人”最初的身份危机与精神焦虑。从美学类型上看，《组织部来了个年轻人》与《青春万岁》一脉相承，都是关于青春、理想的美学，王蒙将前者视为“我的诗”和“心语的符码”[1]。不同的是，“组织部的故事”讲述了初涉政治的年轻人遭遇的困惑与危机。林震的不适根源于“小学教师”到“组织部干部”的身份转变，作为一个官场新人，林震的政治身份虽已确立，但他的行为方式和认知视角显然还没有准备好。在面对通华麻袋厂事件以及与刘世吾、韩常新、王清泉各式政治前辈交手时，他秉持的显然是狭义概念上的教师/知识分子身份或是广义概念上的正义视角，这样的身份和视角必然伴随着对消极的机关秩序、官僚人格的质疑与批判。由此，“组织部秩序”与朴素的正义诉求，娜斯嘉式的英雄模板与现实政治的阻遏之间不可避免地陷入了冲突。这样的冲突把林震置入了“自我改造”以接受新体制的规训，还是保持异质性对撞的选择中，这也成为林震面临的精神危机。这场危机的外在形态是林震“疏离”还是“融入”官僚体制，本质上是关于个体伦理价值与集体伦理价值的冲突问题。洪子诚先生将林震的故事视为现代中国的“外来者”和“疏离者”的故事，“坚持‘个人主义’的价值决断的个体，他们对创建理想世界的革命越是热情、忠诚，对现状的观察越是具有某种洞察力，就越是走向他们的命运的悲剧，走向被他们所忠诚的力量所抛弃的结局，并转而对自身价值和意义产生无法确定的困

[1] 王蒙：《半生多事》（《王蒙自传》第一部），广州：花城出版社，2006年版，第141—142页。

惑。”[1]政治新人林震最后“单凭个人的勇气是作不成任何事情”的自悟与敲响区委书记办公室的门“争取领导的指引”，意味着这场危机的最终化解。说是“化解”，未尝不是个人主义向集体主义或一种强大的社会秩序的退却。

王蒙“组织部的故事”和“林震式”人物，并没有后续，70 年代后期王蒙复出文坛后，迅速切换了写作的题材和人物。对于这种转变，他这样说：“不论有多少好心的读者希望我保持‘组织部的青年人’的风格，但是，这是不可能也不必要的。二十年来，我当然早就被迫离开了‘组织部’，也不再是‘青年人’。然而我得到的仍然超过于我失去的，我得到的是大有作为的广阔天地，得到的是经风雨、见世面，得到的是二十年的生聚和教训。故国八千里，风云三十年，我如今的起点在这里……我无时不在想着、忆着、哭着、笑着这八千里和三十年，我的小说的支点正是在这里。”[2]正是从这“八千里”和“三十年”走出了“后林震时代”的钟亦成、张思远、翁式含、曹千里等王蒙 80 年代塑造的典型人格。许纪霖在考察近现代知识分子人格史时指出，政治就像“一团摆脱不了的黑影紧紧纠缠着人”，逼迫着知识分子做出人格的选择。“然而，从整个知识分子群体观察，从‘他主他律’到‘自主自律’的人格转变并未历史性地实现，各种形式的依附性依然严重存在。”[3]王蒙在 80 年代的写

[1] 洪子诚：《“外来者”的故事：原型的延续与变异——重读〈组织部新来的青年人〉》，《海南师范学院学报》1997 年第 3 期。

[2] 王蒙：《王蒙文集．论文学与创作》（下），北京：人民文学出版社，2020 年版，第 148 页。

[3] 许纪霖：《安身立命：大时代中的知识人》，上海：上海人民出版社，2019 年版，第 422 页。

作从意义范畴来说仍然属于政治性写作，这些政治性文本提供了多个充满内在危机的“他律”型政治人。

在《布礼》《蝴蝶》《杂色》《相见时难》这些重要文本中，钟亦成、张思远、曹千里、翁式含的纷纷出场，使王蒙笔下饱经磨难、九死未悔型“政治人”形象得到塑形。这是一个醒目而灿烂的人物形象系列，凝聚了王蒙的生命体验、历史认知和美学趣味。这些“政治人”有着颇为近似的政治信仰和历史观念，即无限忠诚于自己所属的集体，相信理想，感恩苦难，秉持着不可救药的乐观主义去理解历史遭遇。值得注意的是，他们的革命实践中，又隐含着集体与个人、服从与超越、束缚与自由这些价值范畴的剧烈冲突。“政治人”的内在精神秩序是动荡、冲突、惶惑的。《蝴蝶》艺术地呈现了“政治人”在大时代中自我身份的不确定性，张思远在小石头—指导员—张主任—省委副书记—老张头—副部长形成的多重身份之间，倍感自我的飘忽和人生的恍惚。“这样一个弄不清自己的身份的危机不是来自全球化对于民族与个人性的冲击，而是来自历史规定的个人角色的不确定性、起伏性、突变性乃至偶然性。我的主人公张思远，首先是一个献身事业的悲情的革命者，后来是趾高气扬的胜利者，是难以免俗的既得利益者与高高在上的掌权者，后来又成了20世纪七八十年代中的罪人，莫名其妙的‘三反’分子，然后又莫名其妙地官复原职，依然高高在上。”[1]

《蝴蝶》呈现了不能选择和难以确认自我的危机，除此之外，个人与集体的冲突是张思远更为严重的精神危机。张思远把革命事业

[1] 王蒙：《大块文章》（《王蒙自传》第二部），北京：北京联合出版公司，2017年版，第92页。

看得比什么都重要，即使成为“贱民”或“罪犯”，仍不改坚定信念，对于个人和自我小家庭，他是疏忽的——他和海云的第一个孩子的死，是因为孩子发高烧，海云电话向他求助，他却“忙于重要的会议”未能抽身救治；而他自己，“除去全市的工作，他没有个人的兴趣和个人的喜怒哀乐”；他忙碌得没有时间去思考冬冬是不是自己的孩子，甚至没有时间正眼看冬冬一眼。可见，在张思远这些革命者的世界里，个人与自我是分散革命者注意力的负面因素，是革命集体中多余的部分，是需要竭力剜除的单元。对个人主义的不近情理的清算和忽略，给张思远带来了父子血亲伦理的断裂和失去妻子的锥心之痛，个人主义的自我阉割也造成了政治人理性与独立精神的缺失。

可以说，“集体与个人”之间的对立几乎也构成了王蒙政治小说的一种隐秘结构，而他的小说“并未有效地释除个人与集体之间的深刻对立”[1]。“政治人”对个人主义的清理，到了《布礼》中更为直接。老魏、凌雪和钟亦成在人格气质上是同路人，他们把党的事业和个体的忠诚放在崇高的位置上，把个人主义当作走向布尔什维克的阻碍力量，视个人主义和“个人打算”为卑污，“个人主义是多么肮脏，多么可耻，个人主义就像烂疮、像鼻涕，个人主义者就像蟑螂、像蝇蛆……”[2]也许王蒙意识到，放弃个人主义，追求一种绝对的集体主义，毫无疑问是一种虚妄的价值设定，因而，《布礼》中设置了“灰影子”这一角色。“灰影子”对“政治人”的痴诚与“自己束缚自己”的做法进行了尖锐的嘲讽，提醒钟亦成不应放弃个体

[1] 南帆：《革命、浪漫与凡俗》，《文学评论》2002年第2期。

[2] 王蒙：《王蒙精选集》，北京：北京燕山出版社，2015年版，第114页。

价值，不要盲信甚至应该怀疑一切。“灰影子”尽管有某些虚无主义色彩，但代表了一种审慎、驳诘的视角，与政治人构成一种对话和争鸣关系，部分解构了“政治人”价值观的虚妄和非理性的一面。

在王蒙的小说中，常常有一个聚合力强大的“集体”，这样一个“集体”是现实政治集团的对应物，比如《组织部来了个年轻人》中的官僚集团，或是具有时代典型意味的人格群落，比如“季节”系列与《青狐》中的知识人或革命者群落，当然，还有一种不在场却时时主宰着人们精神信仰和思想边界的“观念性集体”，即钟亦成、张思远、翁式含、曹千里心里的“祖国和党”。在这里，集体是一种至高正义，代表着一种时代价值导向，或是社会群体伦理。很显然，个体与这些“集体”并不总是相融或一致，但集体是强大的，个体选择自觉服从，或是经过挣扎、博弈后最终只能归顺到集体的意志中来。在中国传统价值体系中，道德理想主义强调个人道德修养，并以家庭为本位，追求成仁成圣，这种价值体系经过“五四”时期的价值逆反和重塑，形成了新型的知识分子价值观，即“群体的道德理想主义”，“当群体的道德理想主义代替个体和家庭道德理想主义时，‘五四’青年的终极关怀也越来越具有了集体主义性质。”[1]现代开始的这种重群体价值而轻个体价值的传统，一直绵延到20世纪70年代后期。《青春万岁》至“季节”系列之间的“政治人”，基本上都有这种服膺集体的特质。这种特质要么表现为个体融入/初入集体的痛苦与隔阂，比如林震，要么表现为钟亦成、凌雪这样的对于集体的无比忠诚和九死未悔，要么表现为“季节”系列中钱文等人

[1] 金观涛、刘青峰：《开放中的变迁：再论中国社会超稳定结构》，北京：法律出版社，2010年版，第206页。

被集体开除的恐惧和回归后的庆幸。自现代以来的社会进程中，“个人”在民族史视野里的位置一直介乎一种尴尬之中。“在‘大我’存亡的关头，我们几乎完全忽略了‘小我’的重要性。其结果是政治吞没了文化，无论是中国传统中的‘自我’的精神资源或西方的资源都没有人认真去发掘。”[1]民族救亡、不同名目的革命、国家建设、社会变革等不同时期的“政治”在现代以来的历史序列里具有压倒一切的重要性，这种“政治”的巨型战车下，个体主动参与其中或被动裹挟，个体的价值、自由常被忽略，甚至被践踏。王蒙的“政治人”系列形象，呈现了中国特定历史阶段个体被革命、政治、信仰所挟持的悲剧过程，同时也包含了个体在集体压抑之下的自由冲动和脱缚努力。

二、 失位与失名：主体性的危机

在描述1984年这一年时，王蒙用了“难忘”。这一年，他一面带着犯了抑郁症的二儿子王石看病，一面开始构思和写作《活动变人形》。王蒙非常珍视这部长篇在他写作历程中的“转型”意义。这种转型在题材上表现为从“50年代的火红，极左的试炼，荒谬绝伦的‘文革’，欢呼新时期的到来”，转向“童年时代的经验”，《活动变人形》意味着王蒙1978年到1984年“温习梦魇”式的“靠历史大兴奋”的写作告一段落[2]。1984年之前他的写作是高度政治化的

[1] 余英时：《中国思想传统及其现代变迁》，桂林：广西师范大学出版社，2004年版，第36页。

[2] 王蒙：《大块文章》（《王蒙自传》第二部），北京：北京联合出版公司，2017年版，第224—225页。

写作，塑造的人物大多可归为“政治人”序列，《活动变人形》则是关于“政治人”的前史，它将笔触伸向文化传统的内部，探究人的精神生成问题。如果说林震、张思远、曹千里、钟亦成面临着理想、身份、信仰的分裂与认同这些心灵秩序的内部危机，那么，倪吾诚以及随后的青狐则面临着难以确认自我主体性的困境。

倪吾诚是身处乱世，陷入传统与现代两种价值观剧烈冲突的痛苦的灵魂。他留过洋，认同西方文明，并试图在古老的中国大地引入这种文明，在家庭内部积极倡导刷牙、洗澡以及文明语言的新风尚，然而，由于现实生存的艰难和人们思想的守旧，加上他志大才疏，无法处理好家庭关系，他的价值观和新风尚得不到认可，反而成为人们眼中的“异类”和“西洋崽”，连妻子也咒他为全盘西化的“外国六”。倪吾诚处于无法安放自我的尴尬之中，他的自我主体性身份面临着严重的危机——在家庭和社会两个空间都面临着“失位”的境地。金耀基先生在《从传统到现代》一书中，借用“过渡人”一词描述中国在由传统向现代转型期出现的人格类型，“过渡人是站在‘传统—现代的连续体’（traditional—modern continuum）上的人。一方面，他既不生活在传统世界里，也不生活在现代世界里；另一方面，他既生活在传统的世界里，也生活在现代的世界里。由于转型期社会的‘新’与‘旧’的混合物，在这里，新旧两个‘价值系统’同时存在。他一只脚踩在新的价值世界中，另一脚还踩在旧的价值世界里。他不是静态的‘传统者’，他是‘行动中的人’。”[1]确实如此，倪吾诚作为中国现代的一个典型的“过渡人”，面临着自我主体性确认的深刻危机，在社会和家庭双重失位的情境

[1] 金耀基：《从传统到现代》，北京：法律出版社，2017 年版，第 77—78 页。

下，仍然高举理想之火炬。倪吾诚是痛苦的，承载着现代社会转型期新旧价值剧烈冲突带给知识人的苦楚和无所适从。

在《活动变人形》中，倪吾诚、静诊、静宜都是“被缚的人”，他们渴望“逃离”和“脱缚”，却无法获得人的这种自主性和自由。在这些形象中，倪吾诚的痛苦最为深重。作为遗腹子的倪吾诚，从小继承了激进而精神特异的父亲的基因，为了防止倪吾诚重蹈父亲“革命”的弥天罪愆，家族人试图用“一杆烟加一个媳妇”来拴住他的身心，以此瓦解他走向革命的可能性。母亲亲自教导他抽大烟，并落下罗圈腿的病根，表哥给他示范手淫，德高望重的叔叔给他说了媳妇——倪吾诚在人生的起点处便被家庭和传统套上了沉重的枷锁，经受着身体和革命意志的“去势”。所幸17岁去县城洋学堂读书，使倪吾诚终于有机会摆脱陶村的梦魇。然而，成年后的倪吾诚虽然热情、进取，但空有改天换地的豪情，而无经世致用的实才，遍阅西洋文明的开明，却深陷东方文明的禁锢之中。在社会中，他像一个游魂，找不到自己的位置，在家庭内部，他感到隔膜，寂寞，无休止的争吵是生活的常态。他渴望做一个“热烈的活人”，却无法伸展自我，“我的能力，我的智力，我的热情，我的苦干的精神，头悬梁、锥刺股的精神，通通都被压制着，统统都被捆绑着。我的潜力现在发挥出来的连千分之一还不到！就是说，有千分之九百九十九压在五行山下边，绑在仙人绳里头！”[1]倪吾诚的矛盾和被缚，典型代表了20世纪上半期在新旧时代转型和民族危亡之际，现代中国知识分子引入西方欧罗巴文明试图重造中国社会时所遭遇到的彷徨困境和心灵痛苦。倪吾诚的痛苦，不仅来自社会性的“失位”，也来

---

[1] 王蒙：《活动变人形》，北京：中国友谊出版公司，2019年版，第120、280页。

自不能纵情地做一个“热烈的活人”，不能自由地主宰自己的生活。

那么，如何从这种“被缚”中走出来，如何恢复自己的自由意志和人格主体性？倪吾诚首先诉诸“离婚”，离婚受阻后，他选择了“割颈自杀”。他救赎自我的方式是决绝而悲怆的，自杀虽未遂，却在精神层面实现了人的自由和自我主体性的修复，因为通过这种向死而生，“他终于自己成了自己的主人。”[1]卡内蒂在《人的疆域》中说：“自由这个词，表达了一种执念，或许是人类最热烈的执念。人总有逃离的愿望，可是要去的远方未知而没有边界，我们称这种愿望为自由。空间层面的自由是冲出无形边界的愿望……时间层面的自由，是超越死亡的愿望。”[2]

1990 年初冬，王蒙开始构思写一部一个人的“中华人民共和国编年史”[3]，这也即后来的“季节”四部曲和自传三部曲。“季节”系列的《恋爱的季节》《失态的季节》《踌躇的季节》《狂欢的季节》分别发表于 1992 年、1994 年、1997 年和 2000 年。从内容上看，“季节”系列的四部作品与《青春万岁》以及 1978—1984 年政治性书写具有同构性，都以 20 世纪 40—70 年代的大历史和个体史作为书写对象。“季节”系列意在以一种史诗体例为共和国历史作传，但同时，王蒙对于这段历史中的理想主义、乌托邦情结、革命豪情显然多了一份省思和警惕。他说：“那是新中国的童年时代，难免革命的幼稚、‘解放’的幼稚。如果仅仅是幼稚，就与一个儿童的幼稚、

[1] 王蒙：《活动变人形》，北京：中国友谊出版公司，2019 年版，第 312 页，

[2] ［英］埃利亚·卡内蒂：《人的疆域：卡内蒂笔记 1942—1985》，李佳川等译，桂林：广西师范大学出版社，2020 年版，第 3—4 页。

[3] 王蒙：《九命七羊》（《王蒙自传》第三部），北京：北京联合出版公司，2017 年版，第 38 页。

生手的幼稚、突变后的幼稚一样，不应该受到嘲笑。不受嘲笑，但是必须正视，必须及时超越，及时前进，及时摆脱浅薄的牛皮与自说自话，更摆脱孤立与封闭、愚弄与无智无知。”[1] 确实如此，“季节”系列是王蒙在后革命的新时期，对革命时代进行大规模总结和新的反思的写作实践，从人物的谱系来看，“季节”系列展现的仍然是“集体的人”和“政治的人”，但相对于《青春万岁》里的郑春、杨蔷云、李春等革命小儿女，“季节”系列里的钱文、黎原、曲风明等显然更为复杂，更为深沉——单纯、忠诚、热烈之外多了一份冷静、怀疑、驳诘，服从之余多了一份深思。直到“后季节”系列的《青狐》，王蒙在检视80年代人文景观时，仍不忘再次表达对革命乌托邦年代的警惕：

> “而在今天的聚会上，他们都怀念50年代，都相信那是最美最真的理想天堂。那过往的夸张和简单、轻信和煽情，那过往的对于天堂的幻想和自以为是，也许正是通向苦难通向灾异的缘由？不能够太相信梦境，不应该过分相信回忆，由于失却而更加珍贵的回忆、完美无缺如诗如火如梦的回忆也许太廉价了。”[2]

对于革命初期的简单和幼稚，对于革命乌托邦的致幻色彩进行理性清理，以及拒绝对于历史的美化和光明式回忆，是“季节”系

[1] 王蒙：《九命七羊》（《王蒙自传》第三部），北京：北京联合出版公司，2017年版，第122页。

[2] 王蒙：《青狐》，北京：作家出版社，2009年版，第81页。

列与《青狐》非常清晰的意图，由此也构成了王蒙对早期政治叙事和革命激情的某种修正。可以说，“季节”系列在大规模重新进入革命历史时，部分修复了原有革命叙事的人格气质、情感基调和价值判断上的单一和狂热。“季节”系列勾勒了革命年代的理想、青春、爱情与政治，王蒙显然缺少了重构那个年代的崇高感和悲壮感的激情，相反，重述历史的荒谬与人的失措成为显在的叙事重心。“在‘季节’系列中，无论是‘恋爱’‘失态’还是‘踌躇’‘狂欢’，都可以看作是个体命运和社会历史的非常态和暂时形式，是历史的‘不平衡’时期的‘闹剧’。”[1]在“季节小说”里，20 世纪 50 年代至七八十年代的历史背景下，在周碧云、舒亦冰、钱文、萧连甲、黎原、苗二进等人与大历史的纠缠中，崇高的理想与庸常的日常悖谬交融，扭曲的人性与失态的丑行相互倾轧，我们看到的人的图景是破碎的、创伤的，革命与政治不再是不可质疑的正义，革命的肆虐和政治的潮流撕裂了人性，粉碎了人的主体性，使人呈现出生命失措，精神失态的悲剧状态。

写于 2000—2003 年的《青狐》被视为王蒙的“后季节”作品，它以钱文的视角聚焦 20 世纪 80 年代初期的政治生态和文人生态，以女作家倩姑的悲喜人生作为主线，并串联起其他人物群像。人在历史夹缝中的荒诞生存和危机性精神处境，是这部小说的叙述重心。《青狐》的这种写作指归，王蒙曾这样夫子自道：“真正解放了自由了青云直上了以后，人们会是什么样子呢？尤其是长期以来没有那么解放那么自由的人，那些饿极了渴极了穷疯了憋疯了的人，又是生活在一个没有什么法制观念的地方，生活在一个权比法大，政策

---

[1] 温奉桥：《王蒙文艺思想论稿》，济南：齐鲁书社，2012 年版，第 149 页。

比法大，情面比法大，什么都比法大的地方，他们吃上大饼了喝上可口可乐了……还不烧出瘟疫来！”[1]可见，《青狐》是在王蒙“革命—政治”叙事主线上，将历史背景延展到新时期的新现实之中，探讨当代人如何面对自由，如何修复人的历史主体性的写作尝试。

渴望做一个“热烈的活人”，是《活动变人形》中倪吾诚的生存理想，这种理想终其一生并未达成，《青狐》继续探讨和建构这种理想的人格，王蒙颇为欣喜地将青狐这个神奇的女子称为“真正的活人”[2]。青狐是小说中最为夺目的一个形象，她有写作的才情，因为小说《阿珍》的发表而崭露头角，并在文艺界声名鹊起，并逐渐成为享誉海内外的名人。但另一方面，青狐又是不幸的——她出身贫寒，长相怪异，从小被人歧视，爱情和婚姻非常不幸：初恋的哲学家，在运动中自杀，与大学辅导员的性关系公开后，辅导员被判刑，自己被开除，后嫁给丧妻的小领导和主动追求她的小牛，两个丈夫先后因急性病和车祸死亡，至此，青狐成了“白虎星”“克夫”魔女。不幸的婚恋经历，让青狐背负了很多骂名和世俗的敌视，也让她对于性、爱和婚恋产生了耻感和排拒。事业上的崛起部分消弭了青狐的这种自卑和消极情感状态，使她恢复了爱的渴望。对于异性的爱和蠢蠢欲动的欲望，青狐一方面将它们转移到自己的写作中，另一方面，积极主动地去表达，英俊儒雅、巨笔如椽的杨巨艇和思想深邃的王模楷先后成为她心仪的对象，她主动去迎合和争取，最后却无疾而终。

青狐的不幸和悲剧除了表现为婚恋上的受挫和性爱上的压抑，

---

[1] 王蒙：《青狐》，北京：作家出版社，2009年版，第218页。

[2] 王蒙：《王蒙新世纪讲稿》，上海：上海文艺出版社，2005年版，第380页。

还更为深刻地体现为不能确认自我的“无名感”。纵观青狐从籍籍无名到闻名遐迩，她几度被污名，改名或失去名字：青狐自小由于长相奇异，而被称为“小杂毛儿”“黄毛丫头”，她是“小领导”丈夫眼里的“烂货”，恋爱风波和“克死”两任丈夫后，她成了“丧门星”“白虎星”“扫把星”。通过小说《阿珍》的发表，她成为人们口中的“天才”“著名作家”。这样一个多名、污名和走向盛名的过程，相应对应着“卢倩姑—青姑—青狐”这样一个演变过程。“如果说在《活动变人形》中，王蒙以痛苦却清醒的笔调实现了主体性的反思，那么在《青狐》中，他则以隐喻和戏谑的笔发出了主体的焦虑与无名的叹息。”[1]青狐起伏的人生命运与象征自我身份的易名和污名过程，显示了个体在现代社会难以确认自我的漂泊感和危机经验。

主体的这种焦虑和危机，不仅表现为主人公青狐性的受挫和无名的惶惑，在《青狐》的其他人物身上也有生动的体现。比如，眉清目秀的江南才子米其南，曾是深受女性喜爱的美男子，因为亲了一个女生的额头，而以涉嫌强暴被送去“劳改”。在新的语境下获得自由后，米其南觉得二十多年的“右派”生涯太亏了，加上“自宫事件”的刺激，他一心想要补偿自我，从而放纵情欲，追求感官刺激。性的解放和性的放纵，成为米其南当代生活的“活法”，成为他修复历史旧我、确认自我的独特方式。无疑，对于走过历史苦难的米其南而言，性的“解缚”成为他对抗历史和找寻自我的一种重要方式，自我主体在性的欢愉上能够得到伸张。另一方面，米其南的放纵式性解放，事实上也走向了一种过犹不及的极端。《青狐》中的

---

[1] 姜尚：《当代文学史视域下的主体性探索》，严家炎、温奉桥主编《王蒙研究》（第五辑），青岛：中国海洋大学出版社，2019 年版，第 169 页。

另一个人物杨巨艇，也是高度典型的历史人物。杨巨艇在小说中是一个器宇轩昂、英俊帅气的知识分子，他擅长表达，是典型的理论大师和语言巨人，分析现实与理论问题时，头头是道，汪洋恣肆，然而，理论和语言上的这种巨人对应的是他在现实中的“软弱和无助”和他在性上的无能。杨巨艇语言的夸饰和身体的去势构成一种反讽，构成一种负面的“美学对称”，生动地再现了特殊年代知识分子人格扭曲和畸变，“隐喻地反映了专制主义政治文化对中国当代知识分子在思想和心灵上形成的严重扭曲、摧残”[1]。

三、“自由的人”及其困境

《生死恋》(2019) 和《笑的风》(2020) 在王蒙的写作中是种异数，又意味着一种新的人物类型与价值关怀。说是异数，是因为从人格类型来说，苏尔葆、傅大成这些形象溢出了王蒙“政治人”的经典序列，他们具有了区别于林震、钟亦成、倪吾诚和倩姑的独特秉性，即对自由的执倔渴望和为了自由决绝行动的能力。正是“自由人”这种人格类型的出现，开辟了王蒙人学话语的新叙事和新的价值向度。

纵观王蒙的写作历程，在林震、郑波、张思远、钟亦成、翁式含、倪吾诚、钱文、青狐等人形成的形象谱系系列上，钟亦成、张思远属于典型的“政治人”，林震是由知识分子向政治人积极转变过程中的人，倪吾诚则是中西文化夹缝中的“过渡人”，是一个遭遇着

[1] 温奉桥：《王蒙文艺思想论稿》，济南：齐鲁书社，2012 年版，第 154 页。

自我主体性危机，精神极其痛苦的“游世之魂”[1]。王蒙让笔下的林震、钟亦成、倪吾诚们从革命土壤和文化传统里一路走来，突破政治秩序的束缚，走出种种心灵危机，赋予他们向往自由和个体心灵飞翔的冲动，一直到商品时代的青狐，才算看到了个体可以伸张自我，成为“自由人”的曙光。但青狐似乎是经济时代的一个消费符号，它可以预示着某种成功，代表着某种文化资本与神话，但在这个粗鄙的时代，青狐仍然是一个没法真正舒张自我的悲剧人物，她最后焚毁自己的所有书稿，即包含了这种生的痛楚和绝望的诉说。那么，人还可以再自由一点，自我的主体性是否可以不受拘囿发展得更充分一点？近作《生死恋》和《笑的风》即是在探讨这些问题。在这两部作品里，王蒙围绕人的自由问题，通过苏尔葆和傅大成的婚姻变故，探讨人的选择和限制，自由与伦理，以及男性挣脱传统婚配获得婚姻自由后的真实状态，以此思考自由的边界和限度。

在以赛亚·伯林看来，自由意味着“可能的选择”与“活动不被阻碍”，是指免于枷锁、免于囚禁、免于被人奴役，也即，“我希望成为我自己的疆域的主人。”[2]在《生死恋》中，苏尔葆的生活是近乎完美的，热情、能干的立红给他安排了生活里的一切，他处于一种强势女性保护的幸福之中。然而，在这种家庭与婚姻关系里，苏尔葆的意志是静态的，选择是被动的，“选择的自由”在苏尔葆的生活里一直是缺席的。如果说束缚倪吾诚并使他感到痛苦不堪的是妻子、岳母和大姨子三人组成的剽悍女性联盟，她们连连向倪吾诚

[1] 许纪霖：《安身立命：大时代中的知识人》，上海：上海人民出版社，2019年版，第420页。

[2] ［英］以赛亚·伯林：《自由论》，胡传胜译，南京：译林出版社，2013年版，第183—184页。

发难，对他的放浪和不负责任穷追不舍，那么，苏尔葆的痛苦则来自于处处被保护、被安排好的被动和选择丧失之中。正如美国作家维克多·弗兰克尔所说，选择的自由是“人类的终极自由”，在外界刺激和自我回应之间，他有“自主选择如何应对不同处境的自由”[1]。因而，苏尔葆固执而决绝地抛弃贤惠的立红和圆满的家庭，呼应了年轻的月儿的召唤，实际上是他对“自主选择”的渴望，苏尔葆向顿开茅的哭诉中反复提及的“我没有选择过，我没有追求过”，“我这一生只知道接受，只知道听喝。”[2]是理解苏尔葆的秘钥。傅大成为了心中“笑的风”，而放弃与白甜美的美满婚姻，也是出于男性自主选择的冲动。于是，在《生死恋》和《笑的风》中，男性为了“选择的自由”，先是离婚，继而出走，在精神和空间的意义上都实现了个体的自由。

那么，在打破各种限制和枷锁，获得主体性和选择的自由后，这种自由通往何方，“脱缚”的个体是否会遭遇新的困顿，个体是否会为决绝赢取自由的行为付出新的代价，这些问题在王蒙这两部作品里得到了深刻的书写。这两篇小说都探讨了“自由的代价”，尤其聚焦了“绝对自由”与“绝对的孤独”的共生性关系。在《生死恋》中，顿开茅利用访学之机探望在国外艰难打工的苏尔葆时，在贫瘠和孤独中苦苦挣扎的苏尔葆向大哥诉苦道：“自由的代价就是孤独，自由是人类与精神的真正考验，真正的自由与孤独是不能接受婚姻与家庭的。”[3]苏尔葆为了选择的自由，为了主动拥有爱的自由，放

[1] [美] 维克多·弗兰克尔：《活出生命的意义》，吕娜译，北京：华夏出版社，2018年版，前言第4页。

[2] 王蒙：《生死恋》，桂林：广西师范大学出版社，2019年版，第98页。

[3] 王蒙：《生死恋》，桂林：广西师范大学出版社，2019年版，第69页。

弃了与立红看似完美的家庭，净身出户后，试图与令他魂牵梦萦的月儿结合，由于晚来一步，月儿已经结婚怀孕，痛苦中的苏尔葆终于跌进了孤独的深渊。孤独到极致便是死亡的边缘与深渊。苏尔葆用自己的皮带结束了自己的生命，而死前，他试图与这个世界沟通，世界的大门却一扇扇关闭起来：

> “那个北京时间周五的夜晚（自杀的时间），尔葆给立红电话，得到的是晨五时立红的内心抗议与实际拒接。给凯文电话，凯文按下了两小时内拒接的功能键。给苏瓒电话，苏瓒说：‘爸爸您先让我睡觉好不好，待会儿我还要去上滑翔机培训班……’她想着的是鸟儿般的飞翔，在高山与大海间。没等她爸爸再说话就把电话按死了。”[1]

苏尔葆死于追求自由的路上，从婚姻里跌跌绊绊走出来后，还没有迎来与心爱的人的结合，便走入了孤独之中，在无边的寂寞和孤独中，他试图与大哥联系，试图与远在大洋彼岸的妻子儿女沟通，都未能达成。失去爱、失去家、失去关怀的苏尔葆，最终为自由付出了惨重的代价：绝对的孤独和凄凉的死亡。在《笑的风》中，自由的代价问题仍然是小说的叙述重点。冲破重重阻力而结合到一起的傅大成与杜小娟，非常珍惜来之不易的“中年新婚”，但同时他们也意识到自由背后的“代价”问题：“绝对的自由的代价往往是绝对的孤独，哪怕你的身旁多了一个人，你也会不愿意承担对他或她的关照与妥协。而孤独的结果很可能是空虚，虚无，最绝对的自由其

[1] 王蒙：《生死恋》，桂林：广西师范大学出版社，2019 年版，第 123—124 页。

实说不定是自杀的自由。”[1]这番对话既是在重申绝对自由可能会导向的后果：孤独、虚无和死亡，也是在预示傅大成为了这种“自由”可能会付出的种种代价。十年的马拉松式恋爱，二十年的日常耳鬓厮磨，傅大成与杜小娟的灵魂之爱，终于难敌灰色和琐碎的到来，陷入了“耗散效应”的窠臼——爱会随着时间巩固与充盈，时间也会使爱一点点耗散与衰减[2]，轰轰烈烈的傅杜恋最后以两人的友好分手而收尾。

某种程度上，《生死恋》和《笑的风》是对“五四”启蒙神话和“娜拉出走”母题的当代演绎。在新文化运动和“五四”风潮之下，个性解放和人的自由成为20世纪初时代的铿锵主题，在历史急遽转型期，“五四”青年一代对个性解放的理解不无狭隘，在很多人看来，个性解放即是婚姻的自主或是性的解放。那么，这种启蒙“神话”会把青年带向何方，即青年一代真的争取到了婚姻的自主和性的解放，他们会幸福吗？鲁迅在《伤逝》中通过子君和涓生的悲剧结合，张爱玲在《五四遗事》中通过罗、范氏等几个青年的出走叙事，都给出了否定性的答案。及至近一个世纪之后的《生死恋》和《笑的风》，王蒙接续了对这个问题的思考——“不自由”的苏尔葆和傅大成为了追寻自由，挣脱包办婚配或旧有婚姻，从家庭决绝“出走”去追寻理想的爱情和自主的婚姻。那么，离婚与出走，能够解决新的历史时期“男娜拉”们的情感危机和生存困境吗？在两部新作中，王蒙显然并没有简单给出乐观的答案，相反，“出走”后的苏尔葆最后孤独自杀，傅大成杜小娟神仙眷侣二十年之后也以分手

---

[1] 王蒙：《笑的风》，北京：作家出版社，2020年版，第179—180页。

[2] 王蒙：《笑的风》，北京：作家出版社，2020年版，第207—208页。

告终。王蒙试图告诉我们的是，离婚是现代社会解决夫妻关系的一种文明手段，出走也只是人们解决婚姻危机的一种姿态，它们并不承诺幸福，并不能从根本上解决当代人的情感与生存问题。

从王蒙的家族记忆来看，父母不幸的婚姻和离婚的悲剧是他心头挥之不去的阴影。由于王蒙的父亲王锦第与其妻在思想观念和生活方式上的差异，也由于王锦第缺少家庭责任感、眼高手低等毛病，致使夫妻婚姻一直很紧张。这种紧张并没有随着时间流逝而缓解。直到20世纪50年代中期，王蒙在机关工作和文学创作都进行得顺风顺水时，不得不亲手经办了父母的离婚事件。“我一度认为父与母的生活也将揭开崭新的一页。而等我从中央团校毕业后，父亲又把他的离婚的问题提到我的面前。从理论上我认定，父亲与母亲离婚有可能为他们创造新可能，离婚有可能成为一种文明，我来操办，父亲和母亲离了婚。然后父亲匆匆结了婚，不久又闹了起来，其火爆程度不亚于过去。”[1]面对婚姻危机，男性选择离婚和出走，再陷入新的危机——这几乎成了倪吾诚（《活动变人形》）、苏尔葆（《生死恋》）和傅大成（《笑的风》）共同的生活轨迹，也意味着一种共同的悲剧宿命。这种略带悲观的叙事模式，与王蒙的家族记忆多少有些关联。

《生死恋》和《笑的风》的写作时间比较接近，大致在2019—2020年之间，此时的王蒙已是耄耋之年的老者，经历了太多命运的沉浮起伏与人间是非爱恨，书写了太多关于人与政治、历史、文化纠缠的文学后。那么多的人物中，为政治而活，为集体与崇高的理想、信仰而活，为传统而累，为旧式婚姻而累，为世俗而累，即使

[1] 王蒙：《王蒙八十自述》，北京：人民出版社，2017年版，第22页。

到了 20 世纪八九十年代剽悍的青狐这儿，在这个群魔乱舞的欲望化时代，她可以靠着写作才情声名鹊起，而她迷狂的情思与奔腾的欲望却无处安放。到了《生死恋》《笑的风》中，王蒙把爱的自由，选择的自由给了苏尔葆和傅大成。他们两个人同宗同源，都是“自由之子”，都渴望最大程度实现自己的自由意志。苏尔葆用这份“选择的自由”把自己从杀伐决断、事事安排周全的立红那儿解放了出来，他还没有来得及拥抱新的婚姻和新的爱人，便孤独地死去。傅大成不仅挣脱了原本幸福的婚姻和贤惠的妻子，还与新爱缔结良缘，但携手经年后，爱与婚姻仍然走向了解体。可以说，《生死恋》和《笑的风》是王蒙写作里真正为自由张目，彻底把自由还给个体的文学叙事，两部作品都聚焦“自由的人”的行动和情感，探讨自由与代价的关系，以引起我们去思考自由的边界、自由的困境这些值得深思的问题。

结语　王蒙写作的新韵或变法

王蒙的小说始于“政治人”的塑造和对革命伦理的伸张，这种写作选择缘于独特的少共身份以及在政治实践中形成的强烈革命认同，但“政治人”的文化心理、行为逻辑显然是一种不无缺陷的体系，王蒙显然意识到革命者身上的这些值得纠偏的问题，故而在“政治人”的身边设立了“辩驳者”形象或“审父”意象，比如“灰影子”（《布礼》），比如冬冬与张思远（《蝴蝶》），钱远行与钱文（《青狐》），通过对“政治人”的辩驳以及“审父”行动，质疑或辨析了革命逻辑与政治伦理的某种片面与虚妄。90 年代开始的“季节”系列，是王蒙对自己的革命叙事以及“政治人”的更为自觉的反思，这种史诗式的“清算”有“告别革命”的意味，呈现了革命时代的理想、单纯与狂热，以及历史、政治、革命、集体与自我的深度纠缠，同时也为个体走出历史重负和精神创伤提供了某种可能。在“季节”叙述之后，王蒙的关注重心很明显转向了“后革命”时代人的世俗生活和精神主体性问题。

如果说“政治人”体现了王蒙作为历史亲历者对“革命年代”的政治乌托邦理想及其实践的反思，那么，“自由人”叙事则是试图释放被集体正义漠视、被革命和政治压抑着的个体自由，以此重构人的主体性。从政治走向自由，从群体走向个人，这成为王蒙人学话语的一个内在轨迹。近代以来，自由何往，是个颇有争议的命题。对于中国知识精英来说，“作为意志之展现的自由，究竟是走向个体还是群体？应该保障个人意志的延伸还是集体意志的伸张？他们是感到惶惑焦虑的。”[1]王蒙小说由“政治人”到“自由人”的历史变化，呈现了自由在群与己、政治与世俗间的当代流变。王蒙笔下的人，无论是风云人物的张思远还是初涉政坛的林震，也无论是“游世之魂”的倪吾诚还是“真正的活人”的青狐，或者是为自由而冲出婚姻围城的苏尔葆，似乎都是分裂的人，有悲剧色彩的人。王蒙曾将他笔下的这些人称为“不平衡的人”，即“人的脑袋和他的身躯和他的脚的不平衡现象”，由此带来人的悲剧和痛苦，失败和洋相，“也可以把这看成一个中国在总体实现现代化中人的性格、遭遇的悲喜剧，这也是代价，是现代化的代价。”[2]总体来看，王蒙的人学话

---

[1] 许纪霖编《现代中国思想史论》（下卷），上海：上海人民出版社，2014 年版，第 722 页。

[2] 王蒙：《王蒙新世纪讲稿》，上海：上海文艺出版社，2005 年版，第 380 页。

语是丰富而深刻的，他的“政治人”与“自由人”系列包含了巨大的历史内涵，两个系列之间的转变既是写作由革命到后革命的自然延伸，也可以视为王蒙文学精神和美学上的某种“衰年变法”，这些问题值得细细辨析。

“无用的善”与“盈余的恶”：新世纪长篇小说中的善恶伦理

在近年的中国当代长篇小说中，有两类人物形象值得关注——“无用的好人”和“横行的恶棍”，前者是指那些私德贤良，本分善良之人，但这并没有给他们带来好的生活，也未让他们免于苦难。这些“无用的好人”，似乎永远挣扎在困境、辛劳和痛苦之中，比如宋梅用（任晓雯《好人宋没用》）、聂致远（阎真《活着之上》）、汪长尺（东西《篡改的命》）、涂自强（方方《涂自强的个人悲伤》）、应物兄（李洱《应物兄》）、谭青（郑小驴《西洲曲》）、余招福（黄孝阳《人间值得》）等；后者是指那些道德上有瑕疵，行为上不端的“坏人”，他们或是地地道道的恶棍，唯利是图，无恶不作，或是外表体面，暗地里不择手段，巧妙驾驭各种规则，无视他人利益，践踏公平正义的一类人，他们劣迹斑斑，却一路飞黄腾达。这类形象有张三（《人间值得》）、蒙天舒（《活着之上》）、陈先汉（北村《安慰书》）等。在这些小说中，好人的善成为一种“无用的善”，而坏人“盈余的恶”，却成为推动个体前进的有效力量。传统的“善有善报，恶有恶报”的文化逻辑在这些小说中是失效的，好人未必有好运，恶行与恶德在某些时候却成了恶人们的通行证。

自古以来，中外对善与恶的界说莫衷一是，人性常常是一个矛盾体或复合体，“即人兼有肉体与灵魂、天使与野兽两个方面，人属于彼此对立的两个世界。”[1]在近些年的长篇小说中，善与恶作为一对被作家反复生动演绎的审美化对象，既体现了一种普遍的小说美学，也包含了广阔的时代现实和不容忽视的道德困境。正是基于善恶叙事与美学、道德、文化方面的多重连接，本文意在通过“好人”和“恶棍”这对形象考察善恶的处境与意义：“好人”遭遇了怎样的困境，“脆弱的善”为何不能拯救他们？恶的典型叙事形态有哪些，“迷人的恶”与反英雄式小说美学的逻辑是什么？“无用的善”和“盈余的恶”的现实起源是什么？如何建构文学叙事的抗恶伦理？

一、“脆弱的善”与“好穷人”的武器

好人，在文学叙事中常常是一种具有道德修辞功能的人物指称，一般指具有善良、诚实、纯朴、大度等美好私德的人。在近年的中国当代长篇小说中，有一类“好人”形象值得关注，他们都有善的私德，较少或基本不为恶，常常代表着正义与美好的道德人格。然而，这些“好人”空有好的品格和种种善行，却没有得到良好的生活，往往在现实的困境中苦苦挣扎，甚至凄然殒命。“好人”的困顿向我们昭示了一个尖锐的命题：善，是一种脆弱的力量，并不必然给好人带来好的生活。

美国哲学家玛莎·纳斯鲍姆的名著《善的脆弱性》旨在探讨这样一个伦理问题：人类的善是否强大到可以抵御任何危险，即“做

[1] [美] 埃里希·弗洛姆：《人心：善恶天性》，向恩译，世界图文出版有限公司，2018年版，第142页。

个好人”和“过一种繁盛的人类生活”之间是否存在差距。苏格拉底曾有“好人不可能被伤害”[1]的名言。那么，美德能够保障人们的美好生活吗？善可以让人免除痛苦吗？纳斯鲍姆结合古希腊悲剧作品，对苏格拉底和康德的命题进行了批判性思考。在她看来，人类的善是脆弱的——这种善具有“脆弱性之美”，加上实现好的生活受到“运气”（指无法通过主动性加以控制的偶然事件、厄运或境况）的影响，人类的善并不必然带来“完整的好生活”[2]。

那么，在汪长尺、涂自强、聂致远、宋梅用、余招福这些人物形象身上，遭遇了怎样的困境，而脆弱的善为何不能使他们获救？先看《活着之上》中的聂致远。善与诚并没有帮他换回美好的生活。如果说老同学蒙天舒是一个通晓职场规则并不断为自己牟利的“社会人”，那么他几乎就是在现实世界里迂腐执守着高蹈精神和纯洁理想的“老夫子”。生活的拮据和个人发展的滞后，加上蒙天舒巧妙利用各种规则谋取功名的刺激，聂致远逐渐违背自己的初衷而加入了对世俗利益的角逐。聂致远的选择困境，并不是某种致命的道德困境或是在极端情境下的二难选择，而是如何在高韬的精神坚守和好的现实生活之间进行妥协的问题。二者事实上难以兼容，坚持前者必然会失去“好生活”的种种机遇，而追求后者又难免与精神坚守发生冲突。面对类似的冲突，萨特曾指出，最好的出路是彻底放弃

[1] ［美］玛莎·C. 纳斯鲍姆：《脆弱的善：古希腊悲剧与哲学中的运气与伦理》，徐向东等译，南京：译林出版社，2018 年版，《修改版序言》第 2 页。

[2] ［美］玛莎·C. 纳斯鲍姆：《脆弱的善：古希腊悲剧与哲学中的运气与伦理》，徐向东等译，南京：译林出版社，2018 年版，《修改版序言》第 3 页。

各种原则，自由、清醒并且无悔地做出自己选择[1]。事实上，聂致远开始时确实听从自己的内心原则行事，并常常用曹雪芹、司马迁和苏东坡这些代表高洁精神的文化偶像给自己提供力量。但妻子的唠叨、自己对寒酸家庭的愧疚让善的信念逐渐动摇，好生活的诱惑更改变了他对理想人格的笃定坚守。不过，他的选择尚不是非此即彼、不可调和的冲突，他所要做的只是对原有精神原则的部分放弃，用以容纳世俗原则。但对于一个理想主义者来说，这不啻是一种道德拷问。纳斯鲍姆就认为："一个有德的行动者还会感受到并表现出一个具有好品格的人深陷这种处境时应该感受到的情感。他不会认为做出决定是足以沾沾自喜的事情，或者非要对即将付诸实践的行为满怀热情。他会真实地感觉到，而且在他情绪行为中表现出，这将是一种根本上背离他自己和他品格的行为。"[2]

如果说《活着之上》是关于聂致远如何在精神志向与世俗生存之间寻求平衡的话，《篡改的命》则讲述了一个好人如何自我救赎的悲情故事。作家东西在小说中为汪家设置了"到城里去"的价值取向——能否进城读书，不仅意味着汪长尺个人的成败，更是关乎光宗耀祖的家族大事。汪家人为了过上"好的生活"，执着于打破城乡壁垒，上演了一幕轰轰烈烈又无比悲凄的乡下人进城的悲剧。汪长尺的进城之路是一个农村善良青年的受苦之路，黄葵、林家柏这些恶霸不断欺凌他，城市的资本逻辑和冰冷秩序在改造着他，他的健康、身体和尊严不断被剥蚀。可以说，汪长尺经历了一个社会所能

[1] ［美］玛莎·C. 纳斯鲍姆：《脆弱的善：古希腊悲剧与哲学中的运气与伦理》，徐向东等译，南京：译林出版社，2018年版，第42页。

[2] ［美］玛莎·C. 纳斯鲍姆：《脆弱的善：古希腊悲剧与哲学中的运气与伦理》，徐向东等译，南京：译林出版社，2018年版，第61页。

给予个体的最残酷的碾压，直至最后的毁灭。高考、砌墙、油漆工、卖肾、摆地摊、代人受罪坐牢以及父亲乞讨、妻子卖身等生存手段相继失效，他发现“自己就像那只被拍死在手臂上的蚂蚁，到处有路到处行不通”[1]，最终只能用“篡改命运”和毁灭自我换取汪家人进城的可能。小说呈现出底层面对贫困与传统文化挤压时“自救”的一种方式，即通过篡改下一代的家庭，让后代生活在一个富裕的家庭。汪长尺把孩子送给仇人林家柏，看上去，是从根子上更改了汪家几代人的农村门庭，实现成为城里人的愿望，但把孩子送进一个城里的富裕之家，孩子的未来一定可期吗？汪家的进城之梦实现了吗？答案当然是否定的。但汪长尺没法对这种极端化的选择进行理性思考。生存的贫穷和对城市的执念，使他选择了一条改变命运的“捷径”。这并不能真正使汪家人摆脱原先的困苦，它只是看似正确的认知幻觉，只是“汪长尺们”善良而天真的自救之道而已。好人汪长尺的勤奋、善良和不懈的努力终究没能将他从困境解救出来，“篡改命运”成为他拯救自我的悲怆方式。

纳斯鲍姆在探讨影响“好的生活”诸多因素时，指出各种必要的“资源”（朋友、子女、长相、财富和权力）在不同情境下都可能成为实现个人福祉的工具手段，“在一些情形中，我们可以设想的是，工具手段或目标的缺失完全阻止卓越的活动。终生受到奴役，严重的慢性病，极度贫困，一个人挚爱的所有人都死亡，任何这样的灾难都有可能使得一个人无法开展卓越的活动。”[2]这段描述用在

[1] 东西：《篡改的命》，上海：上海文艺出版社，2015 年版，第 56 页。

[2] ［美］玛莎·C. 纳斯鲍姆：《脆弱的善：古希腊悲剧与哲学中的运气与伦理》，徐向东等译，南京：译林出版社，2018 年版，第 510 页。

任晓雯笔下的宋梅用身上极为合适。宋梅用的一生是凄苦的，大多数时候都在苦难和贫困中挣扎。在乱世和流离失所中活下来，有容身之所，有果腹之物，一家人不被瘟疫和动荡夺去性命，几乎是她最大的“需要”了。宋梅用无用、动荡、凄苦的一生除了与其底层的身份有关外，与其非理性的心理状态也有很大关系。阻隔宋梅用获取幸福的因素，一是家庭的不幸与时代动荡带来的频繁灾祸，二是文盲和苏北人的文化自卑。宋梅用真实地代表了历史长河中太多类似境况里沉默的个体。善良、隐忍、挣扎着生存，痛苦地忍受着各种磨难与困厄，他们在大多数时间里都没能过上幸福的生活，却在各种厄运里，仍能维系着善良而美好的品格。然而遗憾的是，这种好的品格是如此脆弱，不足以抵挡大的时代风云和各种“运气”的侵袭，无法给他们带来稳定的生活。

除了这些人物，《好人宋没用》中的倪路得，《应物兄》中的应物兄，《人间值得》中的余招福，《西洲曲》中的谭青，《涂自强的个人悲伤》中的涂自强都有类似的“好人”品质和“无用”的生存状态。由此，这些人物实际上构成了21世纪中国长篇小说的“好人”形象谱系，他们出生或生活的空间不同——来自城市或乡村，身份或职业不同——有农村妇人，有大学教授，有底层打工者，有大学生；知识背景或文化传统不同——有文盲，有高级知识分子，有虔诚的基督徒。他们都有好的私德和对美好人格的坚守，但可悲的是，其美好品性不能带来好的生活，他们的善是脆弱的力量，无法帮他们抵御生存的危险、带来现实的丰盈。

美国学者詹姆斯·斯科特曾以田野调查的方式对东南亚农村社会进行过细致研究，对作为治理对象和怜悯对象的农民阶级的反抗问题的分析颇有见地。他指出，在底层社会存在着一个“好穷人”

的阶级形象。何谓“好穷人”？在富人阶层和社会治理者眼里，“恭顺的品性”和“忠诚的服务”是“好穷人”必备的素质，具体来说，“一个好工人不仅应该在雇主要求时不计报酬地从事任何工作，而且应该不同于许多穷人，他不应该在富人背后诽谤他，他应该谦恭，也就是不傲慢也不难相处。”[1]斯科特指出，面对富人和权力的压迫，这些“好穷人”不会坐以待毙，他们反抗的形式有两种，分别表现为“弱者的武器”和“隐藏的文本”。前者指面对超量的劳动、租金和税收，他们通过偷懒、装糊涂、开小差、偷盗、诽谤、纵火、怠工等消极方式进行反抗，后者指底层群体通过在统治者背后表达对权力的批评来实现反抗意愿。通过这两种方式，底层阶级“以坚定而强韧的努力对抗无法抗拒的不平等”[2]。斯科特对底层“好穷人”及其反抗逻辑的研究，对于我们审视 21 世纪中国长篇小说中的“无用的好人”有很大启发。尽管与东南亚“好穷人”的身份、处境有差异，但中国当代文学里的“无用的好人”与“好穷人”有很多相似性，如品性上的善以及社会身份的平凡性带来的边缘化特质。那么，中国当代作家究竟是怎样建构这些“无用的好人”的行为逻辑的？

如果说斯科特笔下的东南亚农民通过平凡的“反抗”彰显了“弱者的武器”，那么 21 世纪中国当代作家笔下的“好穷人”叙事则呈现了弱者在困境中不同的反抗或自救“风景”：宋梅用和倪路得在狰狞的政治运动中持善苟且，“活下去”成为最大的期待；应物兄在

---

[1] [美] 詹姆斯·C. 斯科特：《弱者的武器》，郑广怀等译，南京：译林出版社，2011 年版，第 243 页。

[2] [美] 詹姆斯·C. 斯科特：《弱者的武器》，郑广怀等译，南京：译林出版社，2011 年版，第 479—481 页。

物欲横流、资本和权力媾和的现实面前敛声息气，用“腹语”抒发着言不由衷和内心的分裂；高举理想主义圣火的聂致远在世俗伦理的挤压下，不断降低一直心心念念的道德标准，在江湖规则和“恶行”中逐渐蜕化；对汪长尺来说，善良与吃苦丝毫没有改变他落拓的命运，“篡改”汪大志的出生并让自己“消失”，成为他为光耀门庭而做出的无奈选择；谭青在“婴儿山”葬完早产死去的儿子后选择了极端的报复之路；余招福合理合法争取自我利益无果后，反被人构陷和伤害，绝望之余点火自焚。在这些作品里，个体的善与社会的恶、弱者的善与强者的恶形成内在的张力，善的品质所遭遇的现实困顿，善与良好生活的断裂，善的无效和毁灭，成为作家着力表达的对象。正是在这个意义上，《好人宋没用》成为21世纪中国当代文学中善恶伦理叙事中具有总结意味和隐喻色彩的文本，“好人宋没用”成为一个具有高度象征意味的形象：“宋没用”代表了中国社会底层和无数的无名者，无论在历史还是现实中，他们好而无用，善而脆弱，是社会的真正弱者，善不能使他们走向美好生活，当他们摆脱善的“囚笼”，诉诸恶与其他“武器”，迎接他们的仍然是悲剧。“好人无用”是一种有着极强悲剧意味的叙事结构，在哲学、伦理学和美学上具有巨大的探讨空间，也有很强的现实意味。

二、 恶的几种典型形态与“迷人的恶”

恶作为审美对象是现代主义进程的产物，直到18世纪末，一种独立的“恶的美学”才将恶作为“一个阵地”，并赢得它的文化“影响力”[1]。黑格尔一直反对恶成为艺术的对象，原因在于恶是乏味、

[1] [德] 彼得—安德雷·阿尔特：《恶的美学历程：一种浪漫主义解读》，宁瑛等译，北京：中央编译出版社，2018年版，第4—6页。

无意义的，而他理解的艺术具有内在和谐的属性。西方现代文学以来，恶开始成为文学的基本要素与重要母题。奥地利学者乌克提茨认为：“实际上，今天所有从自己的角度描述恶的作家——不管是从哲学和伦理学的角度，还是从生物学或其他角度——都有一个共同的出发点，即，恶与我们的生活息息相关，而且还具有强大的吸引力。”[1]在文学叙事中，比起刻板和平面的善，恶似乎更要丰富而立体。对于什么是恶，鲍迈斯特尔的描述很有代表性：“某种势力和某人怀着消极或不可理喻的动机，以毫不怜惜地施加伤害为目的，并从他人的痛苦中获取快感，这便是邪恶。它从芸芸众生中残酷地猎取着未加防备的、清白的受害者。外在的异物，敌人和外来者厌恨善良人们的有序、和平的世界，而极欲将它抛入混乱的深渊。这就是邪恶。”[2]

21 世纪中国长篇小说中的恶是一种重要的文学风景。本文选择了世俗社会坏人蒙天舒（《活着之上》）、小城镇恶棍张三（《人间值得》）、理想主义名义下的官场枭雄陈先汉（《安慰书》）来分析中国作家表现恶人的几种叙事形态。

《活着之上》里的蒙天舒是一个职场上的利己主义者，他熟稔学术江湖和人情社会的各种潜规则，巧妙运用各种“关系”和“机会”助推自己的学业、事业和人际交往。事实上，他也抓住了个人发展中的重要节点，处处抢占先机，在相当短的时间内完成了从素人到名人，从教师到官僚的“华丽转身”。安·兰德的“理性利己主义”

[1] ［奥地利］弗朗茨·M. 乌克提茨：《恶为什么这么吸引我们?》，万怡等译，北京：社会科学文献出版社，2001 年版，第 32 页。

[2] ［美］罗伊·F. 鲍迈斯特尔：《恶：在人类暴力与残酷之中》，崔洪建等译，北京：东方出版社，1998 年版，第 103 页。

在20世纪40年代一经提出，便成为西方社会普遍接受的一种价值观念。所谓“理性利己主义”，指的是一种剔除“牺牲”和“伤害”的个人发展原则，即个体实现自我利益时，不能践踏他人利益，不能损害他人的价值与生命，同时，个体也不必在集体、全局利益裹挟下“牺牲”自我的利益。实际上，在蒙天舒的晋升和发展中，他的每一次“成长”都以损害他人利益作为代价，甚至可以说，正是通过牺牲他人的利益，他才获利无数。比如，他的优秀博士论文的荣誉是靠赤裸裸掠夺“好人”聂致远而来，他的权力和位子是靠“苦心钻营”、挤兑他人发展机会而获得的。蒙天舒的恶，体现出来的是日常生活中的世俗之恶。乌克提茨指出：“日常琐事中表现出来的恶是我们与生俱来的天性，而它也在社会发展的过程中使相反的机制得以成长：防止说谎者、骗子和诈骗犯过于猖獗的机制。不过，这种机制很难防范‘魅力十足的骗子’——他们善于为自己编织楚楚动人的外衣并从中渔利。”[1]蒙天舒正是这样的“骗子”，体面的外表包裹着种种丑行，毫无愧疚地损人利己，虽劣迹昭昭，却颇为盈余得势，他是权力文化和人情伦理豢养出的学术恶棍。

为什么像蒙天舒这样的现代知识分子在生活里不选择善，而选择这种恶的方式？从社会学和行为效果来说，“恶的手段通常比合法手段来得容易。”[2]即恶的手段比传统、合法的手段更容易实现个体的欲望；而作恶者也失去了对善的渴望以及对选择善的能力。弗洛姆在《人心：善恶天性》中指出：“选择的自由不是人们既可有也可

---

[1] [奥地利] 弗朗茨·M. 乌克提茨：《恶为什么这么吸引我们?》，万怡等译，北京：社会科学文献出版社，2001年版，第55页。

[2] [美] 罗伊·F. 鲍迈斯特尔：《恶：在人类暴力与残酷之中》，崔洪建等译，北京：东方出版社，1998年版，第145页。

无的一种形式上的抽象能力。我们不如说它是人的性格结构的一种功能。有些人没有选择善的自由，因为他们的性格结构已经失去依据善进行行动的能力。”[1]从这个角度看，《人间值得》里的张三身上有着作为“性格结构”的恶。小县城是中国城市和乡村之间的中间地带，既没有大中城市的发达、文明和有序，又比贫瘠的乡村或城镇富饶、生动，小县城是个有着现代文明斑驳痕影，实际上藏污纳垢的独特空间。张三即诞生于这片土壤，并代表着这种文化人格。张三有着极佳的思辨力和各种理论知识，其理解力和表达力远远超出身边的这些凡夫俗子，他关于这个世界的激情表述、他对“量子观”“熵”“混沌机制”的理论自觉已让他成了这个世俗世界的思想者和先锋理论家。毫无疑问，这个“饶舌者”是博学而多思的作家黄孝阳的一个分身。小说因此建构起的一个很有特色的当代恶棍形象：善思辨，遇事冷静不鲁莽，行动力强，果断而狠毒，多情而绝情。可以说，张三是当代中国社会的一个“智性”流氓。

《人间值得》中的孙大可、王画虎则是“旧派”流氓的代表，他们有着旧式恶棍的那种豪横和野蛮，依靠赤裸裸的暴力争夺财富、欺行霸市。而张三则是这种野蛮暴力的“升级版”，他的智性和思辨力毫无疑问使这个恶人具备了现代理性，他脱胎于传统社会，却有着俯瞰甚至超越现代社会的眼光。从内容上，《人间值得》通过一个恶棍的生成史，试图写出一个“作恶，并且有能力对恶进行思辨”[2]的人，同时，又以这种特别的人格类型为载体，既概括了中国社会

---

[1] ［美］埃里希·弗洛姆：《人心：善恶天性》，向恩译，北京：世界图文出版有限公司，2018 年版，第 162—163 页。

[2] 黄孝阳：《人间值得》，北京：北京十月文艺出版社，2019 年版，第 572 页。

近四十年的时代变迁，也对全球化时代出现的某种独特的社会人格进行批判性思考。对张三式恶棍的普遍性和危害性，黄孝阳显得忧心忡忡，认为张三式的恶棍是在社会现代性进程中出现的一类人物，根植并依附在县域政治文化生态系统内，谙熟社会的各种话语体系，并在畜类和人类两种角色间自由切换，是一种需要警惕的文化人格[1]。毫无疑问，一个有着现代性品质，具有思辨能力的恶棍正从《人间值得》里悄然生长，焕发出区别于以往同类形象的崭新品质，他既是黄孝阳建构的一个借以探讨自由与恶、笼子与生命力的文学虚拟物，又是来自中国县城真实存在的具体人格。

美国批评家瑟斯科尔和埃伯特曾指出，“乐于为恶是任何成功的反面人物形象的关键。”[2]确实如此，恶人不光乐于为恶，常常还有完整的理论支撑和清晰的行动逻辑。与张三富有智性的恶、蒙天舒的极端利己主义之恶不同，北村笔下的陈先汉的“理想主义之恶”体现了恶的这种特点。陈先汉的恶以及围绕他的恶行展开的原谅与追责，是《安慰书》内在的叙事动力，也构成了小说的核心命题之一。当年作为副市长的陈先汉强推县县通高铁的发展方案，花乡人民由于不满意补偿款试图阻挠拆迁工作，陈先汉下令用轧土车开道，造成了数人死伤的“花乡惨案”。十几年过去，陈先汉节节高升，成为社会发展的功臣。而悲剧的受害者或是惨死，或是苟延度日。客观来看，陈先汉不是一个平庸无能、贪婪无耻的官员，而是一个为了推动事业而不惜一切手段的实干家。但他的行为逻辑体现了一种

[1] 萧耳、黄孝阳：《一个坏蛋配得上“人间值得”吗，或者说时代病历?》，载《小说林》2020 年第 3 期。

[2] [美] 罗伊·F. 鲍迈斯特尔：《恶：在人类暴力与残酷之中》，崔洪建等译，北京：东方出版社，1998 年版，第 92 页。

较为隐秘，而且极具迷惑性的恶。这种恶除了体现为用“腐败有理”“以功抵过”为自己的恶行进行辩护，还突出地表现为他的改革必须有牺牲的论调及其实践，小说借杜秀丽之口说出了陈先汉这种“英雄观”：

> 会上老陈就说过，走路踩不踩死蚂蚁？踩死，是不是就不要走路了？改革是一部大车，它踩不踩死蚂蚁？老陈当时就讲这句话，其实最后作决定那天夜里，我去给陈先汉送参汤，他们讲的话我是听见的，他们围绕一个焦点：推土机不动，历史不会进步，有人当英雄，也要有人当罪人[1]。

陈先汉极力鼓吹的英雄论，意在用政绩掩盖自己的过错，用目的的正义性粉饰手段的残忍。有社会学家将恶分为“工具型的恶”和“理念型的恶”，前者的目标通常是现实的，如金钱、权力和各种现实私利，它不会去寻求足够的道德原则作为支撑；而后者的实施主体常是理想主义者，他们为了达到某个崇高的目标，不惜使用恶的手段，并笃信目的之合理性可以证明手段的合理性。“正是由于为手段寻找道德合理性论证的重要性，在理想主义者的恶当中，就有对证明过程的迫切的需求。杀人或伤害别人，做这些通常被认为是坏事的人，必须要让他自己相信，这些行为是对的。”[2]也就是说，

---

[1] 北村：《安慰书》，广州：花城出版社，2016年版，第122页。

[2] [美] 罗伊·F. 鲍迈斯特尔：《恶：在人类暴力与残酷之中》，崔洪建等译，北京：东方出版社，1998年版，第247页。

在某种自以为正确而崇高的目标的指引下，理想主义者会放纵恶行的发生。因而，在《安慰书》中，为了花乡的发展和高铁的开通，对阻挠拆迁的“刁民”，作为副市长的陈先汉不惜诉诸用轧土车碾压肉身的残忍之举。问题是，“刁民”是因为吃了大亏而不愿妥协才选择反抗的，在发展正义和人道主义发生冲突时，牺牲人的生命换来的发展，还有多少正义可言？可以说，陈先汉的“改革必须有牺牲”论调值得警惕，而其用“目的合理”来证明“手段正义”的逻辑显然也是站不住脚的，原因在于：“因为理想主义者可能只是另一种工具性恶的伪装：人们利用不道德的手段去做有利于他们的事情。理想主义的粉饰或许只是为了掩盖自私而采取的欺骗、虚伪的花招。”[1]后来的事实证明，陈先汉与刘种田控制的花乡集团实际上成了一个利益联盟，前者不过是借用发展的名义进行利益交换。

由此可见，陈先汉在认知和实践上的“改革必须有牺牲”论调，看似具有某种历史正义性，实际上隐含了诸多危险。比如，花乡的发展是不是一定要借助恶的动力？强权人物是否有权在经济发展和人的生命之间，用后者成全前者？“英雄”与“战车”是否有肆意踩死“蚂蚁”而豁免罪行的权力？目标的崇高能否证明手段的恶劣并抵消恶的结果？可以说，陈先汉的理想主义之恶是极具危害性的，理想主义本身没有太多过错，错误的是，用理想主义和目标正义为其行恶充当遮羞布，事实上，善的目标不能抵消恶的手段，恶的手段只会削弱理想目标的合法性。

---

[1] [美] 罗伊·F. 鲍迈斯特尔：《恶：在人类暴力与残酷之中》，崔洪建等译，北京：东方出版社，1998年版，第254页。

法国思想家乔治·巴塔耶在《文学与恶》中旗帜鲜明地指出：“恶——尖锐形式的恶——是文学的表现；我认为，恶具有最高价值。”[1]在巴塔耶看来，文学是最富有人情味的激情圣地，“恶的价值”可以通过恶的主题、形象所构成的文学世界表达出来，最高意义上的恶区别于受私利驱动的丑恶，诉诸恶的书写是为了人的独立自主的生存。确实如此，恶给小说叙事带来了叙事动力和美学张力，文学叙事上“精彩的坏蛋”和“迷人的恶”建构的反英雄式小说美学，区别于传统的英雄占主导地位的叙事美学。可以说，蒙天舒、陈先汉、张三，还有21世纪中国当代小说中其他形形色色的坏蛋或恶棍，是一类很有价值的人物形象，其价值不仅体现为这类形象具有巴塔耶所说的“深刻的伦理价值”[2]，也表现为他们包含了广阔的社会图景和道德状况。同时，各具异彩的恶棍叙事也意味着“坏角色法则”[3]这种现代性叙事正在成为一种备受青睐的小说写作方式。真正邪恶的主角进入文学，是在20世纪，当各种反英雄、有严重污点和恶行的人物成为文学的主角，各种高尚与正派的好人逐渐被挤到叙事的边缘，一种新的美学秩序便形成了，即“让坏蛋掌握麦克风”的坏角色法则便在现代建立起来，而这种新法则可以用“他（坏蛋）的方式和读者进行心灵交流”[4]。确实，张三、陈先汉、蒙

[1] [法] 乔治·巴塔耶：《文学与恶》，董澄波译，北京：北京燕山出版社，2006年版，《原序》第2页。

[2] [法] 乔治·巴塔耶：《文学与恶》，董澄波译，北京：北京燕山出版社，2006年版，《原序》第12页。

[3] [美] 托马斯·福斯特：《如何阅读一本小说》，梁笑译，海口：南海出版公司，2015年版，第98页。

[4] [美] 托马斯·福斯特：《如何阅读一本小说》，梁笑译，海口：南海出版公司，2015年版，第99页。

天舒这类恶人的魅力，不仅体现为这些形象呈现了颇有异彩的善恶图景，也表现为这些文本呈现的复杂人性、道德的善恶畸变和人的选择的悖论，这些饱满的恶人叙事还包含了对自由与道德、善恶与法律、意志与规范等重要命题的演绎。

三、 善恶的现实起源与抗恶伦理

善与恶作为人类社会的一对基础元命题，既可以在哲学、社会学、心理学等层面进行理性化的研究或实证化的分析，也可以在美学、文学（研究）视野下得到丰富的演绎。中国当代作家在近年的善恶叙事中，提供了怎样的认知图景和思想维度，昭示了怎样的善恶逻辑，善恶叙事的理论价值和现实意义何在，值得稍加探析。

总体来看，21 世纪以来的善恶叙事大多有着鲜明的“现实维度”，这里的“现实”指善恶得以出现的社会土壤。作家并不意在以简单的善恶二元论去理解现实，而是试图把聂致远、涂自强式的“好人”和张三、蒙天舒这样的“恶人”放在“中国现实”的背景下，考察好人与良好生活的距离、恶人行恶的逻辑以及“无用的善”和“盈余的恶”如何在社会生活中成为结构性对应物，进而对社会现实做出某种回应与思考。可以说，21 世纪中国现实主义长篇小说在总体上保持了介入现实和批判性的精神立场，褪去了对时代的廉价粉饰，直面改革时代的阵痛，勾勒出一种普遍性的恶的现实与颓败的道德景观。这种“恶的现实”，既典型地表现为《人间值得》中由张负重、熊哥、秃头吴、孙平和张三构成的恶人群像，也体现为《应物兄》《安慰书》《世间已无陈金芳》中资本大鳄和权贵操纵社会秩序的机制，更体现为《艾约堡秘史》《吃瓜时代的儿女们》《第七天》《黄雀记》《篡改的命》中层出不穷的具体恶行：强征土地、暴力拆迁、代孕生子、官僚腐败、权钱交易、高考被替……恶的现实是这多元世界的一极，善恶的道德困境根植于这种恶的现实与恶的秩序。马原在近作《黄棠一家》中以“黄棠”作为主人公的名字，正是利用“荒唐”的谐音试图隐喻这个时代的失序。

那么，在这些善恶叙事中，恶的现实、文化、制度等因素是如何一步步压抑和扭曲人们的道德观，如何造就人的创伤和善恶的转化，值得进一步追问。

首先，21世纪中国当代小说的善恶叙事，呈现了市场时代“负和博弈”带来的人与人的紧张和互相伤害。人的自私与追逐私利，是每个时代都存在的现象。但市场经济条件下，人的这种重利和利我属性被空前强调。在《应物兄》《人间值得》《安慰书》《黄雀记》《活着之上》等作品中，读者总能看到利益逻辑对情节冲突和人物命运的巨大影响。经济学上将人与人的和谐、双赢关系，称为“正和博弈”，而将关系对峙与利益冲突的状态称为“零和博弈”或“负和博弈”。在紧张的博弈关系中，人们处在利益互斥的竞争格局中，人与人的“负和博弈”构成使互相伤害得以产生的“最深刻的社会根源”[1]。在中国当代小说的善恶叙事中，这种“负和博弈”成为小说内在的叙事动力。比如，在张三与孙大可、刘启明之间，正是由于赤裸裸的利益博弈，才不断产生或明或暗的互相伤害；在聂致远的逐步趋恶与对世俗标准的屈从中，我们看到“好人”聂致远和“坏人”蒙天舒为了彼此利益而形成的竞争关系，以及这一博弈关系对聂致远价值选择的巨大影响；在《安慰书》中，刘智慧、李江与陈先汉之间的较量，是由于花乡拆迁惨败背后的利益冲突引发的绵延

[1] 何中华：《“互害现象”的道德软约束》，载《探索与争鸣》2018年第11期。

两代人的“负和博弈”，善与恶，父与子，底层与官方，民间资本与权力意志，形成了或对立或合流或伤害的复杂局面。

其次，制度性的困境与人的异化，是相关作品重点刻画的对象。莫言的《蛙》给读者呈现了作为制度的计划生育政策如何在实践中给执行者和受害者双方带来深重创伤。《蛙》中的姑姑作为乡村妇科医生，早年被四乡八邻称为“送子观音”，但成为计划生育政策的监督者和实施者后，她在村民眼中从和善的“送子观音”变成了疯狂的“杀人魔王”。谈论计划生育政策的是非功过不是本文的关注点，本文想关注的是，制度性的困境如何扭曲人的善恶观，并进而引发人道主义灾难。对于《蛙》中的姑姑形象，从叙事层面可以看出她是一个造恶于前，悔罪于后的形象，某种程度上她也是历史制度的受害者，是一个值得同情的艺术形象。但笔者想指出的是，对于姑姑这样的特定时期历史政策的执行者，不能以感性的同情代替对其人格根本症结的理性思考。汉娜·阿伦特的“平庸的恶”是近几年学界热议并高频征用的概念。在阿伦特看来，恶来源于思维的缺失。艾希曼并不愚蠢，却“完全没有思想”，正是这种“无思想性”催生了“潜伏在人类中所有的恶的本能”[1]。在姑姑身上，我们看到了个体由于对时代的盲从和不思考，继而造成种种恶行，这种恶与他们身上的善良并不能简单抵消。

再次，社会情境与个体的社会性“失位”、自救与从恶，有助于我们理解善的处境与恶的生成。在21世纪中国当代长篇小说中，底层与普通民众在历史夹缝或社会转型期往往承受了更多的牺牲与痛

[1] 汉娜·阿伦特等：《〈耶路撒冷的艾希曼〉：伦理的现代困境》，孙传钊译，长春：吉林人民出版社，2003年版，第55—56页。

苦。比如，《好人宋没用》是对被正史遗忘的“历史无名者”的一次深切缅怀。勤劳、善良、任劳任怨的“宋梅用”，在民国以来的风云诡谲的历史长河中，一直是社会的配角和零余者，“是旷野中的飘荡者”[1]，她善良、坚韧地苟活着，逐渐沦为无害无益的“宋没用”。“没用”是她的最大特征，“没用”导致她的社会性“失位”。如果说动荡的历史造成了宋梅用的社会失位，那么涂自强、汪长尺、余招福，甚至聂致远则象征了当代社会对个体的压抑与伤害。涂自强们生活在当代中国的社会语境里，他们善良、勤奋，却找不到出路，他们的善始终是脆弱的，原因何在？城乡的二元壁垒，贫富阶层的固化成为涂自强和汪长尺难以逾越的社会鸿沟；而对于聂致远来说，横亘在他面前的“江湖规则”是：个体的发展和社会位置并不取决于个人实际的学术水平与真实能力，而是取决于社会关系、权力干预等因素。在中国当代作家的笔下，“涂自强们”的善良和上进卑微而无效，他们或在贫病中离开人世，或是悲愤地点燃身上的汽油绝望抗争，或是手持炸弹试图报复社会。

善不得终，恶有盈余，是一种错位的社会图景，同时又根植于社会因素或现实问题。面对这种困境，如何存善，如何抗恶，21 世纪中国当代长篇小说提供了极为悲观的叙述。在涂自强、汪长尺、应物兄、余招福的短暂生命和宋梅用的漫长岁月里，我们看不到善的有效性和抗恶的可能性，这些有着美好人性的个体在混沌、污浊的人世或虚与委蛇，或负重挣扎，最后都难逃厄运的降临。既然存善无门，有效的抗争又无效，那么，还有其他有效手段吗？当然是有的。暴力手段和报复行动成了小说叙事里人物抗恶的重要途径，

[1] 任晓雯：《好人宋没用》，北京：北京十月文艺出版社，2017 年版，第 518 页。

在北村的《安慰书》、郑小驴的《西洲曲》和乔叶的《认罪书》等小说中我们都能看到这种叙事伦理。但是，复仇真的能够抗恶吗，能够给弱者带来公平吗?

在《安慰书》中，刘智慧的复仇带来了新一轮的恶行与悲剧，她由一个受害者变成了加害者。在刘智慧与陈先汉之间的复仇看似是一种以恶制恶式的报复，实际上他们对正义与恶行的认知都具有极大的片面性。当刘智慧的复仇计划完成后，她是真正的赢家吗?事实上，陈瞳的绝望、崩溃与死亡，怀孕的碰瓷女的惨死，尤其是陈瞳对刘智慧死心塌地的爱，都成为刘智慧复仇后新的创伤，相对于报复仇家后的快意，这种更为痛心的罪行和情债，是刘智慧难以摆脱的梦魇。从社会学的角度看，“报复少有获利，代价却很昂贵。”[1]即以恶制恶不会带来个体的丰盈，其结果常是消极的，“恶使得世界更加贫穷、更加丑恶、更加糟糕。而这个世界不仅属于受害者，而且属于一切人——甚至包括行恶者。”[2]可见，用复仇和恶的手段去抗恶，其结果往往收效甚微，会带来新的伤害。

如何存善抗恶，如何建立有效的抗恶伦理，不仅是小说家面临的文学命题，也是关乎社会正义和伦理道德建构的重要议题。21 世纪中国当代长篇小说提供了关于善恶问题的多重文学向度：善的脆弱与无用，恶的普遍与盈余，理想主义恶的横行，报复性暴力的疯狂和无效，等等。这些叙事不仅在文学层面有价值，在文化和道德实践层面，也引发我们透过这些文学想象去思考当前民族道德现状、

---

[1] [美] 罗伊·F. 鲍迈斯特尔：《恶：在人类暴力与残酷之中》，崔洪建等译，北京：东方出版社，1998 年版，第 219 页。

[2] [美] 罗伊·F. 鲍迈斯特尔：《恶：在人类暴力与残酷之中》，崔洪建等译，北京：东方出版社，1998 年版，第 161 页。

公平正义的良序构建等现实问题。在一个道德文明处于深刻转型的历史时期，当代小说家提供了众多关于当代社会善恶道德的叙事文本，这些文本思考了善与恶的现实困境，但大多是对当下现实道德图景的“摹仿”或隐喻，比如“无用的善”与“盈余的恶”，是对当下社会好人无用，恶人盈余现象的真实写照。进一步说，当我们思考小说中的善与恶时，不用简单演绎善恶的哲学意义，而是试图经由小说去正视、检讨善恶在现实层面的形态、走向，并对其结构性、普遍性的问题提出纠偏。有学者用“结构断裂”和“权利失衡”描述 90 年代以来中国社会的整体变化，“失衡”是指中国社会不同阶层利益表达和实现渠道上的不均衡，所谓“断裂”是指社会等级与分层结构中一部分人被甩到社会结构外，社会的贫富分化、城乡差距、阶层固化进一步加大，利益均衡的社会机制被打破，形成了强势群体和弱势群体的分化格局[1]。可以说，“无用的好人”与“横行的恶棍”，正是这种“断裂”和“失衡”的社会现实的文学表述。21 世纪中国长篇小说的“抗恶伦理”，一个重要命题就是对其“模仿”的社会现实进行反思，批评社会的不义。

除了追踪善恶社会层面的现实起源，有效的抗恶伦理还需要在文学叙事层面与政治实践层面重申人道主义。乌克提茨在分析善恶的问题时就曾指出，尽管人道态度是道德的核心，但是，“人们可能遵循着一定的道德观点，却对人道毫不关心。”[2]21 世纪中国长篇小说中的善恶叙事，呈现了好人“活不好”的诸多原因、恶人恃强行

---

[1] 孙立平：《失衡——断裂社会的运作逻辑》，北京：社会科学文献出版社，2004 年版，第 6—7 页。

[2] [奥地利] 弗朗茨 · M. 乌克提茨：《恶为什么这么吸引我们?》，万怡等译，北京：社会科学文献出版社，2001 年版，第 220 页。

恶的行为逻辑，这在本质上表达了作家对人的处境的关注，尤其是对弱者尊严、价值的体恤。好人无用与恶棍盈余，既是善恶伦理的异化，也是经济社会和工具理性时代人的异化。耿占春指出："社会生活越来越简化为经济生活，社会进程越来越表现为经济进程，这一过程即表现为马克思·韦伯所说的世界从宗教的彼岸性摆脱出来之后的世俗化、世界的祛魅或社会的合理化和工具化过程，也表现为另一种新的非人性化过程。"[1]可以说，正是经济生活的片面性导致的世俗化，加速了善恶秩序的失衡，带来了人的异化。因而，面对善恶错位的社会现实，人道主义和保护弱者应该成为一种亟待重申的社会伦理，在我们所考察的中国当代小说的善恶叙事中，汪长尺、涂自强、宋梅用、谭青、应物兄以及聂致远，莫不是他们所处时代的弱者，他们的现实不是作家发明出来的，而是对当前农村和城市底层弱者处境的真实隐喻。东西说他在写《篡改的命》时，采用了"跟着人物走"的写法，即让自己与作品中人物同呼吸。跟到最后，他竟"失声痛哭"，他说："我把自己写哭了，因为我和汪长尺一样都是从农村出来的，每一步都像走钢索。我们站在那根细小的钢丝上，手里还捧着一碗不能泼洒的热汤。这好像不是虚构，而是现实。"[2]可以看出，21世纪写实思潮强劲回暖的语境下，中国作家保持了对现实的激情，书写大时代中的善恶道德景观和人的处境，体现了对底层小人物的善和尊严的呵护，对弱者的人道主义体恤，其作品具有较强的人道主义色彩。

从个体的角度来看，抵制"不思考的恶"，保持清醒而理性的判

---

[1] 耿占春：《叙事美学》，海口：南方出版社，2008年版，第69页。

[2] 东西：《篡改的命》，上海：上海文艺出版社，2015年版，第311页。

断，对于历史情境下的弱者和强者来说，也是需要重申的抗恶伦理。陈先汉的“改革牺牲论”（《安慰书》），姑姑（《蛙》）式的“平庸之恶”，都体现了理性思考在某些人身上的匮乏。徐贲曾指出：“人抵抗邪恶需要人自己作出鲜明的道德判断，只有当人把某种威胁判断为恶时，他们才能坚持拒绝与它合作。在恶特别猖獗的时代，恶瓦解人的道德判断能力，成为人的生存常态，抗恶便成为一件非常艰难、非常危险的事情。”[1]那么，面对社会加诸或可能加诸个体身上的恶，抗恶是否有可能，抗恶的“最后一道防线”应该设在哪里？他认为，“人的自由是对抗恶的唯一力量。”[2]即永不停止的思考和判断是抗恶的最后一道防线。这种思考和判断对社会的弱者和强者，“好人”和“恶人”都很重要。具备思考和判断的能力，并不必然会避免恶行的发生，但对于一个社会的绝大多数人来说，如果具备了这种道德判断能力，那就是守住了对抗恶的重要防线，也避免了阿伦特所说的普通人和体面人由于“道德崩溃”而行恶的悲剧。

---

[1] 徐贲：《人以什么理由来记忆》，长春：吉林出版集团有限责任公司，2008年版，第34页。

[2] 徐贲：《经典之外的阅读》，北京：北京大学出版社，2018年版，第19页。

后　记

这部集子收录的是我最近三四年关于中国现当代文学批评和研究的文章。在内心深处，我对自己所从事的这种学术研究充满了虔诚和喜悦。虔诚是因为，这份职业性写作看似可以自由无羁、率性而为，但在本质上是一种科学研究，需要调动感性和理性的参与，来不得半点马虎和敷衍。同时，天下文章向来“文无第一”，更没有言尽真理说透世界的所谓终极文章，每个人只是用自己的知识和路径实现着各自的个性化表达而已。我一直将自己视作学术事业的一个学徒，漫漫路途，其修远兮，纵若偶有稍稍满意的佳篇，我的内心也从未失去对学术的这种虔诚和对学术同行的敬畏之心。喜悦是因为，从学生时代我对这个专业就充满了浓厚的兴趣，并为此做了大量的积累和默默的摸索。这十多年，我仍然在探索如何做出高质量的学术研究。在我的记忆中，写作论文并不是痛苦而难熬的事情，我很少会因为写不出论文而夜不能寐愁眉紧锁。我总是尽量让自己处在阅读、构思、写作、发表、再阅读的不间断良性循环中。某种程度上，学术研究不仅仅是我的职业，更是我的爱好。

这个集子里的文章都是近些年发表过的，一些成果产生了不错的影响，有的被转载引用，有的荣获了大大小小的奖。发表这些成果的学术刊物有《文学评论》《文艺研究》《文艺理论研究》《当代作家评论》《当代文坛》《小说评论》《扬子江文学评论》《文学自由谈》《文艺报》等等，非常感谢帮助和指点我的诸位编辑老师。这些论文主要围绕中国当代文学重要的文学思潮、文学现象、重要作家与典型文本，收进本书时分为两辑：第一辑为“史识·理论·方法”，包括正义与及物、中国现当代文学中的强行关联指谬、作者意图在文学研究中的合法性和功能限度、灾难文学的叙事伦理等内容；第二辑为“作家·文本·个案”，主要从微观层面考察中国当代重要作家与文本个案，挖掘其典型意义和现象级价值。包括：后真相时代的“可能世界”叙事、毕飞宇的阅读史与文学史关系考释、李洱小说中的“费边幽灵”、新世纪长篇小说中的善恶伦理等等。限于篇幅和体例要求，这几年的成果还有一些未能收到本书中。由于自己的偏爱，部分成果同时被收进本书和另一本即将出版的《新世纪小说论稿》中，还请读者朋友见谅。

衷心感谢江苏省作家协会的诸位领导，因为他们对江苏文学事业和批评人才队伍的重视，才有了江苏首批青年批评拔尖人才的培育工程，因为有了这个工程，才有了这套丛书。我们是这些英明举措的受益者。衷心感谢毕飞宇主席、汪兴国书记、丁捷书记和其他诸位老师。